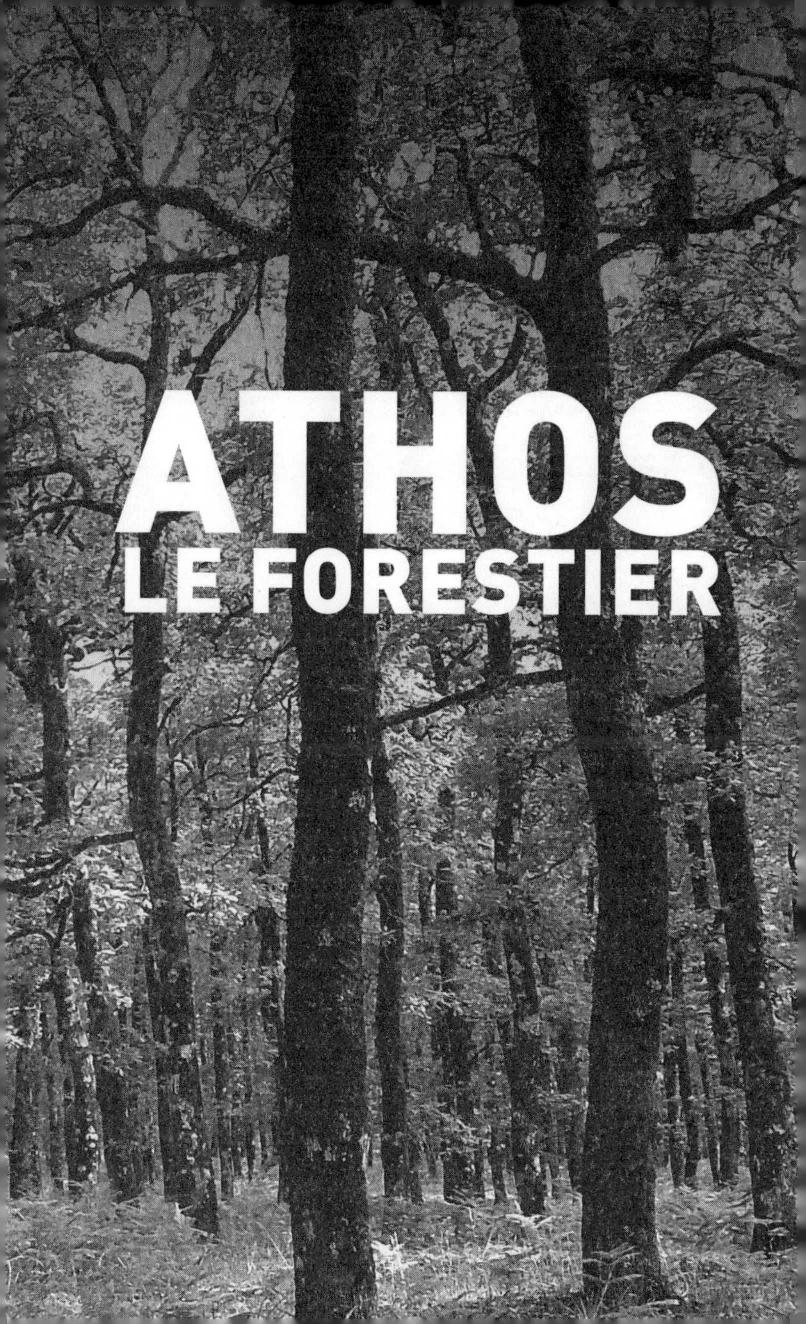
ATHOS
LE FORESTIER

ATHOS LE FORESTIER

Maria Stefanopoulou

TRADUIT DU GREC PAR RENÉ BOUCHET

C am bou rakis

Titre original :
Άθος, ο δασονόμος

J'aperçois les hommes : je les vois marcher comme des arbres.

Marc, 8:24

Marche doucement car tu marches sur mes rêves.

W. B. Yeats,
He Wishes for the Cloths of Heaven

Première partie
(tirée des écrits laissés par Lefki)

LE PAYS AVANT LES FORÊTS

LA NEIGE. LA VERSION D'ATHOS

Pendant des années, je n'ai pas ouvert la bouche. Quand on vit près de la nature, on s'habitue au silence. Les bergers, qui mènent une vie solitaire et silencieuse, sont capables d'entendre ce qu'il se passe à une grande distance de l'endroit où ils se trouvent, depuis le versant de la montagne d'en face ou depuis la plaine, au loin, tout en bas. Ils peuvent même entendre ce qu'il se passe sous terre. Les animaux qui manifestent leur gratitude à leur maître pour l'amour qu'il leur porte ou à l'individu qui un jour les a aidés à se sortir d'un piège lui parlent par le regard, et parfois avec une voix humaine quand il leur vient en aide ou quand il les protège d'un danger, mais ce regard et cette voix sont si profonds, si désintéressés et en même temps si fiers, si sages, si intelligents, qu'ils font penser à un tour de magie qui vous tire d'un coup d'une mauvaise passe avec une douceur et une candeur désarmantes, et que leur profondeur n'est autre qu'un épais et insondable silence, le seul qui convienne à un geste de reconnaissance.

Dans ma région, sur les hautes montagnes d'Évrytanie, on dit que la parole humaine de l'oiseau est la voix du mort à qui on a fait du bien. Est-ce qu'il existe un oiseau qui parle comme un être humain ? Il existe bien un cheval qui échange avec son cavalier. Les paysans sur les hauteurs, les montagnards qui se trouvent plus près du ciel vivent peu de choses dans leur vie enclose. Mais la nature, avec son horizon ouvert, leur donne une dimension prodigieuse, quand ils racontent leurs histoires de terre et de labeur, le soir au coin du feu. Leurs récits deviennent surnaturels et prennent tous du sens, trois fois plus de sens, qu'ils restent rationnels et concevables ou qu'ils deviennent obscurs, inexplicables, remplis de peur et de passion. Ils soulagent ainsi ceux qui les disent. Dans les grandes villes, au contraire, il se passe tant de choses qu'elles n'ont pas le temps d'acquérir du sens. Le bruit et la précipitation recouvrent les silences, on ne peut y entendre des oiseaux à voix humaine – qui en a la patience ? –, d'ailleurs même les morts dans les cimetières sont enterrés à la va-vite, machinalement, sans attentions superflues, et aussitôt oubliés. Il n'y a pas de chevaux dans les villes, et les âmes en peine se traînent d'un pas monotone dans des rues sans arbres, sans eau, sans perspective, en croyant à tort se connaître et avoir expliqué ce qui leur est étranger – mythes, fantômes et esprits qui courent et se cachent dans les forêts battues par les vents tourbillonnants des montagnes. Les gens de chez moi, sur les hauteurs du Tymphrestos et de la Chélidona, disent que les victimes de mort violente sont privilégiées, puisque, pour éviter qu'elles ne reviennent hanter les vivants, on soigne leurs blessures avant de les mettre en terre, qu'elles aient été tuées par la foudre ou par un serpent, par une balle ennemie au cours d'une guerre ou par le couteau de la haine et de la vengeance. Alors, l'oiseau, au milieu de ses pépiements, laisse échapper sur leur tombeau des paroles humaines, remerciant les vivants de leur pardon et du baume qu'ils ont mis sur ses blessures – c'est l'homme enseveli qui parle.

Quand j'étais petit, j'ignorais ce qu'étaient les morts violentes. Mais la voix humaine de l'oiseau, je la connaissais bien, je m'étais exercé à l'écouter quand je sortais du village et m'enfonçais dans la forêt de sapins, ou quand je descendais par les chemins qui conduisaient du quartier d'en haut à celui d'en bas, depuis Sainte-Dynati près des mares jusqu'au moulin de Zafiro ou à la source de Kamatéro, ou encore depuis l'érable de Sainte-Paraskévi jusqu'aux versants escarpés et boisés de l'Apolykaina. Je reconnaissais dans la voix de l'oiseau la bénédiction de Panaïtogiannos, mon père : « Que Dieu te donne une mort paisible ! » Il avait connu deux guerres en tant que combattant : les guerres balkaniques de 1912 et l'expédition d'Asie Mineure de 1921. C'était parce qu'il avait vu des meurtres et des massacres qu'il parlait de mort paisible. Cette conscience singulière de la mort, dans ces années-là déjà, je la vivais d'ordinaire stoïquement allongé sur les pierres couvertes d'herbe, près de l'eau qui jaillissait avec vigueur du rocher, mes jambes et mes bras nus livrés, dans un mélange d'effroi et de plaisir, aux bestioles qui les attaquaient de partout – des abeilles, des guêpes, des sauterelles, des frelons, des scarabées, des chenilles noires, des perce-oreilles, des cousins –, je me disais que c'était cela la « mort paisible », au sein d'une nature pleine de vie et de beauté, à la merci des insectes qui vous sucent le sang et vous déchirent les chairs. Jusqu'au moment où la peur du venin de la vipère me réveillait et me précipitait au sommet du rocher, je laissais le brouillard envelopper mes membres endoloris comme avec de la gaze et j'avais le sentiment de me retrouver déjà chez moi, d'être un mort privilégié. Je n'avais jamais vu une fusillade, une tuerie, je n'avais jamais vu couler le sang, en dehors des piqûres d'insectes qui rougissaient ma peau et laissaient couler par endroits une goutte noire. Quand je voyais des chasseurs tirer sur des oiseaux, je tournais la tête et détournais le regard. Il me paraissait impensable d'ôter la vie, même pour nourrir ses enfants. J'avais associé les morts violentes aux oiseaux tués.

De même qu'il y a plusieurs dieux dans la nature, et qu'il est dommage que les hommes veuillent n'en avoir et n'en adorer qu'un, qui restreint leur imagination et les condamne à faire dépendre de lui leur salut, de même dans les cités, en particulier dans les petites communautés, il y a une multitude de fantômes – dont un bon nombre sont peut-être des victimes de mort violente devenues des revenants. Dans mon enfance, à Kastania, j'entendais dire que les fantômes sont des défunts retenus dans la terre par un amour, un devoir, une promesse non tenue ou par leur ressentiment contre un semblable encore en vie. J'avais peur des fantômes, je les associais aux haines et aux passions des adultes. Mais je savais qu'ils ne se réfugiaient jamais dans la forêt, qu'ils n'aimaient pas frayer avec les esprits des eaux. Je me disais qu'ils préféraient importuner les hommes qu'ils avaient laissés derrière eux, dans leur maison, dans les rues de la ville, dans les endroits habités, autour des cimetières. Cela, je l'avais peut-être inventé, allez savoir pourquoi. C'est de là que je tiens ma vénération pour les forêts de montagne qui entourent les villages, pour les sommets enveloppés de nuages bas que l'on peut toucher. Depuis ce temps-là, les arbres sont devenus mes meilleurs amis, le silence de la nature ma seconde nature. À dix-huit ans, j'ai décidé que je serais forestier. J'ai quitté ma région en 1928 pour aller étudier à l'École des eaux et forêts de Vytina. Le Péloponnèse, c'était un autre pays. Nous, là-haut, en Évrytanie, nous avons notre propre patrie. Je n'y suis jamais retourné. Je me contentais de voyager dans ses montagnes par la pensée.

En définitive, l'homme devient ce qu'il rêve de devenir, quoi qu'il lui arrive au cours de sa vie. Mon professeur allemand, à l'École, un éminent spécialiste d'arboriculture, nous disait que ce que l'on désire dans sa jeunesse, on l'obtient à profusion dans sa vieillesse. Il n'était pas capable de nous expliquer comment cela se faisait. Il prétendait que l'enfant grandit au milieu des soins que lui prodiguent ses parents comme l'arbre se nourrit des secrets de la terre. Il y a chez tous les parents de profonds, d'obscurs secrets qui deviennent plus tard des désirs de l'enfant, qu'il le veuille ou non. De bons et de mauvais désirs, personne ne peut le prévoir. L'enfant les poursuit toute sa vie sans en avoir conscience et finit par devenir ce qu'il devait devenir. Hommes et arbres obéissent à une même loi. Quand Marianthi me demandait pourquoi j'aimais tant la forêt, je lui répondais qu'elle me faisait penser à une cité humaine pleine de vie, de sève, de lumière et d'ombre, à un monde peuplé de voix et de silence, d'êtres forts et faibles, tout comme les hommes, mais sans leur méchanceté. Elle restait des heures dans la clairière à attendre que je récolte la résine et s'absorbait, me disait-elle, dans une lente réflexion en regardant les hauts troncs qui se dressaient devant elle d'un air recueilli, avec leur épais feuillage noir à leur sommet : comment était un arbre mort avant qu'on le coupe ? Que devenait un arbre verdoyant une fois desséché ?

Personne n'entre dans la forêt pour la première fois. Tous les hommes ont le sentiment qu'en des temps anciens, avant que leur espèce ne prenne la forme d'un corps animal qui se termine par deux jambes leur permettant de marcher, leur antique corps végétal poussait dans la terre grâce à d'invisibles racines et que, dans son insouciante immobilité, il se nourrissait des eaux souterraines. L'eau est le destin commun de tout ce qui bouge et de tout ce qui reste immobile, les hommes comme les arbres. Telle origine, telle destinée. Si tu n'as pas ce qui t'a donné la vie, tu meurs. Si, au contraire, tu en as plus qu'il n'en faut, tu te noies. Si une énorme sécheresse s'étend sur notre planète, elle détruira le règne végétal et le règne animal, et ne resteront plus debout que les œuvres de l'homme, ce qu'il aura bâti avec d'autres matériaux – des maisons, des ponts, des routes, des immeubles et des églises – inutiles et solitaires vestiges de la civilisation de l'eau. Et si les mers débordent, si les glaces de l'Arctique se mettent à fondre, tout sera enseveli sous les eaux glacées des océans.

Quand Marianthi entra pour la première fois dans la forêt de Vytina, elle tomba sur ma casquette, qui était semblable à celle des officiers de marine. Je portais l'uniforme de forestier de première classe. Avec d'autres élèves de la promotion 1930-1931, nous fêtions la remise de notre diplôme par l'École des eaux et forêts et la nomination immédiate des deux reçus avec mention Très bien, un condisciple et moi, à l'Office national des forêts, sans nous être acquittés de nos obligations militaires et, à ma grande satisfaction, sans avoir eu à passer un concours. Marianthi se trouvait là avec les élèves de l'Atelier de tissage qui, pour accueillir l'été, avaient pris l'initiative d'une première sortie sans accompagnateurs. En dépit de son air de fille de la ville bien mise et réservée, aux manières policées, elle ne tarda pas à montrer combien la nature lui était familière et ne lui faisait pas peur. Comme elle courait parmi les arbres en jouant avec ses amies, ses escarpins se remplirent de terre, sa robe se couvrit de boue, les rubans qui nouaient ses cheveux se détachèrent et les laissèrent retomber sur ses épaules, cachant mystérieusement la moitié de son visage. Elle me confia presque aussitôt qu'elle était née à Valtessiniko, dans le creux d'un arbre, et que depuis lors elle n'avait plus mis les pieds en forêt, mais que – chose étrange ! – elle avait le sentiment d'y avoir passé toute sa vie. Elle n'avait pu retenir le rire que ma casquette avait provoqué chez elle et n'avait cessé de se demander quel rapport cette casquette de marin avait avec l'Office des forêts. Pour finir, elle avait prétendu avec insistance qu'il existe des arbres qui poussent dans la mer : il suffisait, disait-elle, que nous allions ensemble à Zante pour qu'elle puisse m'en apporter la preuve.

Les premiers employés de l'Office des forêts de l'État grec, aussitôt après sa création, furent des sylviculteurs bavarois ou des officiers de l'armée bavaroise. Mon maître était peut-être un rejeton de ces pionniers. Les Bavarois avaient créé pour nous un Office en prenant pour modèle les lois en vigueur chez eux. Ils avaient, du reste, des connaissances et une longue expérience dues à quatre siècles de gestion des forêts. Ce sont eux qui, les premiers, ont divisé le territoire national en sept circonscriptions forestières : la Roumélie, l'Eubée, l'Attique, l'Élide, l'Arcadie, la Messénie et les Cyclades, et qui ont établi l'organisation hiérarchique de l'Office : l'inspection, la circonscription régionale, le service local, les gardes forestiers. Ils ont fixé l'emplacement des parcs nationaux où étaient autorisées les coupes, la fabrication du charbon de bois, la collecte de bois de chauffage et celle de la résine.

La résine était mon activité préférée. Les bergers me créaient des problèmes. Ils ne respectaient pas les endroits boisés, d'une végétation naturelle ou cultivée. À la fois pâtres et fermiers, ils finissaient toujours par aller ailleurs que là où on leur suggérait d'aller. Dès mon entrée en fonction, je me suis acquitté avec zèle et sens des responsabilités de ma charge d'administrateur du service local de l'Office national des forêts. Je suppléais, chaque fois que nécessaire, mon supérieur hiérarchique, l'ingénieur de Vytina formé en Allemagne, et je profitais de l'occasion pour combler mes lacunes en exploitation forestière, en passant des heures devant les rayonnages de sa bibliothèque. Je lisais les manuels de botanique, de pédologie, de météorologie, et j'envisageais même d'aller étudier à l'université de Salonique, où l'on venait tout juste de fonder une École supérieure de sylviculture. Mais ma mission était de veiller à la légalité des coupes de bois, à la gestion des étendues boisées placées sous ma responsabilité, au respect des interdictions, à la surveillance des forêts appartenant à des communes et à des monastères, à l'imposition des produits de l'agriculture forestière, à la protection contre l'incendie, à la répression des infractions. Si je le jugeais nécessaire, je pouvais solliciter le concours de la gendarmerie. Mais je n'eus jamais besoin de le faire. Je venais d'avoir vingt et un ans et j'avais sous mon contrôle des gardes forestiers, la police rurale, des secrétaires et des stagiaires. Mon uniforme, qui fascinait Marianthi et qu'elle entretenait avec autant de soin que les tissus qu'elle brodait avec inventivité et avec une dévotion religieuse, comprenait une vareuse kaki à col souple, en laine l'hiver, en lin l'été, un pantalon long et des bottes de cuir. J'avais une courte capote avec des épaulettes sur laquelle étaient cousues deux feuilles de chêne brodées de fil d'argent, et non d'or comme pour l'ingénieur. Mon amusante casquette de marin était entourée d'un ruban de soie vert sombre, insigne de mon grade, mais je n'avais jamais cousu les deux galons rouges sur les épaulettes de mon manteau. Marianthi les avait épinglés sur les rideaux de notre chambre, pour les donner à nos enfants quand ils verraient le jour. J'avais aussi une arme à feu, que je prenais avec moi lors de mes patrouilles en compagnie de mon adjoint. C'était lui qui la portait. Jamais moi.

« Le silence de la forêt me plonge dans la sérénité, comme dans une église », me dit Marianthi, un jour où nous marchions sur un sentier forestier de Vytina. Je l'épousai quelques semaines après la cérémonie de remise de mon diplôme et ma nomination. Elle avait dix-huit ans. « En forêt on ne voit jamais le ciel bleu, me murmura-t-elle la première nuit de notre mariage. Nous vivrons notre amour dans l'ombre, dans une sorte de recueillement. » Son père aveugle venait souvent de Valtessiniko passer quelque temps avec nous à Vytina. Son autre fille, Dorothéa, l'accompagnait. Marianthi regardait ses yeux immobiles et essayait de deviner ce qui se cachait derrière le brouillard qui voilait sa vue. Elle se voyait alors petite fille, à l'âge de huit ans, la dernière fois où son visage s'était reflété dans le regard de son père. Ensuite, devenu aveugle, il n'avait pas vu grandir sa fille, il n'avait pas su comment elle était dans sa robe de mariée. « J'ai grandi dans l'ombre, me disait-elle, dans la partie obscure de l'église, réservée aux femmes, où je me rendais pour la messe avec ma mère. Je vais devenir la femme du forestier et me montrer digne des étendues ombreuses qu'il gouverne. J'aimerai les arbres comme mes vrais parents et je les soignerai comme mes enfants. » Puis vinrent les premières mutations. D'abord à Mytilène, où est né Giannos, puis à Zagori, où Marianthi a mis au monde Margarita. À la veille de la guerre, en 1939, j'ai obtenu la charge du Service des forêts de Kalavryta. Il était rattaché à l'Office de Vytina et dépendait de l'inspection des forêts de Patras.

Mais en quoi cela intéresse-t-il Lefki* ? Lefki me demande de parler, de rompre mon silence. De parler de divers sujets. De la guerre, de la destruction par le feu de Kalavryta, de l'exécution de masse des hommes de la ville dans le champ de Kapis. Elle cherche à savoir comment je suis mort, comment j'ai survécu. Moi, je parle, Lefki écrit. Moi, Athos, forestier de Kalavryta, époux de Marianthi, père de Margarita et de Giannos, moi que les Allemands ont tué à trente-trois ans en me donnant le coup de grâce pendant les représailles de 1943, maintenant que je suis âgé, j'ai décidé de parler pour faire plaisir à Lefki, la fille de Margarita. Mais de parler de la vie, de l'amour de Marianthi, de mes passions et de mes rêves, que j'ai vécus au milieu de la nature, de ma maison dans la

* *Le prénom grec Lefki a le même sens que le prénom Blanche en français. (Toutes les notes sont du traducteur.)*

forêt. Lefki m'effraie quand elle dit : « Athos, c'est moi. C'est moi qui ai survécu au massacre. Je parle de ma mort. Je porte le témoignage du crime. J'ai survécu et je dois témoigner en révélant ce qu'il s'est passé, comment ma vie a continué après mon exécution. Athos a oublié, parce qu'il devait vivre. Mais moi, Lefki, je me souviens. Pour moi, le passé n'est pas de l'histoire. C'est ma vie présente. Les plus jeunes se souviennent des crimes de guerre, mais pour leurs parents, qui les ont subis, il est plus facile de les oublier. Nous les aidons ainsi à se réconcilier avec la part noire de leur vie. Nous nous sacrifions pour eux. On dit que, normalement, les parents doivent se sacrifier pour leurs enfants. Il faut donc qu'il y ait la réciproque. Margarita, ma mère, a oublié. Pour pouvoir vivre. Marianthi s'est débattue, en vain sans doute, entre l'oubli et le souvenir. Elle avait démissionné de la vie, sans pourtant renoncer à y prendre part. Athos est ma mémoire. Une mémoire difficile, qui se ranime grâce à l'imagination de l'horreur. Le pays lui aussi se souvient. Sur la colline où a eu lieu l'exécution, dans le champ de Kapis, se dresse aujourd'hui une croix blanche. Dans la ville reconstruite qui s'étend au pied de ce crucifix au Christ invisible, vit la nouvelle génération, entre nonchalance et fanatisme, entre haine et indifférence, plongée dans l'inertie d'une vérité historique occultée. Les représailles des Allemands en 1943 à Kalavryta ont-elles été finalement un sacrifice ou un crime ? »

Depuis sa petite enfance, et jusqu'à présent, où elle est devenue une femme avec un enfant, Lefki n'a cessé de poser des questions. Il y a dans la prunelle de ses yeux deux grands points d'interrogation lumineux qu'aucune réponse ne parvient à éteindre. Son regard vous fixe comme si vous subissiez un interrogatoire. Pourquoi ? Comment ? De quelle façon ? Quand exactement ? Quand elle était petite, je lui parlais de la forêt. C'était la seule chose qui l'apaisait. L'été, dès que l'école cessait, Margarita l'amenait d'Athènes et me la laissait, dans ma maison forestière, sur le Chelmos. Le décret royal de 1966 avait supprimé les Services locaux des eaux et forêts. J'avais pris ma retraite en tant qu'invalide de guerre (ou « victime de guerre », comme disaient certains), bien que je n'aie jamais fait la guerre ni tenu une arme entre mes mains. Je travaillais comme bénévole dans le cadre des nouveaux services départementaux des forêts. On utilisait mon expérience pour ouvrir et enregistrer les chemins. Lefki me suivait sur les sentiers forestiers, fascinée. Ils se ressemblaient tous. Il était impossible de les distinguer les uns des autres. Seuls les bûcherons et moi savions les reconnaître. On tombait brusquement sur un cul-de-sac, un barrage de broussailles, d'arbustes, de chênes verts. On ne pouvait aller plus loin. Si on revenait en arrière, on était sûr de faire fausse route, puisque le village suivant était droit devant. À droite et à gauche, ce n'étaient que d'épais fourrés de bruyère, de hauts troncs qui semblaient vous guetter comme des hommes en embuscade. Lefki apercevait alors la marque rouge à la racine d'une branche basse posée en travers. « C'est par ici », disait-elle en la montrant. Justement, la distance entre les troncs s'espaçait. C'était un ancien sentier étouffé par la végétation sauvage. On débroussaillait le passage. Avec précaution. On ne coupait que les branches mortes. « Que nous apprend la marque qui indique une impasse sur un chemin forestier ? » demandais-je à Lefki. Que nous devons nous arrêter et bien regarder autour de nous. Et quand on s'arrête et qu'on recherche avec attention, avec concentration, où se trouve chaque marque, forcément on réfléchit. C'est cette réflexion qui fait alors apparaître en un éclair le moyen de continuer à avancer. « Tu apprendras mieux dans les forêts que dans les livres que tu lis, lui disais-je. Les arbres et les rochers t'enseigneront plus de choses que les professeurs d'université. » La vie de la forêt n'est jamais qu'une offrande. La forêt résiste aux pluies torrentielles par ses épais feuillages. Par ses troncs et ses ronciers, elle protège les flancs de la montagne de l'érosion des sols, quand l'eau dévale avec force. Elle préserve les vallées de la boue et des marécages, les plaines et les champs des inondations. Elle assagit les eaux furieuses, régule leur cours impétueux. Elle brise les tornades en les transformant en un vent plus doux, réchauffe le sol en hiver, conserve l'épaisseur de la couche de neige, retarde la fonte de la glace au printemps, tempère la canicule en été. Les arbres assainissent leur environnement. Comme ils se nourrissent des micro-organismes parasites qui se développent dans les sols humides, dans la fange, dans les eaux stagnantes et dans les brumes basses, ils créent de l'air pur et vivifiant. Ils absorbent l'eau qui imbibe le sol, puis la restituent par de grands souffles qui contribuent à la désinfection des marais. Mais l'homme a toujours besoin de friches, de terrains libres, de pâturages, d'endroits où construire et faire paître le bétail. C'est alors que les forêts reculent et qu'arrivent les torrents qui noient champs et pâtures.

« Athos, c'est moi », aimait à répéter Lefki, quand elle a eu grandi, quand elle est devenue une jeune fille, puis une fraîche jeune femme. « Le monde finit par trouver une harmonie, les choses semblent découvrir leur place d'elles-mêmes. Derrière cet ordre des choses, il y a beaucoup de souffrance, beaucoup de larmes, des morts indignes, des trahisons, du labeur, de la sueur. » Marianthi écoutait sa petite-fille sans réagir, la regardait froidement de ses yeux gris-bleu. Elle ne parlait pas. Elle était repliée sur elle-même, enfermée dans un pays inconnu, terriblement solitaire, où le temps ne s'écoulait pas, où tout se passait en dehors d'elle. Sa fille Margarita ne prêtait pas attention aux inepties de Lefki, elle ne les comprenait pas. Du reste, elle ne cherchait pas à comprendre, elle avait sa propre vie, qui lui suffisait. S'il y avait dans sa vie une fille fantasque, cela ne changeait rien pour elle. Elle, Margarita, vivait sa vie à Athènes comme si elle était née dans cette ville. Elle s'y était fait des amis, se regardait de temps à autre avec mélancolie dans son miroir, éblouie par sa beauté qui effaçait toutes les taches noires de sa vie antérieure.

Je n'ai jamais ressenti avec autant d'intensité le besoin de me retrouver dans la forêt qu'aussitôt après ma mort. Ou plutôt qu'au moment de ma mort. Nous avons été treize survivants des représailles hitlériennes de 1943 à Kalavryta. Jusqu'à ce jour, cinquante-cinq ans plus tard, j'ai vécu, moi, l'un des treize, sur les flancs du Chelmos, où j'avais trouvé refuge comme un gibier blessé dès que les Allemands, avec leurs mitrailleuses, avaient tourné le dos à l'amas ensanglanté des hommes qu'ils avaient exécutés et s'étaient mis à descendre en rangs deux par deux vers la sortie de la ville, tandis que l'incendie détruisait tout autour d'eux. Je ne suis jamais revenu sur les lieux que j'ai quittés à ce moment-là, en dehors de cas de force majeure où d'autres m'y ont conduit ou bien en raison d'obligations personnelles. Et je suis alors retourné dans ma montagne boisée avec un empressement et un désir plus vifs encore. La fuite a toujours été ma seule et unique préoccupation, où que j'aie pu être. La fuite dans la montagne ou au fond de moi. J'emportais le trou que la balle du coup de grâce m'avait ouvert dans la tête. Quel est le poids d'un trou dans le crâne ? D'un œil béant ?

« Athos, c'est moi, aimait à répéter Lefki. Dis-moi comment tu as fui le lieu de l'exécution. Où t'es-tu caché ? Comment as-tu pu marcher en étant blessé ? Comment as-tu supporté le froid, la neige ? Arrête de me parler de la forêt légendaire. C'est moi qui ai le trou. La balle était pour moi. Je ne m'appelle pas Lefki. Je m'appelle Athos. »

J'essayais toujours de tranquilliser Lefki. Je ne parlais jamais de la guerre. Ni de la guerre contre les Allemands ni de la guerre civile. D'ailleurs, j'ai eu pendant plusieurs années des trous de mémoire. Puis les souvenirs sont remontés à travers des images qui hantaient et obscurcissaient ma pensée. Pourtant, ma vie quotidienne se déroulait sans encombre. Je ne me perdais jamais dans la forêt. Les cartes des chemins que je dressais étaient impeccables. J'accomplissais mes tâches bénévoles à la perfection. Dans les coupes, à la réserve de bois, à la pépinière. Je gérais l'approvisionnement, j'aidais les gardes forestiers débutants, je leur donnais des cours. En ce qui concernait ma profession, je reconnaissais et me rappelais tout dans les moindres détails. Je me tenais au courant de toutes les évolutions dans le domaine de l'exploitation forestière.

Un jour, Lefki est partie faire des études à l'étranger. Elle est revenue avec une petite fille blonde comme les blés. Elle a demandé à être nommée médecin à Kalavryta. Elle a eu de la chance, elle a obtenu ce qu'elle voulait. Elle s'est installée dans la ville au milieu des années 1980, par un mois de décembre glacial. Il a neigé aussitôt après son arrivée. Les montagnes, les maisons, les arbres se sont recouverts d'un épais nuage cotonneux, tout n'a plus fait qu'un dans ce paysage blanc et silencieux, les routes et les chemins ont disparu, les distances ont été abolies. Les sapins sur les versants touchaient les sommets, les hauteurs de la ville se sont retrouvées posées sur le lit du torrent, en bas, dans la gorge du Vouraïkos. Lefki a attaché un sac sur le dos de sa fille et toutes deux sont venues me trouver dans ma cabane de la Crête-des-Sapins, sur le Chelmos. À deux heures de marche. Quand je l'ai vue sur le seuil, j'ai involontairement bredouillé le prénom de Marianthi. À travers la porte ouverte le vent glacé a apporté un souffle parfumé qui m'était familier, le feu derrière mon dos s'est embrasé, une bûche a crépité en roulant dans la cendre. Les narines rouges de ma petite-fille, gonflées, grandes ouvertes, semblaient me regarder avec étonnement. « Comment as-tu fait pour trouver ton chemin dans la tempête de neige ? » lui ai-je demandé, surpris. « Avec mon nez, en humant, comme les hommes des bois. C'est toi qui me l'as appris », a-t-elle répondu en installant l'enfant à moitié endormie devant la cheminée.

Il existe des personnes qui ne se satisfont pas de la nature, ou qui craignent de se confier à elle : ce sont des gens malintentionnés, aux sentiments pervertis, ou tout simplement indifférents à l'essence de la vie, enfermés dans leur coquille, qui ne s'ouvrent à autrui que pour l'exploiter ou l'agresser, justifiant ainsi leur pusillanimité, leur univers sans spiritualité qui les vouent à l'isolement comme une maladie infectieuse. De tels individus ne peuvent distinguer les dangers qui se cachent dans la nature des bienfaits qu'elle prodigue, ni accepter cette inévitable mais féconde contradiction. C'est pour cela qu'ils en ont peur, qu'ils l'ont en horreur, qu'ils la regardent de haut, ou tout simplement qu'elle les ennuie. Lefki est fragile comme une goutte de pluie, dure comme de l'écorce de noyer, pure comme le lait maternel, elle respire la délicatesse, la prudence, une tendre méfiance. Elle s'expose et se protège avec le même soin, la même application. Elle ressemble à un paysage enneigé au cœur de l'hiver. La neige fige la création, mais conserve en même temps la chaleur du sol, préserve la végétation qui refleurira au printemps, plus forte, épanouie. La femme et son enfant tournent maintenant leur visage empourpré vers les flammes qui enveloppent les bûches dans la cheminée. Lefki tisonne la cendre, retourne les pommes de terre dans la braise. La ville de Kalavryta est la proie des flammes. Une odeur de suie et de charbon se répand dans la pièce. Lefki me demande comment j'ai survécu au massacre. Comment ai-je trouvé le courage d'écarter les cadavres de mes compagnons et de m'extraire du carcan de la mort ? Elle demande si les représailles ont été perpétrées parce que les maquisards avaient tué les soixante-dix-huit Allemands qu'ils avaient faits prisonniers à la bataille de Kerpini. S'il est vrai qu'ils les avaient précipités dans le ravin de Magéro, attachés par des cordes, après les avoir exécutés. Pourquoi suis-je resté dans la montagne et ne suis-je jamais revenu en ville après l'exécution ? Pourquoi ai-je trahi l'amour de Marianthi et ai-je abandonné Margarita et sa mère en les laissant se débrouiller toutes seules ?

Je m'efforçais de faire comprendre à Lefki la valeur du silence. Il contenait toutes les réponses. Dans un profond silence on peut entendre le bruit que fait une aiguille de pin quand elle tombe et touche le sol. On peut distinguer le sacrifice du crime. L'héroïsme de la soumission aveugle. Le châtiment de la cruelle vengeance. La guerre, quelle qu'elle soit, est odieuse et ne devrait pas être exaltée. Son seul but est la tuerie.

Mais, comme dans les combats, ce sont des hommes, et non des animaux, qui sont massacrés, il y a de subtiles nuances dans le fait de rendre la justice et des paramètres moraux qui abolissent le commandement « Tu ne tueras point » et qui légitiment le carnage. Aucun État n'a appelé les Grecs à faire la guerre, ils ont pris le maquis de leur propre chef, pour résister à l'occupant. Mais même une résistance héroïque peut générer des monstres, et la lumière de la justice peut s'éteindre dans une amnésie collective justifiée jusqu'à un certain point, mais indigne. Alors, dans le triomphe des vainqueurs, qui ne sont pas des vainqueurs, et dans l'humiliation des vaincus, qui ne sont pas des vaincus, quel tiers viendra reconnaître le déchirement de la guerre civile et l'idéologie meurtrière du totalitarisme ? Les deux camps sont conduits à une extermination mutuelle, à la discorde d'une guerre dévastatrice qui ne vise qu'à imposer la loi du plus fort. Le pays est coupé en deux et il n'y a pas de troisième voie. L'amnésie collective nourrit l'indifférence à l'égard du coût en vies humaines, mais, d'un autre côté, la révolte de l'homme seul paraît bien vaine, même quand, prenant la mémoire pour tremplin et empruntant divers chemins, il se tourne vers la multitude du « nous ». Nous, les hommes, nous exigeons l'héroïsme de nous-mêmes. Mais qui dit que l'héroïsme est un don de la nature ? Kurt expliquait très bien la guerre déclenchée par Hitler et sa patrie. Quand tu es vainqueur, disait-il, l'héroïsme, ce sont les actions d'éclat. Mais quand tu es vaincu et qu'il te faut trouver la force d'affronter la situation et de la maîtriser, l'héroïsme se révèle être une force hostile, dangereuse, qui te paralyse – un Moloch. Je pourrais dire la même chose de notre guerre civile. Ce n'était pas exactement la même chose. Mais elle s'est déroulée comme un acte de tragédie mené à son terme. Les deux côtés, les vaincus au premier chef, ont été contraints de faire la guerre.

J'ai décidé de rompre mon silence. Mais au lieu que ce soit moi qui parle, j'écoute la voix des autres : celle de Marianthi, celle de Margarita, celle de Kurt, j'écoute les questions insistantes de Lefki. Les personnages du drame parlent pour moi, pour mon compte. J'écoute leurs paroles qui émergent du crépitement du bois dans le feu. Les flammes dans la cheminée se sont colorées de bleu et Lefki continue à remuer la cendre, absorbée par le paysage enneigé. Elle va lui offrir ses pensées, son souffle, son besoin d'abnégation. C'est une enfant de la beauté et de la compassion pour les humiliés de cette terre. C'est un être de la nature, comme moi, le vieux père de sa mère. « Pourquoi n'as-tu pas été dans la Résistance ? demande-t-elle. Pourquoi n'as-tu pas fait la guerre ? »

Oui ! l'homme est fait pour faire la guerre. Pour défendre la civilisation, pour repousser les barbares. C'est ainsi que moi aussi, je livre mes combats contre la nature. Je fais la guerre à la nature parce que je l'aime. Ce n'est pas un ennemi extérieur, je la porte toujours en moi. La nature tue, elle pousse insidieusement au crime. Je l'apprivoise, je la désarme, j'éprouve une admiration sans bornes pour sa barbarie, qui renferme bienfaisance, fécondité, renaissance. D'autres font la guerre par haine, par devoir, pour échapper à un sentiment d'inexistence. Dans la nature, l'humiliation n'existe pas comme chez les hommes. Est-ce qu'un animal peut être humilié ? Et un arbre ? Lefki me pose des questions sur la neige. La neige ne tombe pas pour recouvrir les collines et les sommets des montagnes, mais pour que les animaux puissent y laisser leurs traces. Quand j'ai ouvert les yeux sur le champ de Kapis, dès que les mitrailleuses ont cessé de tirer, j'ai eu le sentiment que j'étais mort. Il n'y avait personne à côté de moi. J'étais seul. Le visage de Giannos s'était effacé. J'ai compris que, même mort, je pouvais me mouvoir. J'ai roulé le long d'une pente. J'ai vu alors sur la neige les empreintes du passage d'un animal. Les suivre ne m'apportait pas seulement le salut en me soustrayant aux coups de grâce que donnaient les Allemands, mais répondait surtout à mon besoin de trouver les traces de la vie qui me convenait vraiment – fût-elle une vie posthume. Un peu plus bas apparaissaient les premiers sapins. Je suis entré dans la forêt. À partir de là, je connaissais parfaitement les chemins.

LE FEU. LA VERSION DE MARIANTHI

Quand meurt quelqu'un de ta famille, dès les premiers jours il s'éloigne, s'en va au loin, comme quand tu perds, au cours de ta vie, un visage aimé et familier qui part pour un très long voyage. Des mois, des années plus tard, cette personne qui était morte si brusquement en laissant derrière elle un vide incompréhensible, difficile à combler, commence à se rapprocher, revient près de toi, tu comprends alors que tu peux désormais vivre avec elle, comme avant sa mort, mais sans la voir. Est-ce une façon de comprendre la mort ? Pour un vivant, la mort est toujours celle des autres. Tu dis : « Untel est mort. » Giannos est mort. Mais tu ne diras jamais : « Je suis mort. » Tous ceux qui sont revenus de leur mort disent qu'ils n'ont rien compris. Qu'ils n'ont rien senti. Ils ont changé de maison, de pays. Ils se sont perdus dans les ténèbres. Ils ont dormi sans rêver, mais ce n'était pas exactement du sommeil. Au moment de la mort, il se produit dans ton système nerveux une nécrose complète des organes des sens – c'est ce que m'a expliqué Lefki. Si, par exemple, un ours te saisit la main et se met à la manger, tu ne sens rien, pas la moindre douleur. Seulement qu'il arrive quelque chose à ton corps. Comme si un lourd poids de métal froid t'était tombé dessus. L'homme ne meurt pas si facilement.

En tout cas, ils ont tué Giannos. Il n'est pas mort tout seul. Les Allemands l'ont exécuté, un gamin de douze ans. Cela n'a pas été difficile. Il voulait aller avec son père. Quand le tri a eu lieu, sur les marches d'escalier de l'école, il suppliait, il ne voulait pas rester avec nous, les femmes et les enfants. Ils mettaient à l'écart les hommes de quinze à soixante-cinq ans. Il portait un pantalon court. Il est monté fièrement sur la colline, jusqu'au champ de Kapis, en marchant à côté de son père. On l'a retrouvé dans les premiers rangs, la poitrine criblée de balles. Les enfants de cet âge ont une grande curiosité pour la mort. Ils n'ont pas peur. Je crois qu'il n'a rien senti. Il a dû regarder. Les mitrailleuses, les soldats, leurs casques. Il a dû attendre tranquillement et regarder avec avidité ce qu'il se passait. Il est revenu des années plus tard, et j'ai vécu avec lui jusque dans ma vieillesse une maternité sereine. Alors que j'étais vieille, j'avais un jeune garçon qui, lui, ne vieillissait pas. Il n'a jamais grandi. Il est resté à l'âge de douze ans. Pourtant, j'avais également ma fille Margarita, qui menait sa vie auprès de moi avec la patience que nous enseigne l'inéluctable destinée, mais aussi avec les étincelles d'impatience qu'allumait sa fougueuse jeunesse. Elle, elle grandissait, elle devenait une femme. Elle avait tout oublié. Ce qui s'était produit à Kalavryta en 1943 s'était effacé de sa mémoire. Elle découvrait Athènes dans un nuage blanc d'oubli et d'attente. Ma fille Margarita était la consolation qui me réveillait à côté de la compagnie anesthésiante de Giannos.

Athos, au contraire, n'est jamais revenu, même s'il a survécu à son exécution. Quand tu as été sauvé par le plus grand des hasards, tu ne sais pas quoi faire de ta vie. Mon mari est resté piégé par la guerre, par l'absurdité de l'histoire, par la nature, qu'il aimait pour la liberté qu'il trouvait auprès d'elle. Guerre, histoire, nature : une captivité aberrante qui menace tous les équilibres. Qui détruit ce qui a été créé parfois avec ingénuité, parfois avec un remarquable bon sens. Pour quelle raison ? Quel sens cela a-t-il ? J'ai reçu peu d'instruction, mais la guerre, qui m'a vieillie avant l'heure, m'a enseigné l'esprit de la culture, la dure réalité que l'on ne peut dissocier de son dépassement. Quelque chose comme ce que Lefki s'efforce de décrire ici pour mon compte, sous ma dictée, avec mes mots à moi. Elle, elle leur donne du sens. J'ai appris – avant toute chose – à veiller au grain. Et, au cours de cette interminable veille, j'ai appris à aimer Athos d'un amour nouveau, qui n'avait plus rien à voir avec celui de notre jeunesse à Vytina. Cet amour, c'était un peu comme les broderies que font les jeunes filles, comme l'eau du Mylaondas qu'on voit couler dans son lit, tranquille et dormante, du haut du pont de pierre. Puis sont venues les flammes, la violence, les armes au canon fumant, la peur de marbre, la terre qui a recouvert le pantalon court de mon petit garçon. Alors, l'amour pour Athos a resplendi au beau milieu d'une haine entièrement nouvelle.

Pourquoi ne l'avons-nous pas trouvé près du cadavre de l'enfant, quand nous sommes montées, nous les femmes, sur les lieux de l'exécution ? Vivant ou mort, cela n'avait plus d'importance. Comment a-t-il pu laisser son fils seul devant les mitrailleuses, comme s'il s'était trouvé au théâtre, pour mieux voir la représentation ? Athos n'était plus là, il n'était pas au milieu du monceau de cadavres, il n'était pas dans les dernières rangées de suppliciés, ni au bout de la colline, il n'était nulle part. J'ai haï sa disparition et, en même temps, grâce à elle, j'ai trouvé le courage de regarder la ville en flammes, avec mon enfant mort enroulé dans une couverture, résolue à courir le rechercher à la maison, tandis que Margarita, sans voix, me montrait du doigt les versants enneigés du Chelmos. Nous nous tenions au milieu du champ ensanglanté de Kapis, entourées de dizaines de corps d'hommes morts étendus sur le sol et de femmes vivantes penchées sur eux qui les palpaient, comme si nous nous étions trouvées toutes seules devant un mystère qui transformait les ténèbres de la mort collective en lumière d'une vie personnelle qui avait été sauvée en les trahissant, en les méprisant, en leur tournant complètement le dos. Mais où Athos avait-il disparu ?

La nuit, les feux des Allemands s'étaient éteints, mais nous avions allumé d'autres feux dans les maisons incendiées, dans les décombres, nous blottissant près des murs nus, dans des pièces sans toit ni porte, sous des tôles de zinc, dans des caves glaciales, des feux pour nous réchauffer, pour faire chauffer de l'eau, de la bouillie, du lait. Nous avions survécu, quelle que pût être la signification de ce mot. Ces événements nous avaient été imposés en quelques heures, comme s'ils avaient été décidés depuis longtemps, et depuis lors, tous les jours, les femmes montaient au champ de Kapis, nettoyé, lavé de son sang, et pleuraient, pleuraient l'absence de leur époux. Des familles entières avaient été anéanties. Margarita et moi, dans les ruines de la maison que nous louions, étrangères à cette ville où nous étions venues habiter deux ans plus tôt après la dernière mutation de mon mari, nous nous regardions dans les yeux l'une l'autre, effondrées, et nous voyions la voix d'Athos, oui, nous la voyions, car sa voix nous parlait même si personne ne se montrait, elle avait un corps qui se balançait et comme un cœur qui battait. Sa voix était un homme blanc comme un ange, qui ressemblait au paysage enneigé. Quand j'entendais Athos me parler, c'était toujours comme si j'entendais des voix de la nature, un rugissement du vent, un bruissement de feuilles, un crissement sur un chemin forestier, un craquement de branches. Depuis les flancs du Chelmos la voix envoyait une brise cristalline, ironique et provocante : « La guerre n'apporte pas la mort. Elle est pleine de vie, car dans la guerre il n'y a que la vie qui compte, quand tout autour de soi est anéanti. Est-ce que tu dirais que dans un abattoir il y a la mort, une odeur de mort ? On y respire la vie, la vie de ceux qui se nourriront des animaux abattus.

C'est pour la vie que nous faisons la guerre, pour la vie que les animaux sont abattus. »

Retiré dans son refuge, Athos avait refusé la guerre, il n'acceptait pas les propos sur le sacrifice des civils, les vaines lamentations, les discours fatalistes, la dimension métaphysique du désastre, les transgressions trompeuses. Il réagissait par la dérision. Il vivait avec le sentiment que la cruauté triomphait partout, mais son contact avec la réalité s'était sérieusement détérioré. Comment cela se faisait-il ? Que lui était-il arrivé ? Margarita ne m'aidait pas à comprendre, mais sa froideur d'enfant et son impassibilité devant le mal m'étaient précieuses pour tenir le coup. Elle n'avait pas encore onze ans. Pour elle la mort n'avait aucun lien avec les émotions. Son frère ne vivait plus, mais c'était comme s'il ne s'était rien passé. Son père était introuvable après un pareil massacre, mais c'était un signe magique, comme un verdict d'acquittement tombé du ciel au milieu de l'enfer où nous nous étions retrouvés par erreur, près de chaudrons où cuisent des hommes, de démons enragés à les punir. Oui ! les Allemands nous avaient punis parce que nous avions tué les prisonniers, comme si cette guerre n'avait été que la leur, et pas du tout la nôtre. C'est qu'ils étaient la force d'occupation. Margarita s'était raccrochée à moi, ce qui comptait, c'était que j'étais en vie, que j'étais là, près d'elle, qu'elle n'était pas seule. Toutes les deux ensemble nous étions toutes-puissantes, nous pouvions unir nos forces et éclaircir tous les mystères que la catastrophe avait provoqués.

Il se passa un bon nombre de jours avant que j'apprenne où Athos se cachait et que j'aille le voir. Bien avant les représailles, après que les Italiens eurent évacué Kalavryta, vers la fin octobre 1943, l'état-major des partisans de Michos, qui siégeait à Vyssoka, avait demandé à Athos de venir les aider. Apparemment, des officiers anglais et américains avaient décidé de créer un petit aérodrome en dehors du village. Il fallait couper des arbres, dégager le terrain. Athos serait chargé de surveiller les travaux et de s'occuper ensuite du bois : les troncs serviraient plus tard à fortifier des positions sur les hauteurs. Il acceptait ce genre de sollicitations de la part des maquisards, en particulier quand on faisait appel à lui comme guide dans les forêts, même s'il n'était pas embrigadé et ne voulait pas l'être. Il savait que personne ne pouvait lui imposer quoi que ce soit. D'une certaine manière il était au-dessus de tout ça, mais il se rangeait clairement du côté de la Résistance sans craindre les collaborateurs et les anticommunistes. On ne cherchait jamais noise au forestier. Il exerçait une fonction qui était en dehors des lois de la société, politiquement neutre, il n'avait de comptes à rendre qu'aux lois de la nature. Cela, il l'avait imposé à la communauté. Il était d'ailleurs étranger à Kalavryta. Il n'avait pas de propriété, pas d'intérêts, ni de litige avec personne. Il vivait seulement de son salaire et de ses connaissances. Même la législation de l'État qu'il était obligé d'appliquer, il l'avait si bien adaptée aux besoins réels des habitants et de l'environnement naturel, dont il avait endossé personnellement la protection, que personne ne pouvait lui reprocher une quelconque irrégularité. Athos était la personnification de l'impartialité, du désintéressement et de la justice. La charge des arbres qu'on venait de couper sur la future étendue de l'aérodrome l'occupait sans doute beaucoup, mais je pense que sa motivation première, celle à laquelle il tenait le plus, était de rencontrer Michos pour une autre raison. C'était de lui demander de ne pas faire de mal aux soldats allemands que les maquisards avaient faits prisonniers au cours des combats à Kerpini le 17 octobre. Du reste, en juillet 1943, Michos avait libéré, quelque part près de Ftéri, quatre-vingt-douze soldats italiens qui avaient été faits prisonniers à la suite de la bataille de Gourzoumissa. Il avait eu raison, il s'était comporté intelligemment. À présent, soixante-dix Allemands étaient détenus à Mazéïka. Si les maquisards les tuaient, Kalavryta subirait des représailles. De cette mission secrète, Athos est rentré bredouille. Pendant la nuit, il s'est réveillé d'un cauchemar en gémissant. Il voyait des troncs nus recevoir une avalanche de balles. Les arbres abattus qui gisaient le long de la rivière faisaient entendre les cris inarticulés d'hommes dont on criblait de balles les poitrines dénudées, au moment où ils se rendaient, désarmés, en levant leurs bras blancs pareils à des branches chaulées. Hommes et arbres, dans l'esprit d'Athos, appartenaient à la même réalité. Ils ne différaient en rien, c'étaient des créatures semblables. Ils partageaient une même tendance à s'élever vers le ciel, d'une manière tout à fait naturelle, en inscrivant le temps sur leur corps.

L'agent de liaison qui avait conduit Athos à Vyssoka pour lui faire rencontrer Michos est arrivé un soir dans Kalavryta incendiée et m'a cherchée dans les ruines. Il ne semblait pas avoir toute sa tête. Il m'a dit qu'il avait erré deux semaines dans les bois en ne mangeant que des mûres, des racines et des feuilles. Il s'était traîné sans but dans les villages des alentours, les Allemands avaient incendié sa maison à Rogi, ils avaient tué sa femme et ses enfants, et lui s'en était tiré en se cachant. Il était parti de là sans les enterrer, il n'en avait pas eu le courage, il ne savait pas ce qu'ils étaient devenus. Il se demandait s'il n'avait pas commis une faute. Peut-être étaient-ils encore vivants, quand il les avait vus, fusillés, dans le jardin. Il avait rencontré Athos dans une clairière sur le Chelmos, qui dormait au pied d'un arbre, à moitié enfoui dans la neige. Athos ne l'avait pas reconnu. Il l'avait interrogé, mais Athos, qui s'était réveillé, ne lui répondait pas. Il n'écoutait pas. Il haussait les épaules. Il ne se rappelait pas comment il s'était retrouvé là, ni d'où il venait. L'autre lui disait : « Athos, Athos, c'est moi, Lambros, de Vyssoka. Tu étais chez nous il y a deux mois. Athos, tu ne me reconnais pas ? » Mon mari le regardait comme s'il le voyait pour la première fois. Il fixait son regard sur les lèvres de Lambros en essayant d'y lire les mots. Il s'est levé brusquement et a couru embrasser un chêne. Il a crié en serrant le tronc : « Pandélios, Pandélios ! », en prononçant le nom avec difficulté. Puis il a marmonné des propos inaudibles, la bouche collée contre l'écorce de l'arbre. Il avait une blessure à la tête, couverte de sang séché, portait une vieille capote trop étroite pour lui et des gants de laine pleins de trous. Il a dit à Lambros, à l'aide de gestes et de mots inarticulés, qu'il y avait un campement de maquisards un kilomètre plus loin. S'il y allait, ils lui donneraient à manger. Puis il s'est mis à courir dans la direction opposée et s'est enfoncé à nouveau dans la forêt.

Pendant qu'il parlait, Lambros pliait les genoux et se penchait en arrière comme s'il avait voulu s'asseoir. La sacoche qu'il avait à l'épaule glissait lentement et lui tombait sur le bras, entraînant aussi sa tête vers le bas. Il paraissait craindre la portée de ses paroles. Il fuyait mon regard. Il redoutait ma réaction à cette nouvelle. Finalement, il s'est jeté à mes pieds, s'est presque affalé sur le sol comme pour demander pardon. J'ai alors vu Athos devant moi. Il soulevait le col de son manteau et s'éloignait de nous avec Giannos à ses côtés, en suivant le soldat allemand. Le lendemain à l'aube, j'ai laissé Margarita avec les autres femmes et les enfants et je suis partie pour la cabane du Chelmos, la vieille maison forestière qu'Athos utilisait depuis quelque temps comme domicile personnel. Mon amie Argyro a insisté pour venir avec moi. La neige crissait sous nos pieds, plus nous progressions dans la forêt, plus la brume s'épaississait. On entendait de temps à autre éclater au loin une fusillade qui ensuite se calmait. Je ne saurais dire si j'avais peur. Je ne sentais pas mon corps, c'était comme quelque chose d'étranger. Il existait en dehors de moi, il avançait, raidi par le froid. Je ne sais plus pour quelle raison, mais je me suis mise soudain à courir toute seule. J'ai changé de chemin, j'ai crié à Argyro de revenir en ville et je me suis engagée dans la descente vers Planitéro, mais je l'ai entendue courir derrière moi sans protester. J'ai trouvé la doctoresse Evdokia dans les décombres de sa maison, je l'ai persuadée de me suivre. J'étais terrorisée, mais je ne m'en rendais pas compte. Après une autre heure de marche, en montée, j'ai aperçu la Crête-des-Sapins, blanche et déserte dans le matin gris. Nous nous sommes arrêtées devant la cabane et j'ai crié. Personne. De la fumée sortait de la cheminée. Nous sommes entrées. Athos était assis devant la table et regardait le feu devant lui. Il ne nous avait pas entendues. Il a senti une présence. Il n'a pas bougé. Je lui ai parlé. Il ne s'est pas retourné. Quand nos regards se sont croisés, il s'est levé. Il m'a vouvoyée. Il bégayait. Il ne m'a pas reconnue. Il n'a pas remis Evdokia non plus. À cet instant, je me suis dit qu'il avait perdu la tête.

Il n'a commencé à reconnaître les gens qu'à la suite d'un second choc qu'il a subi après l'exécution des hommes dans le champ de Kapis, quand une mine a explosé près de lui, quatre ans plus tard, pendant la guerre civile. Il se trouvait avec un bûcheron dans le bois de pins noirs, à Lapanagi. Le bûcheron a été tué sur le coup. Athos a alors retrouvé l'ouïe. Sa mémoire a commencé à revenir. Pendant toutes ces années, il était resté dans la cabane. En pleine guerre civile, c'était le refuge le plus exposé, mais Athos avait le sentiment qu'il vivait seul au bout du monde, au fond de son silence. Il accomplissait ses tâches de forestier, du moins telles qu'il les concevait. L'homme blessé s'était replié sur lui-même et attendait. Peut-être que, dans son esprit dérangé, il réfléchissait, il rêvait, en tout cas il communiquait sans doute avec une force immuable, une image stable de la condition humaine qui lui donnait la mesure du temps et apaisait le sentiment de la perte. Il ne voulait pas bouger de là. Il faisait de fréquentes patrouilles dans les bois de Zarouchla et de Barbou, s'y occupait des châtaigniers, organisait la récolte des châtaignes avec les villageois de Nassia. Il ne se souciait pas de la destination des sacs de châtaignes. D'autres que lui veillaient à leur expédition. Les sacs étaient envoyés à Kalavryta et pris en charge par l'intendance du maquis. Quant à lui, il en remplissait un qu'il portait sur son dos partout où il allait, pour s'en nourrir. Quand il apprenait qu'il y avait, quelque part dans la forêt, des combats ou des embuscades, il allait inspecter les arbres, le sol. « Ils vivront plus longtemps que nous », disait-il. Il a dû risquer sa vie plus d'une fois. Il dormait là où il se trouvait pour ses patrouilles. Les villages avaient été laissés à l'abandon, les maisons étaient restées ouvertes. Il avait une autre cabane qui lui servait de gîte dans la chênaie de Kaniska. Forestiers et bûcherons y passaient la nuit en temps de paix. Il assurait sa subsistance à la manière des bêtes sauvages. Il volait comme un oiseau d'un endroit à l'autre pour aboutir toujours à son refuge du Chelmos.

Margarita et moi, nous avons quitté Kalavryta. Les parents d'Athos nous ont hébergées dans leur village,

Kastania, en Évrytanie. Katérina et Panaïtogiannos nous questionnaient sur leur fils : « Est-ce qu'il est vivant ? Comment va-t-il ? Où se trouve-t-il ? » Ils ne comprenaient pas ce qui était arrivé. Ils nous ont beaucoup aidées, à cette époque. Plus tard, ils ont trouvé un moyen pour nous permettre d'aller nous installer à Athènes. J'attendais tous les jours des nouvelles de lui. Je savais que, quand il retrouverait la mémoire, il nous rechercherait chez ses parents. Mais quand cela allait-il se produire ? Les habitants de Kalavryta étaient au courant, ils lui diraient tout quand il descendrait en ville pour nous rechercher. Je ne voulais pas retourner dans ce pays. Athos s'était métamorphosé. Chaque fois que je pensais à lui, il avait le visage paradoxalement familier d'un homme qui m'était inconnu. Ça m'effrayait. Était-il en vie ? Était-il mort ? À Kastania, je me concentrais sur les bruits du soir dans la montagne, le coucou, le hurlement lointain du loup, et je songeais à lui, tout seul dans sa cabane, sans même avoir la compagnie de ses pensées. Ça me rendait jalouse. Tant de liberté pour lui, à côté des humiliations et des épreuves que nous vivions ! Des pensées absurdes, une jalousie absurde ! La nature, qu'Athos chérissait tant, était ma grande rivale. Il était toujours seul et libre avec elle. Et quand il était près de moi, il n'avait qu'une hâte : retourner auprès d'elle. Au milieu de tant de morts quelle honte de raisonner comme une femme amoureuse ! J'avais un petit enfant et on me l'a tué. Je ne l'ai pas pleuré. Il y avait eu une telle violence, une telle terreur que j'étais restée sans voix, sans larmes, pétrifiée. Les larmes ne me venaient pas. La ville avait été détruite, nos biens avaient disparu, mon Giannos avait été tué, enterré avec les autres dans une fosse commune, une mort anonyme, infamante, et je ne pensais qu'au disparu, Athos, et à mon désir de le retrouver. Les morts, même privés de leur nom, me semblaient mieux entourés que nous, les mères, les épouses, faibles femmes qui restions seules pour reconstruire la ville et notre vie. Et les maquisards avaient gagné les montagnes.

J'ai vieilli avec la haine de la guerre. Haine des Allemands, haine des maquisards. Ma rancune n'était pas due à mon incapacité à me défaire de ce passé si noir, mais à une incessante réactivation de mon sentiment à l'égard d'un malheur demeuré inexpiable. Je n'ai pourtant jamais songé à me venger, je n'en ressentais pas le besoin. Le ressentiment brûlait comme un feu en moi. Si j'avais participé au maquis, avec les combattantes, j'aurais trouvé une justification, je me serais fait justice moi-même en rendant la pareille. Surtout, je n'aurais pas été seule. Mais j'étais la femme du forestier. D'un homme qui n'appartenait qu'à lui-même, qui refusait de prendre les armes, de tuer pour ne pas être tué. Mais la solitude d'Athos était celle d'un homme. Forte et immuable, comme l'est la société. Ma solitude de femme semblait une malédiction tombée soudain du ciel. Elle ne pouvait compter sur personne. Bien sûr, il y avait Margarita. Mais Margarita comptait sur moi. J'allais devoir travailler, homme et femme à la fois, pour que nous puissions vivre. Athos, je le savais, ne reviendrait pas. Les coupables se cachent. La culpabilité pousse à s'enfuir loin du lieu du crime. « Mais moi, j'étais une victime quand je me suis caché, disait Athos, bien des années plus tard, quand Lefki le pressait de parler. Et je suis resté près du lieu du crime, parce que seul le lieu se souvient. Je voulais me souvenir. Je me suis caché dans la forêt, en haut de la montagne, parce que je ne voulais pas des hommes. J'étais une victime coupable. J'ai survécu. Je ne ressentais pas la culpabilité de l'auteur du crime, mais celle de la victime. Je m'en étais tiré, alors que les autres étaient morts à ma place. »

Je pensais, même des années plus tard, que la raison d'Athos avait été ébranlée. Il avait survécu, mais la neige du Chelmos lui avait gelé le cerveau. Elle lui avait réchauffé le corps, l'avait dissimulé et protégé quand il avait quitté le champ ensanglanté de Kapis, lui avait rafraîchi sa blessure, l'avait désaltéré, mais son esprit s'était obscurci comme du cristal noir. Il était resté dans sa torpeur, à ressasser sa culpabilité. Quelle culpabilité ? Est-ce que, moi, j'étais coupable de la mort de Giannos ? Le feu m'avait ouvert les yeux. Je ne crois pas que les Allemands aient voulu nous brûler dans les écoles, nous les femmes et les enfants. Ils n'avaient pas reçu un tel ordre. Ils l'ont fait ailleurs, mais pour nous ce n'était pas prévu. Survivre en étant pillé, en n'ayant pour tout bien que la terre pour recouvrir ses morts, est un châtiment bien pire encore. Ils nous ont punis. Quel sacrifice ? La mort de nos maris sur l'autel de la résistance à l'occupant a-t-elle été un sacrifice ? Les veuves de Kalavryta et leurs orphelins ne pourraient profiter de ce présent qui leur avait été offert, la vie, sans sacrifier cette vie à la mémoire de leurs maris, les « sacrifiés », comme on les appelait. Elles ont voulu se sacrifier, c'était leur droit. Mais les hommes, non. Ils ont été abattus comme du bétail pour que soient appliquées les mesures d'expiation de l'armée d'occupation. Seuls les combattants qui se jettent dans la bataille de leur propre chef se sacrifient pour leur patrie. Les maquisards, eux, oui, ils ont donné leur vie pour libérer le pays. Mais les maquisards, je les déteste. Parce que, eux aussi, ils ont donné dans les mesures d'expiation. Ils ont livré peu de combats. Des embuscades, des escarmouches, des coups de main sans risque, des exécutions, des sabotages, après quoi ils profitaient de leur liberté dans la montagne.

« Mais ils n'avaient pas la même puissance militaire que les occupants, proteste Lefki. En tout cas, ils étaient courageux. Ils frappaient comme ils pouvaient, pour affaiblir les Allemands. » Ah, Lefki ! Qu'est-ce qu'elle me fatiguait avec sa manie d'avoir toujours raison ! Parce que, en plus, elle avait raison. Mais qui nie l'héroïsme de la Résistance, quarante ans après, en temps de paix ? Et comment soutenir le moral des gens ? Qu'il y ait eu avant eux une guerre glorieuse, c'est cela qu'ils ont besoin de croire à présent. Mais c'est autre chose – et une chose peut-être plus utile – que de savoir comment la Résistance s'est organisée, s'est développée et, pour finir, s'est immolée dans sa haine de classe. Une guerre de représailles. Une guerre d'exécutions d'otages. « Je préfère exécuter des gens, plutôt que de laisser un traître m'échapper », disait Aris Vélouchiotis.* « Oui, des traîtres ! Les collabos étaient un véritable fléau », dit Lefki, outrée, dans son effort pour justifier les combats de la gauche. Elle n'a pas tort. Les odieuses racailles fascistes et leur idéologie meurtrière écrasent les nobles idées des révolutionnaires, la liberté et l'égalité. Mais l'histoire n'a rien de tragique. La tragédie réside dans l'humble existence de tout homme qui veut se dépasser. Quand il agit au nom d'une grande idée de l'histoire. À ce moment-là, les deux partis opposés peuvent avoir raison et tort en même temps, mais pour que l'un des deux l'emporte, il faut, par tous les moyens, obtenir l'extermination totale de l'adversaire. Il n'y a pas d'arrogance sans haine. On ne coupe à la conscience coupable que par la vengeance, instinct primitif du guerrier. C'est ce que je m'efforce de dire à ma petite-fille Lefki avec des mots tout simples. Mais elle, elle entend les consigner à sa manière, plus réfléchie. Pour qui réfléchit, le juste et l'injuste sont

* *Aris Vélouchiotis, nom de guerre de Thanassis Klaras, est la figure la plus connue de la résistance grecque. Militant communiste, il créa les premiers groupes de partisans et fut à l'origine de l'ELAS (Armée de libération populaire grecque). Il fut ensuite désavoué par la direction de son parti en mai 1945 pour avoir refusé le désarmement conclu par la Résistance avec le gouvernement soutenu par les forces britanniques au moment de l'accord de Varkiza (février 1945). Il fut assassiné dans des conditions mal élucidées et devint durablement la figure emblématique et quasiment mythique de la Résistance. Mais sa dureté à l'égard de ceux qu'il considérait comme « les ennemis de la patrie » est restée aussi mémorable que sa vaillance.*

indissociables. Mais alors il n'y a pas d'autre voie que la solitude d'Athos.

Les trois Allemands blessés à la bataille de Kerpini, nous les avons d'abord soignés à l'hôpital de Kalavryta. Après quoi, nous les avons massacrés et jetés dans un puits pour racheter d'autres victimes, de chez nous. Ensuite, nous les avons tirés de là et nous les avons ensevelis avec les honneurs par crainte des représailles. Plus tard, les Allemands les ont exhumés, comme on pouvait s'y attendre, et ont constaté les traces du traitement indigne qu'ils avaient subi. Ils ont répliqué en nous punissant. Les soixante-dix-huit autres soldats faits prisonniers pendant la même bataille, si l'on peut appeler ainsi une simple embuscade des maquisards couronnée de succès, nous les avons emmenés en piteux état dans les villages : ce n'étaient plus des soldats mais des loques humaines. Nous les avons cachés dans l'école de Planitéro. Ils y ont vécu en bonne intelligence avec les habitants : ils allaient à la messe avec les villageois, ils apprenaient le grec, les enfants leur distribuaient des gâteaux au moment des fêtes. Ensuite, nous les avons précipités dans le ravin de Magéro, fauchés à la mitrailleuse, attachés par des cordes, si bien qu'ils s'entraînaient l'un l'autre sur les rochers, vivants ou morts, au fond peu importait. Mais je suis sûre que Michos n'avait pas signé l'ordre de cette exécution. Ils étaient trois à la tête du maquis de Vyssoka. Michos n'était pas d'accord, du moins au début. Il avait dit : il faut relâcher les prisonniers allemands, leur rendre la liberté. Même si la Wehrmacht appliquait sa loi martiale concernant les représailles – cinquante à cent Grecs pour tout Allemand tué –, sans s'embarrasser de prétextes et sans expliquer à quelles conditions, en suivant simplement l'ordre d'« écraser les rebelles par tous les moyens possibles ». Non, Michos n'était pas d'accord. Les gardiens des prisonniers n'étaient pas d'accord. Les Anglais non plus. Les maquisards ont eu du mal à former un peloton d'exécution. Et combien, parmi ceux qui ont exécuté cet ordre, ne font plus de cauchemars aujourd'hui ?

Le front de Lefki s'est assombri. « Autrement dit, il ne fallait pas faire la guerre parce que les civils allaient payer les pots cassés ? » Mais ils les ont gardés plus de deux mois. La guerre, ce n'est pas seulement des instincts primitifs. C'est un métier. Qu'est-ce qu'elle me fatigue, cette Lefki ! Ma fille Margarita ne parlait jamais de ça, elle ne posait pas de questions. Elle tenait de son père. Lui, il lui suffisait de regarder pousser les arbres qu'il avait plantés, comme Lefki qui grandissait à la manière d'une branche verdoyante de l'arbre de Margarita. Athos croyait, j'en suis certaine, que ce n'était pas l'eau qui nourrissait ses arbres sous la terre, mais le sang des innocents. Non, il n'acceptait pas les propos grandiloquents qui évoquaient des sacrifices ni les balancements d'encensoir de l'église. Deux ans après le massacre, il est descendu en pleine nuit du Chelmos, au milieu d'une tempête de neige, l'esprit encore embrumé, probablement au cours d'une de ces soudaines crises d'hypermnésie qui visitent parfois les gens qui souffrent d'une perte de mémoire, comme un éclair striant avec des lames tranchantes le ciel noir qui les recouvre. C'était la veille de la commémoration de l'Hécatombe du 13 décembre, comme on l'appelle aujourd'hui. Il a saccagé toutes les veilleuses et tous les encensoirs qui brûlaient dans le champ de Kapis. Les femmes de Kalavryta ont été terrorisées. Le pope a été obligé d'honorer les morts sans procéder à la bénédiction rituelle et s'est contenté d'une homélie succincte, refusant même de psalmodier. Tous ont eu alors une idée de l'auteur de cette profanation. Et ils l'ont acceptée en silence, comme le signe d'une autre forme de consolation qui soulageait leur douleur muette.

Les veuves, je les comprenais. Elles avaient besoin d'un soutien moral et d'un réconfort, tout comme, du reste, elles attendaient avec angoisse le chiche soutien de la Croix-Rouge ou de l'État pour répondre au manque de nourriture, de vêtements, d'argent. Elles ressentaient le besoin de pardonner et d'être pardonnées, de trouver des symboles de réconciliation, de repentir, de se fabriquer des boucs émissaires. Ça les arrangeait de jeter l'anathème sur un crime maquillé en se disant en guise d'exorcisme « c'était la faute des maquisards », plutôt que de maudire un ennemi étranger qui avait regagné ses foyers comme s'il ne s'était rien passé, laissant la guerre se poursuivre avec le communiste grec à la place de l'Allemand. Elles étaient prêtes à innocenter le vrai criminel d'une autre confession, à rejeter la faute, avec l'aide de Dieu, sur le libérateur local en le considérant comme un traître. Je les plaignais mais ne les approuvais pas. J'étais étrangère à leur pays, comme Athos. Je m'en suis tenue à laisser là les ossements de mon enfant, et j'en ai conservé une haine implacable. Cette haine avait vu le jour dans l'incendie de la ville, dans les flammes qui s'étaient emparées de ma robe quand j'étais sortie de l'école, affolée, avec Margarita qui courait devant moi comme pour m'ouvrir le chemin. Des feux que nous avions allumés la nuit même pour nous réchauffer, alors que je savais désormais qu'Athos était porté disparu, mais peut-être encore en vie.

« Mais qu'est-ce que c'est que cette haine, enfin ? Je ne comprends pas », bredouille Lefki, effarée, qui ne peut ni s'opposer ni acquiescer à ce que je lui dis. C'est une haine aussi tranchante que le couteau de la vérité. Je n'entends pas concilier l'absurdité du mal avec la toute-puissance de l'amour. Pourquoi faut-il que nous, les survivants, nous pardonnions à l'un pour accuser l'autre ? Pourquoi est-ce à nous d'avoir la grandeur d'âme de pardonner ? Parce que les morts en sont incapables et que nous devons en avoir le courage à leur place ? Est-ce que les Allemands nous ont demandé pardon ? Seule la contrition du coupable peut donner du sens et une justification au pardon. Le temps ne peut effacer les traces de leurs crimes, car ils sont innombrables et atroces, même si les femmes de Kalavryta pensent qu'elles sont les victimes par excellence de cette grande guerre. Pardonner reviendrait à diviniser le mystère de l'horreur absurde répandue par les nazis, au lieu de le démasquer et de le mettre en lumière comme une action commune à l'humanité. Il n'y a qu'un seul Allemand à qui j'ai voulu pardonner, et je regrette de ne pas l'avoir fait quand l'occasion m'en a été donnée : Kurt, un des prisonniers qui ont réchappé à l'exécution de Magéro quand les maquisards les ont précipités sur les rochers. Il est arrivé à bout de souffle, en loques, avec un bras cassé, à la cabane d'Athos qui l'a recueilli avec affection. Ils ont vécu un bon nombre d'années ensemble. Aux villageois et aux maquisards à qui il arrivait de passer par là, mon mari disait que c'était un cousin muet de Kastania. Certains ont compris qui il était, mais ils n'ont pas ouvert la bouche. J'ai fait la connaissance de Kurt quand je me suis rendue sur le Chelmos en 1945 sans crier gare, par nostalgie pour Athos. Il ne reconnaissait encore aucun de nous. Il était plongé dans son silence et dans les soins prodigués à l'ancien prisonnier, qu'il soignait comme ses arbres. Mon sang n'a fait qu'un tour quand j'ai compris de quoi il retournait. J'ai d'abord voulu les embrasser tous les deux en pleurant. Kurt, cet Allemand blond, me fixait de son regard bleu d'Aryen, effrayé et comme honteux. Alors moi, je lui ai craché à la figure. Tellement j'avais été aveuglée par le feu.

MARGARITA OU LE FAUCON BLESSÉ

Ce qui m'a toujours charmée dans les forêts où j'allais avec mon père pendant mon enfance, ce n'était pas tant les arbres avec leur haut tronc et un épais feuillage vert sur leurs longues branches, qui se tendaient comme des bras pour enlacer, sous une voûte d'ombre striée d'inattendus sillons de lumière, que le sol sombre, mystérieux, pour moi, sur lequel nous marchions, que les racines qui s'enfonçaient profondément dans la terre et soutenaient ces énormes plantes anthropomorphes. « Les arbres vivent l'un près de l'autre, comme nous les hommes », me disait Athos.

Mon père, en forestier qu'il était, s'absentait de la maison pendant des jours entiers, dormait dans des cabanes ou des refuges pour surveiller les travaux d'exploitation de la forêt, qui devenait alors son second foyer. Chaque fois que je le suivais dans ces expéditions, je sentais que ma vraie maison ne se trouvait pas dans le village ou la ville, disons dans une bâtisse en pierre avec une cour pavée et des villageois pour voisins, comme celle de Doliani, mais dehors, dans la forêt noire, dans la terre, au milieu des yeuses, sous les chênes et les châtaigniers. Le souffle de la forêt était un monde intérieur, profond et silencieux, comme mon père. Il n'y avait pas dans ce monde d'apparence extérieure, de vue sur quelque chose de plus lointain et de différent, tout était caché à l'intérieur, immobile et tranquille, comme les racines qui se nourrissaient sous la terre, invisibles. Plus elles descendaient profond, plus elles s'étendaient, plus le tronc de l'arbre s'élevait dans le ciel. Ce mystère d'une vie muette, à la fois humaine et végétale, me fascinait. Athos n'expliquait rien. Il travaillait sans cesse de ses mains et, de temps en temps, reposait longuement son regard sur les choses. Moi, je suivais ce regard, et j'apprenais comment il s'y prenait chaque fois. Notre mère, au contraire, extravertie et loquace, toujours en mouvement, nous baignait, Giannos et moi, dans le torrent de son amour et s'efforçait de déposer son empreinte sur tous les petits événements visibles de notre vie quotidienne. Elle avait à tout moment les mots « amour » et « poids » à la bouche, elle expliquait l'amour par son poids. Pour Marianthi toute chose trouvait la place qui lui convenait en fonction de son poids. C'était la raison pour laquelle la pierre tombait à terre. Le feu s'élevait dans les hauteurs parce qu'il était aussi léger que la fumée. L'huile, lorsqu'on en faisait couler quelques gouttes dans l'eau, remontait à la surface et surnageait parce qu'elle était plus légère. L'amour que Marianthi nous témoignait, ainsi qu'à Athos, était si lourd et si précieux qu'il l'obligeait à se pencher constamment sur nous et à veiller à ce que nous ne manquions de rien.

Notre mère était grande et mince comme un cyprès, et ses mains se terminaient par cinq longs doigts tout fins qui se déployaient comme des pédoncules multiples et se tressaient avec dextérité autour des choses, si bien qu'on pouvait croire que cette femme disposait de plusieurs vies légères et qu'elle cherchait à grimper et à se propulser dans toutes les directions. L'immobilité et les profondes racines d'Athos l'ancraient fermement dans le sol, donnant à la gravité de son amour une seule et unique destination. Pourtant, dans la brève période de notre vie qu'il nous a été donné de passer tous les quatre ensemble – une décennie en tout et pour tout, jusqu'au moment où la guerre nous a balayés – nous avons souvent changé de maison, de forêt, de cabane, de montagne. De Mytilène à Zagori, de Doliani à Tristéno, et, de là à Kalavryta et au Chelmos, puis à Kastania en Évrytanie, pour Marianthi et moi seulement, avant de revenir sur le Chelmos. Nous sommes toujours revenus sur le Chelmos, là où Athos avait poussé parmi les hêtres et les chênes, tel un érable solitaire.

La première fois où j'ai revu mon père, après l'extermination des hommes de Kalavryta par les Allemands, c'était en août 1949. Il y avait six ans que nous ne nous étions pas vus, j'étais alors une jeune fille de dix-sept ans. Les armes s'étaient tues, Athos avait retrouvé la mémoire, mais il souffrait de céphalées, d'hypermnésie pathologique, de troubles psychomoteurs. Il ne distinguait pas toujours le proche du lointain sur l'échelle du temps ni dans les distances géographiques. Il décrivait une pluie torrentielle tombée la veille comme si elle s'était abattue avant l'arrivée des Allemands. Ou bien, quand on lui disait qu'on était venu d'Athènes, il pensait qu'on avait fait un trajet d'une heure, comme pour aller de Kalavryta à Sopoto. Le fait de renouer avec la réalité ne l'impressionnait pas du tout, mais lui causait une fatigue insupportable, l'épuisait. Il disait souvent qu'il voyait défiler devant lui des images qui troublaient momentanément sa vue, qu'il entendait à plusieurs reprises des voix ou des sons étranges qui revenaient avec plus d'intensité quand il était exposé à des bruits très forts, par exemple quand un avion volait à basse altitude ou quand il se trouvait dans une coupe de bois avec une tronçonneuse en marche.

Marianthi, elle, était montée le voir deux ou trois fois sur le Chelmos avant que nous quittions Kalavryta, et en 1945 elle avait fait un voyage éclair pour lui rendre visite depuis Athènes, où nous habitions déjà toutes les deux. Elle travaillait à la poste centrale, et moi, j'allais à l'école. « Il ne m'a pas reconnue », m'avait-elle dit sèchement à son retour. Rien de plus. Je n'ai pas su ce qu'il s'était passé exactement. Seulement qu'Athos était vivant, qu'il avait survécu, comme on disait alors. Et qu'il refusait de quitter la montagne, la forêt et son refuge. Il était terrorisé et, tant que la guerre durait dans le pays, il voulait se retrouver loin des hommes. Il ne leur faisait pas confiance. D'un autre côté, il était le premier à courir prêter main-forte à qui avait besoin de lui, même dans la fumée du combat. Un jour, Marianthi a reçu une lettre de Planitéro. Evdokia écrivait qu'Athos posait des questions sur moi. Il commençait à se souvenir. Il avait lu la première lettre que je lui avais envoyée de Kastania, bien des années plus tôt. Il avait d'abord cru qu'elle était de Giannos. Je lui écrivais que je dormais dans sa chambre d'enfant, sous le toit. La maison paternelle sentait le citron et la sciure. Panaïtogiannos travaillait le bois pour l'iconostase de l'église dans la cave. Chaque jour, un maquisard passait prendre le pain de maïs que Katérina sortait du four. Tous les habitants du village étaient descendus à Karpénissi en laissant leur maison à l'abandon. Depuis la fenêtre de sa chambre, je voyais le mont Kéramidi. Je voulais lui jeter des pierres pour le casser et apercevoir au-delà les sommets enneigés du Pinde et la forêt de Doliani, dans le Zagori, où nous allions autrefois récolter ensemble la résine des sapins. Je lui rappelais comment il avait alors incisé un tronc d'arbre pour la recueillir et comment il avait aussitôt attaché sous la plaie un sac de tulle et un petit récipient en fer-blanc. Il avait soudain entendu une plainte, un gémissement, comme si quelqu'un souffrait tout près de là, puis il lui avait semblé qu'un enfant hurlait, que le sanglot, devenu plus sourd, s'éternisait. Il avait regardé l'arbre avec effroi. Il avait mal. C'était l'arbre qui souffrait, de sa plaie ouverte. Depuis ce jour, il a cessé de s'occuper de la récolte de la résine, pourtant très recherchée parce que les gens l'utilisaient pour des cataplasmes. Les exploitants de résine et les bûcherons venaient solliciter ses conseils. Il leur apprenait le métier. Il n'a parlé à personne des sanglots du sapin rouge. J'étais la seule à savoir, j'étais près de lui quand il les avait entendus. Je lui relatais d'autres épisodes de notre vie passée, comme si j'avais voulu ranimer dans sa mémoire obscurcie ce que nous avions vécu ensemble, le faire se souvenir à nouveau. Comme cette tempête qui avait éclaté une nuit au-dessus de Kalavryta. Les Italiens venaient tout juste de s'établir dans la région, je devais avoir alors huit ans. Nous étions restés bloqués tous les deux dans la cabane du Chelmos. Je voyais derrière les vitres les sapins ployer, s'incliner depuis le milieu de leur tronc, au point que leur cime touchait presque le sol, ou tomber violemment l'un sur l'autre, et leurs branches s'entrelacer en formant d'étranges figures dans le fracas du vent. « Ils ont beaucoup à se dire entre eux, assurait Athos en lisant imperturbablement le *Manuel des lois de la forêt*. C'est seulement pendant ces orages qu'ils parlent ensemble. Le reste du temps, ces arbres demeurent immobiles et muets, chacun enfermé en lui-même, et ils prient. »

Mon père me terrorisait et me tranquillisait en même temps. Tout pouvait arriver dans le monde, les pires catastrophes pouvaient menacer la sérénité de l'éphémère nature, nous, nous étions à l'abri comme si nous vivions dans un conte. Quand nous habitions chez mes grands-parents, à Kastania, Marianthi m'a réveillée un matin aux aurores, nous nous sommes mis sur le dos deux hottes vides et nous sommes parties pour la châtaigneraie voisine faire la récolte. Ma mère était nerveuse, brusque, hostile à tout ce qui l'entourait, absorbée par ses pensées. La guerre l'avait métamorphosée en un fauve muet qui éclatait en crises de rage.

Les ruines incendiées de Kalavryta la hantaient. Elle ne faisait jamais allusion à Athos, pour elle il n'existait plus, il avait été exécuté avec les autres hommes de la ville. Elle s'emportait contre Katérina et Panaïtogiannos qui donnaient des vivres aux maquisards. « Si les Allemands montent jusqu'ici, disait-elle, ils nous tueront tous. Nous collaborons avec la Résistance, nous aidons les francs-tireurs. » Ce matin-là, nous marchions à pas rapides, la tête baissée, à travers la brume. Nous avons entendu des coups de feu, puis s'est élevé dans la solitude le chant mélodieux des sonnailles : des moutons passaient sur le versant d'en face. Les montagnes parlaient entre elles de la guerre et de la paix, et je me disais que cela aussi, je voulais l'écrire à Athos. Les cimes et les hauteurs discutaient entre elles.

Quand nous sommes arrivées à la Croisée-du-Saint, Marianthi s'est arrêtée. « D'ici on aperçoit l'Empreinte, dit-elle. Fais une prière, toi, parce que moi, je ne crois pas en Dieu. Seulement pour que nous soyons sauvées ! » C'était ça, la guerre des civils : la survie. Acte sacré, grâce divine face à la toute-puissance de la mort. Le site appelé l'Empreinte était un rocher où, disait-on, la Vierge avait laissé sa trace. En passant par là, elle avait sculpté elle-même son image dans la pierre. Je ne savais pas comment prier dans de telles conditions, si bien que, tout en regardant la silhouette triangulaire de la paisible montagne de l'Apoklistra, j'ai fait un vœu. Si nous sommes encore vivants à la fin de la guerre, ai-je dit en moi-même, je souhaite que nous puissions gravir avec Athos l'unique sentier de cette montagne qu'il avait lui-même tracé et entretenu avant de quitter l'Évrytanie pour Vytina et l'École des eaux et forêts. Un sentier que personne n'avait jamais foulé, parce que l'endroit était impraticable, escarpé, hanté. Pour Athos, l'Apoklistra n'était pas le mont héroïque qui était devenu autrefois un bastion pour les femmes et les enfants, quand ces femmes lançaient des pierres pour empêcher les Turcs d'y monter. L'Apoklistra était pour lui un rêve, le désir de dompter ce sommet, de le conquérir. La nature, pour mon père, ne faisait peur qu'aussi longtemps que l'homme n'y avait pas touché. Le Turc ne l'intéressait pas. Cet insecte nuisible avait disparu dans les abîmes du temps. C'est probablement ainsi qu'il voyait aussi l'Allemand. Il aspirait à un héroïsme pacifique, qui ne s'accomplissait pas dans la fureur du combat.

Marianthi n'a jamais rien su de mon vœu, elle m'a seulement vue m'agenouiller et lever les yeux vers le ciel. Nous avons ramassé les châtaignes à la hâte et nous avons pris la montée en grelottant pour regagner la maison avec notre hotte pleine à ras bords sur le dos. L'humidité imprégnait nos vêtements. Ma mère ne disait mot, serrait les lèvres, en proie à un douloureux entêtement. Son foulard recouvrait son front jusqu'aux orbites osseuses de ses yeux, qui faisaient penser à des grottes abyssales, impénétrables, sauvages. Seul Athos aurait pu s'en approcher et s'arrêter pour regarder en elles. Nous avons fini par arriver au jardin et avons fait halte derrière la clôture en bois. Panaïtogiannos se tenait debout sur le seuil de la maison, en s'appuyant sur sa béquille, devant trois soldats allemands. Un peu plus loin, il y avait un mulet avec son bât. À côté de lui, Katérina s'agitait, semblait expliquer quelque chose avec des gestes aux étrangers nouveaux venus. Marianthi a eu le réflexe de fuir. Elle m'a empoignée par le bras et m'a tirée vers elle, comme pour m'inciter à partir nous cacher. Je l'ai retenue. Je l'ai presque traînée et nous nous sommes engagées dans l'allée du jardin. Elle tremblait de tout son corps, elle écumait, ses narines grandes ouvertes comme les naseaux d'un cheval en furie. Ils nous ont vues, ont regardé dans notre direction jusqu'à ce que nous nous arrêtions près d'eux. Un des soldats a armé son fusil et a visé les hottes que nous portions sur le dos. Nous les avons posées à terre. Nous en avons ôté le couvercle. Ils les ont fouillées en y enfonçant le bras profondément.

Nous sommes tous entrés dans la maison. Les Allemands sont restés deux nuits. L'un d'eux était un officier. Il descendait à la cave avec Panaïtogiannos et l'observait pendant qu'il travaillait le bois. Mon grand-père avait appris à sculpter le bois auprès d'un maître-artisan à Constantinople*. Après la guerre d'Asie Mineure**, au cours de laquelle il avait perdu sa jambe,

* *En Grèce, Istanbul a conservé son nom ancien de Constantinople.*

** *La guerre gréco-turque de 1921-1922 qui avait abouti, après la défaite grecque et le traité de Lausanne, au déplacement de plus d'un million de Grecs vivant en Asie Mineure vers la Grèce. La communauté grecque de Constantinople avait bénéficié d'une clause particulière qui lui permettait de rester sur place.*

il y avait habité trois ans et travaillé dans l'atelier d'un tailleur de son village. Pas mal de gens de Kastania avaient émigré pour aller vivre là-bas. Marianthi s'est enfermée pendant trois jours dans une pièce sans manger ni boire. Elle cachait un couteau sous son oreiller. Elle ne parlait à personne. Les Allemands ne nous ont fait aucun mal. Mais nous n'avons jamais compris ce qu'ils cherchaient, pourquoi et comment ils avaient débarqué dans le village. Les maquisards les avaient repérés, mais ils ne se sont pas montrés. Ils les ont laissés partir. J'ai vu le mulet s'éloigner d'un pas assuré au bord du précipice. Les trois soldats suivaient à pied. J'attendais d'un instant à l'autre le guet-apens des maquisards. Ils n'ont pas attaqué. Nous devons à la chance d'avoir survécu. Comme Athos. Katérina maudissait ceux qui, dans la région, collaboraient avec les Allemands. Ils préparaient quelque chose. Marianthi en voulait aux maquisards. Ils auraient dû, disait-elle, tuer les trois Allemands, qui étaient d'ailleurs une cible facile, il y aurait eu alors des représailles, les villages des alentours auraient été incendiés, ce qui aurait permis de recruter. Sa colère ressemblait à l'exaspération que suscitait en elle le silence d'Athos. Elle ne se souciait guère des troubles de mon père. Elle les considérait comme un dérangement passager dû au choc qu'il avait subi et à son tempérament extrêmement sensible. Mais elle était furieuse que son cher et tendre ait trouvé une fois de plus, involontairement cette fois, un moyen de vivre dans son monde à lui et de renier, en dépit de l'affection qu'il avait pour elle, leur vie commune, alors que son amour à elle restait vivace même pendant la guerre. Lefki ne peut comprendre ça. Elle s'en prend à moi quand je lui raconte mon expérience du crime hitlérien, mais elle se montre indifférente à mon opinion, alors qu'elle ne laisse passer aucune occasion de montrer qu'elle connaît bien Marianthi et qu'elle a parfaitement compris sa version des faits. Grâce aux récits de sa grand-mère, elle sait tout mieux que moi. « Puisque c'est elle qui m'a élevée », me répond-elle. Elle considère que Marianthi a été, est encore, la femme fière, intrépide et mûre qui a lutté pour notre survie sans que rien lui ait été donné, la femme au caractère bien trempé qui n'a connu ni contradictions ni défaillances. Moi, selon Lefki, j'étais alors une enfant, et je le suis restée. Comment une femme-enfant peut-elle avoir un enfant à elle et l'élever ? Aux yeux de ma fille, je suis restée dans l'ombre de Marianthi, invisible, irréfléchie et timide. La guerre ne m'a pas touchée, ne m'a pas enseigné de vérités, je n'ai rien d'héroïque. Moi, au contraire, je vois dans ma mère une créature faible, vulnérable, qui a été obligée de trouver la force de continuer à vivre, mais cette suite ne ressemblait pas à une vraie vie, puisque, si on ne partage pas ses sentiments, on s'enferme seulement dans sa prison ou dans son tombeau. Voilà ce que la guerre a fait d'individus comme Marianthi qui la détestaient et qui ne se sont pas engagés personnellement dans le combat commun pour la liberté. Ces individus se réfugiaient dans la peur et dans leur vision particulière des choses. Les autres, les combattants, qui ont résisté et survécu, sont sortis des cendres avec une vie affective pleine, vivante, achevée, justifiée, en dépit des traumatismes et des persécutions qu'ils ont subis entre-temps. Lefki ne comprend pas l'enfant de la guerre que j'ai été, elle me reproche d'avoir tout oublié trop vite, trop aisément. Elle ne prend en considération que l'adulte de cette époque, qui porte, lui, l'empreinte profonde de la catastrophe, même lorsqu'il n'a pas combattu. En particulier dans ces moments-là.

« Et ton frère ? » me demande-t-elle avec angoisse, car elle a toujours eu de la curiosité pour le lien fraternel, en fille unique qu'elle est.

J'ai commencé à penser à lui quand nous nous sommes retrouvées chez mes grands-parents à Kastania. Tant que nous étions à Kalavryta, j'avais dans mes narines l'odeur de son sang. Je suis restée des heures entières collée à son corps blessé, jusqu'au moment où nous l'avons descendu du champ de Kapis et enseveli dans l'enceinte du cimetière. Il était mort, et pourtant il continuait à vivre, invisible, une seconde vie auprès de nous. Mais moi, je le rencontrais régulièrement à Dipotama. J'y allais toujours seule. Je me penchais au-dessus du pont et regardais l'eau. C'est l'endroit où se rejoignent deux cours d'eau, le Krikéliotis et le Karpénissiotis*. C'est comme ça que je retrouvais Giannos. Puis, quand nous étions réunis, le courant nous entraînait et nous flottions entre les rives comme deux troncs d'arbre, côte à côte, jusqu'à ce que nous arrivions

** Le toponyme Dipotama signifie étymologiquement « Deux rivières ».*

à la mer. Son bleu était pacifique. La guerre était alors derrière nous. Il fallait toujours que j'invente quelque chose pour mettre fin à la guerre, par la pensée, par l'imagination. J'allais très souvent à Dipotama. Puis, peu à peu, j'ai oublié Giannos. J'ai grandi. J'ai dépassé son âge. Je suis devenue sa grande sœur. Lui a disparu dans un tas d'oiseaux tués. J'ai aussi oublié la mort, comme si je ne l'avais jamais connue. On l'oublie facilement. En elle-même, la mort n'est rien. Elle a besoin de la vie pour acquérir du sens. Elle donne de la valeur à la vie et reçoit du sens en contrepartie. Moi, dès l'enfance, j'ai voulu vivre sans me souvenir. Et quand Léandros est mort – j'avais alors trente-huit ans –, j'ai à nouveau oublié. Il fallait que je vive, dans toute ma plénitude et non pas disloquée par la douleur, et que j'élève Lefki. Marianthi, au contraire, a aboli son existence en s'inclinant devant la force absolue de la mort, en se pliant à l'exécrable partie que se livrent le crime et le châtiment. Elle a ruminé des années durant une idée de vengeance, qu'elle croyait alimentée par le sentiment de justice. Si les maquisards n'avaient pas exécuté les prisonniers allemands qu'ils détenaient depuis la bataille de Kerpini, s'ils n'avaient pas maltraité et jeté dans un puits les trois blessés, Kalavryta n'aurait pas eu à subir des représailles. C'est ce qu'elle croyait. Et de voir les gens de gauche présenter les événements comme cela les arrangeait la mettait dans tous ses états. Elle ne savait pas comment distribuer sa haine. Chez elle, le ressentiment unissait les auteurs et les responsables du crime – à supposer qu'on puisse les dissocier – dans un destin commun, entretenait le cercle vicieux du tribut du sang, qu'aucune vengeance ne peut effacer une fois qu'il a été versé. Le double visage du criminel laissait ainsi les victimes dépourvues de bourreau, la culpabilité accablait les deux belligérants, maquisards et Allemands, devenait une idée abstraite, l'expiation tombait dans le vide ou conduisait avec une précision mathématique à la guerre civile grecque. D'un autre côté, Athos, dans sa position de victime, dans son aphasie qui était aussi le prix affectif à payer pour sa situation, ne tourmentait pas son esprit fatigué avec les auteurs des crimes et leurs responsables, ne recherchait pas des coupables et des innocents. C'était la guerre, il fallait bien que les balles viennent de quelque part. Pour mon père, les choses étaient plus simples. Il avait été conduit sur la colline de Kapis par la haine d'Hitler et par ses propres atermoiements à s'engager dans le maquis. Il ne faisait pas qu'hésiter, il refusait. Lui, le maquis, il y allait tout seul, il était forestier, il s'identifiait à son métier, comme d'autres s'identifient à leur parti. Il devenait alors métaphysique. La position de la victime lui allait comme un gant, de manière aussi absolue que paradoxale. « La vie au milieu des hommes, c'est l'ultime humiliation*, disait-il. Personne n'échappe au sentiment de vengeance. J'ai rompu avec les hommes pour ne pas éprouver le désir

** L'expression désigne, dans la tradition iconographique orthodoxe, une icône aussi appelée « Christ de pitié », représentant le Christ dans son tombeau.*

de me venger. Je les ai innocentés en me tenant loin d'eux. » Quant à Lefki, à qui Marianthi avait fait la leçon, elle avait érigé dès l'enfance son propre tribunal avec fanatisme, tout en prenant plus de distance que sa grand-mère par rapport aux événements, de manière plus indépendante et plus impartiale. « Personne n'est jugé pour son sacrifice, disait-elle. Mais le crime exige qu'un procès ait lieu. Nous ne recherchons pas la vérité du sacrifice, puisqu'il la renferme en lui-même. Tout autel sacrificiel est érigé au nom de la vérité. Mais quand il s'agit du crime, la vérité souvent se dissimule. » Lefki voulait raconter l'aventure d'Athos dans l'unique dessein de retirer à l'événement historique des représailles son caractère de sacrifice. « Le sacrifice te maintient dans la passivité, prétendait-elle sur un ton rageur, il suscite un sentiment de culpabilité, fait de toi un débiteur, te plonge dans un deuil sans fin, te prive de ta vie. Mais le crime véritable, le malheur absurde que l'homme fait à un autre homme, nourrit la vigilance, le souci de justice, de renouveler la vie. »

De fait, les femmes de Kalavryta – et avec elles l'État, bien sûr – ont élevé à leurs époux et à leurs enfants un monument aux martyrs sacrifiés pour la nation, donnant ainsi à l'absurdité du crime collectif et à leur vie dévastée un sens rationnel. Elles ont vu dans le partisan la force motrice de la guerre et ont fait de lui le principal coupable. « Puisque les Allemands étaient la force d'occupation, disaient-elles, il fallait simplement se soumettre à eux pour survivre. » Il est plus légitime, voyez-vous, que le fort écrase le faible, plutôt que le faible se dresse contre le fort. Les années passant, le deuil des femmes devenait inflexible, implacable. Pourtant, plus il prenait l'apparence d'un stéréotype, d'un prétexte, plus il s'émoussait de l'intérieur : la douleur s'apaisait et venait l'heure des compromis et du pardon. Mais pas pour Marianthi de Vytina, qui du reste vivait désormais à Athènes, qu'aucun lien collectif ne rattachait plus à Kalavryta. Elle ne pardonnait à personne, sans compter que, dans son esprit, après coup, les partisans étaient plus jugés pour leurs choix tactiques pendant la guerre civile que pour leur action dans la Résistance.

En septembre 1949, quand les choses se sont calmées, Marianthi et moi, nous nous sommes retrouvées un soir à Sopoto, hébergées par de lointains parents à elle, originaires de Valtessiniko. Nous n'avions, depuis tout ce temps, aucune nouvelle d'Athos, en dehors de la lettre d'Evdokia qui nous informait qu'il avait recouvré la mémoire. « Il est bien possible qu'il ne soit plus en vie, qu'il ait été tué, qui sait, peut-être par les partisans, peut-être par les miliciens, ou les Anglais, il se peut aussi qu'il ait été frappé par la foudre », marmonnait Marianthi, et son visage se rembrunissait sous l'effet de la colère plutôt que sous l'effet du chagrin. « Mais nous l'aurions appris, on nous aurait averties », lui répondais-je en dissimulant mon angoisse. « Pourquoi ne nous donne-t-il pas signe de vie lui-même ? » me rétorquait-elle, agacée, en me regardant droit dans les yeux avec insistance, comme si elle avait voulu y découvrir un secret que j'étais la seule à connaître. Nous nous sommes entendues avec un villageois pour monter le lendemain sur le Chelmos. Je l'ai interrogé sur Athos. Il l'avait vu, m'a-t-il dit, un an plus tôt, à la même époque, sous la pluie. Dans la forêt de Kaniska. Il transportait un mort avec son ami allemand. Le villageois ne lâchait ces propos que du bout des lèvres. Il était peiné et se taisait d'un air fatigué, en fixant son regard sur le sol, comme pour trouver un appui quelque part. Je l'ai sollicité pour que nous allions tous les deux à Lapanagi. Là, je m'informerais sur mon père. Nous passerions, en faisant un détour, par la forêt de Kaniska. J'étais impatiente de me retrouver auprès d'Athos. J'étais sûre qu'il était vivant et que, pour une raison que j'ignorais, il attendait de moi que je le découvre. Je connaissais très bien la chênaie de Kaniska, tout comme je connaissais depuis l'enfance le besoin qu'éprouvait mon père de se retirer seul des jours entiers dans la montagne, où il observait les arbres, imitait leur silence et leur immobilité. « Tu as bien fait de venir, me disait-il quand j'allais le trouver avec les bûcherons. Je trouvais le temps long. »

Nous nous sommes mis en route avec les mulets au lever du jour. J'avais honte de ma tenue. Je portais des vêtements soignés, modernes et pimpants, qui respiraient l'air de la vie aisée et insouciante de la capitale. Là-bas, le pays était encore dévasté, comme en 1943. J'ai vu beaucoup d'habitations brûlées. Des gens, nulle part. Un fantôme de vieillard se tenait sur le seuil d'une maison, un peu plus loin une femme au visage ravagé me regardait les bras croisés. Des champs vides, des rues désertes, des portes closes. Des ruines. J'ai seulement vu, à l'entrée d'un village anéanti, un groupe d'enfants qui couraient vers le soleil du matin, comme s'ils voulaient l'attraper et le faire descendre vers eux. Quand nous sommes arrivés sur le mont du Faucon, le ciel s'est brusquement assombri. L'énorme rocher se dressait devant nous, effrayant, abrupt, comme celui de l'Apoklistra. Mais là, il n'y a pas de sentier, seuls les oiseaux de proie peuvent atteindre les hauteurs escarpées de cette mystérieuse montagne qu'Athos regardait toujours avec effroi quand il s'en approchait, silencieux et sombre. L'hiver, les aigles se dressent à côté des stalactites et on ne peut distinguer s'il s'agit d'oiseaux ou de glace qui pendent des rochers.

Le soir même, quand je suis rentrée avec le villageois, j'ai rapporté à Marianthi l'histoire qu'Athos m'avait racontée au sujet du rapace blessé. Un faucon, qui volait en rase-mottes au-dessus des jardins avait reçu un coup de fusil du jardinier et s'était abattu, blessé, dans la cour de la maison d'une dame charitable. Une fois enfermé dans une cage, affaibli, il s'inclinait sur un côté et restait constamment dans cette position sans émettre le moindre son. La femme a admiré sa patience, a eu pitié de lui, lui a donné à boire et à manger, lui a adressé des paroles de consolation. Le lendemain matin, ils ont vu qu'il n'avait touché à rien, qu'il n'avait pas bougé d'un pouce. Il n'avait rien accepté, il ne devait rien aux hommes. Il gardait intactes sa solitude et sa colère, les seules choses qui étaient encore à lui. Qu'avait-il à faire de l'indulgence et de la compassion d'un ennemi qui l'avait blessé ? Il n'y avait pas de compromis possible. Il faisait taire sa douleur et demeurait immobile dans la cage. Il ne voulait pas qu'ils aient pitié de lui et il les regardait avec défi de ses yeux ronds pétillants. La dame charitable s'est désespérée, s'est sentie mal. C'était la première fois qu'un être faible et blessé refusait son aimable concours, alors que tout le monde lui manifestait de la reconnaissance et des égards pour cette vertu. Il se trouva un habitant du même village pour lui ouvrir les yeux : « Il faut que vous le tuiez. C'est le service qu'il attend de vous. Le sucre, c'est bon pour les canaris, ma bonne dame. Le fusil, pour les êtres forts. Ceux-là, ils ne transigent pas. Ou ils sortent vainqueurs, ou ils meurent. » Le surlendemain, la femme s'est approchée avec inquiétude de la cage. On lui avait dit que l'oiseau n'avait encore rien mangé. Le faucon, dissimulant sa blessure sous ses ailes, la regardait toujours de ses yeux ronds comme des perles, sanguinolent, furibond, immobile et à jeun.

Marianthi, qui avait écouté mon récit avec étonnement, m'a fixée de ses deux grands yeux gris d'un air dubitatif, stupéfaite, ébahie, presque affolée. « Je ne comprends pas », a-t-elle bredouillé péniblement, comme si elle s'efforçait de contenir un cri instinctif. Je lui ai expliqué, en guise de morale de l'histoire, qu'un animal aussi terrible ne trahit jamais sa race. Mais aussi qu'un homme qui a le même caractère fier préfère rejeter la vie avec colère plutôt que de mendier la considération de ses semblables sans espoir de l'obtenir.

« Il est mort, je te dis », s'est brusquement exclamée Marianthi. Elle hurlait presque, comme si elle avait pris conscience à ce moment précis des raisons qui la poussaient à le croire, ou plutôt à le redouter. « Tu as appris quelque chose à Lapanagi ? » a-t-elle ajouté en baissant la voix et en retrouvant son sang-froid. Je lui ai répondu que je n'avais rencontré personne de connu dans ce village, mais que j'avais vu Athos, oui, Athos en personne, accroché à un rocher sur le mont du Faucon, tel un aigle, calme et solitaire. Il était très haut et n'entendait pas ce que je lui criais. Mais j'étais certaine que, le lendemain, nous le trouverions dans sa cabane, sur le Chelmos, en bonne santé, comme avant. « Tu es sur le point de quitter l'école, tu es déjà une femme, et tu crois encore aux contes », m'a-t-elle répondu sur un ton presque méprisant, et elle est allée se coucher, sombre, lointaine, enfermée en elle-même. Je savais qu'elle ne fermerait pas l'œil de la nuit avant notre départ le lendemain matin. À l'aube, aux premières lueurs du jour, j'ai distingué sa fine silhouette noire derrière les voiles du givre qui s'évaporaient au-dessus de l'herbe et qui l'enveloppaient dans un nuage de vapeur. Montée sur le mulet, elle allait et venait dans l'étable où elle nous attendait, en s'efforçant de rester éveillée. Son corps penchait en avant, pendant qu'elle se mouillait le visage avec de l'eau qu'elle avait versée au creux de sa main depuis une gourde suspendue sur sa poitrine.

Le soleil était à son zénith quand nous sommes arrivés sur les hauteurs de la Crête-des-Sapins. Au bout de la montée, la cabane est apparue à deux cents mètres de nous. Pendant tout le trajet, Marianthi avait ouvert la marche, la tête basse, d'un pas rapide et nerveux, comme si quelqu'un l'avait chargée de se frayer un chemin parmi les ronces et les mousses. Et, effectivement, elle a été plusieurs fois obligée de le faire. Munie d'un couteau, elle nettoyait les sentiers, coupait les branches qui faisaient obstacle. Le villageois bourru qui nous accompagnait ne la lâchait pas d'une semelle et, quand elle ne savait pas quel chemin prendre, elle tournait la tête pour l'interroger. Nous n'avions pas emmené de mulets avec nous. Par deux fois, notre guide a fait un crochet, par peur des mines. Il avait reconnu l'endroit qu'il fallait éviter. Ma mère ne faisait aucun commentaire. Moi, je fermais la marche, je me sentais aussi libre que si j'avais été seule, mais protégée en même temps. Je pouvais me laisser aller à mes pensées et rêvasser. Dans la nature je retrouvais la sérénité, j'avais vécu depuis mon enfance dans la campagne et les forêts, mais je savais que je ne reviendrais jamais en arrière habiter dans ces lieux-là. La ville d'Athènes était devenue ma maison, c'est là que je me suis mariée cinq ans plus tard, que j'ai travaillé, que j'ai élevé mon enfant, que j'ai commencé à vieillir. Finalement, Lefki a décidé de venir vivre en province. Elle était habitée par Athos, ça ne fait aucun doute, et elle lui a voué sa vie.

Devant la cabane, un jeune homme blond vêtu d'un tricot de peau blanc taillait dans une bûche de petits copeaux de bois qu'il entassait dans un baquet. Il levait constamment la tête pour regarder le soleil en plissant les paupières, comme s'il s'entretenait avec lui. Étonnés, nous nous sommes arrêtés pour l'observer, sans nous approcher. Jusqu'au moment où il nous a vus. Il s'est tourné vers la cabane et a hélé Athos par son nom, avec un accent étranger. Mon père est apparu sur le seuil. J'ai d'abord vu sa moustache, plus épaisse que dans mes souvenirs, puis sa chevelure, longue et abondante, tandis qu'une brusque rafale de vent la soulevait en lui cachant le visage. Je me suis précipitée vers lui sans hésiter. Le temps que je le rejoigne, il avait déjà fait plusieurs pas vers moi, l'air grave et surpris, en ouvrant les bras comme pour attraper quelque chose qui tombait du ciel. Nous sommes restés un long moment dans les bras l'un de l'autre. C'était plutôt moi qui l'embrassais. Lui, il se tenait sur la réserve, il s'efforçait sans cesse de m'écarter de lui pour me regarder à distance, comme pour s'assurer que c'était bien moi. Par rapport à l'enfant de dix ans qu'il avait laissée, les changements de ces six dernières années étaient considérables. Marianthi, qui se tenait muette et figée à côté de nous, nous a séparés. Avant même qu'ils aient eu le temps de se regarder, l'homme blond s'est jeté d'un bond aux pieds de ma mère, appuyant quasiment sa tête sur ses chaussures. Elle lui a passé la main dans les cheveux, pendant qu'il marmonnait des paroles que nous ne comprenions pas. Essoufflé par la marche, ému aux larmes, le villageois est allé s'asseoir sur le baquet rempli de copeaux.

Marianthi avait déjà évoqué devant moi l'existence de Kurt, mais elle ne savait ni qui il était exactement ni ce qu'il était devenu. Finalement, nous n'étions pas tellement surprises de le trouver là. Il nous a dit qu'il était rentré à Hambourg en 1945. Sa maison avait été incendiée par les Alliés, sa mère et son frère avaient péri dans les flammes la nuit du bombardement, son père avait été tué sur le front russe. Il était resté trois ans en Allemagne et avait obtenu son diplôme de médecin. Quand on l'avait appelé dans la Wehrmacht au début de la guerre, il n'était encore qu'en troisième année. Il avait donc poursuivi ses études et s'était spécialisé en neurologie. Il était retourné à Kalavryta en 1948, disait-il, pour aider le pays. De toute façon, les Allemands s'en sortiraient sans lui, l'Allemagne était un grand pays.

Nous avons passé la nuit dans la cabane. Kurt et le villageois ont couché dans la baraque du potager où mon père cultivait des légumes. Il en tirait sa nourriture. Ma mère répondait de manière laconique aux questions d'Athos, puis se taisait. Je lui ai demandé de me parler de la guerre civile, de ses développements dans le secteur, du nombre de victimes qu'elle avait faites. Il ne voulait pas en parler. À un moment, il a murmuré : « Tout finira par se savoir. Petit à petit. Maintenant, ce qui est fait est fait. Beaucoup de gens ont souffert et autant de gens souffriront un bon bout de temps encore. » J'ai remarqué qu'il avait du mal à articuler. En tout cas, cette nuit-là, j'ai moins été envahie par le sentiment apaisant de voir notre famille à nouveau réunie après six ans, malgré l'absence d'un de ses membres, Giannos, que par la conscience réconfortante, bien qu'encore confuse, que cette longue guerre aux fronts multiples était terminée et qu'une époque nouvelle commençait. Notre famille restait donc désunie jusqu'à ce jour, trois individus enfermés chacun dans sa solitude et dans sa conviction d'avoir raison. Même s'il y avait entre nous de l'amour et une entraide constante, le tissu institutionnel et psychique qui nous unissait avait été totalement détruit par la guerre, et rien ne pouvait le faire revenir pour rétablir le fonctionnement harmonieux de notre famille. J'aurais pu dire cela de la société grecque tout entière. L'insouciance de la vie dans la capitale, que je connaissais à Athènes, n'était rien d'autre que la confirmation masquée de cette amère vérité. Il nous fallait tenir le coup.

Dans l'obscurité, depuis mon lit de camp, j'ai demandé à Athos s'il se souvenait de l'histoire du faucon blessé. Contre toute attente, il m'a répondu d'une voix vibrante, ranimée :

« C'est une nouvelle d'un écrivain de ma région, de Karpénissi, Zacharias Papantoniou. J'ai appris qu'il est mort en 1940 d'un arrêt cardiaque dans le tram, juste avant le début de la guerre. Il m'arrive, vois-tu, de lire des journaux de temps à autre. Ils tombent entre mes mains au moment où je m'y attends le moins, même ici dans la montagne. Tu chercheras mes livres et tu me les apporteras la prochaine fois que tu viendras. »

Deuxième partie
(tirée des écrits laissés par Lefki)

LE SACRIFICE AU CŒUR DE LA FORÊT

BRUME SUR LE CHELMOS

« Tu les vois ?

– Oui, on les aperçoit clairement. Ils sont deux. Des villageois, sans armes. Ils ont un sac sur le dos.

– Qu'est-ce qu'ils nous veulent ? Ils viennent pour nous ?

– Ils marchent lentement et s'arrêtent à tout bout de champ. Après quoi, ils accélèrent le pas. Ils ont commencé à monter. Ils ont tourné pour prendre le chemin vers Lyki. En prenant ce raccourci, on arrive plus vite sur les hauteurs où nous sommes. Je les ai perdus de vue.

– Qu'est-ce qu'ils cherchent ? »

Il tombait de grosses gouttes de pluie espacées, comme si quelqu'un avait jeté des cailloux depuis les hauteurs. L'herbe et les pierres étaient mouillées, la terre encore imprégnée de l'humidité tombée des arbres pendant la nuit. Les deux partisans, au bord du précipice, surveillaient les passages. Leur section était cachée derrière eux, dans les sapins. Toute la nuit, ils avaient transporté le matériel qu'ils avaient pillé dans les villages des environs, Soudéna, Kertézi, Sigouni, Kastria. Ils le montaient sur le plateau. Ils avaient pris les munitions de l'armée gouvernementale, des couvertures, des sacs, les marmites de la brigade. Sur le versant d'en face, un autre groupe de partisans conduisait vers leur cantonnement, depuis le monastère d'Aghia Lavra, les chèvres et les moutons destinés à nourrir les combattants, et d'autres animaux qu'ils avaient réquisitionnés en divers endroits. La bataille de Kalavryta était gagnée. Le bataillon de la garde nationale avait été défait, le poste de commandement dynamité. Trois jours plus tard, il ne restait aucun soldat de l'Armée démocratique en ville. Ses sections s'étaient dispersées sur les crêtes et les cimes du Chelmos, quelques hommes avaient pris position avec du matériel à Planitéro, d'autres à Mazi, avec leurs blessés, car il y avait toujours entre-temps de petites escarmouches, puisque l'armée gouvernementale s'était lancée dans le secteur, depuis Mazéïka, à une chasse acharnée aux partisans. Le lendemain, les vainqueurs allaient faire passer les prisonniers devant le tribunal populaire, dans le dessein de condamner les officiers comme criminels de guerre et de les exécuter.

Les deux partisans regagnèrent leur section, sous les sapins, et rapportèrent que deux villageois, probablement sans armes, se trouvaient au pied du col. « Ils semblent se diriger vers notre repaire », dirent-ils. Une nouvelle unité de reconnaissance formée de deux hommes se laissa glisser le long du versant, en contrebas, pour surveiller ces marcheurs inconnus. D'en haut, ils les virent progresser en silence parmi des chênes espacés, la tête basse, comme s'ils ne pensaient qu'à leur destination et à ceux qui les attendaient. Leur pas semblait assuré, résolu, il était évident qu'ils connaissaient bien les chemins forestiers. À un moment, ils s'arrêtèrent. Le plus mince grimpa en un clin d'œil à un arbre, resta un moment sur les branches, puis sauta à terre, et ils reprirent leur route. Ils parvinrent à une petite clairière. Ils s'arrêtèrent et regardèrent le soleil. Ils restèrent là longtemps à découvert, à attendre sans rien faire. Ils semblaient vouloir être pris pour cible, être vus par des yeux cachés autour d'eux, faire en sorte qu'on soit dérangé par la présence incongrue de deux étrangers dans la solitude de la montagne et qu'on vienne à leur rencontre. Les partisans qui les guettaient hésitaient. Ils ne comprenaient pas ce qu'il se passait. Qui étaient ces individus ? D'où étaient-ils sortis ? Soudain, un des deux villageois s'assit par terre, l'autre tira de son sac un linge blanc et s'en enveloppa en restant debout. Ils regardaient à présent du côté du versant boisé, comme s'ils avaient su que des hommes se trouvaient à son sommet et les observaient à ce moment précis depuis cette hauteur. Les deux combattants armèrent leur fusil et dévalèrent la pente en direction de la clairière. Arrivés au niveau des derniers sapins, ils s'arrêtèrent et se mirent à couvert derrière des chênes au feuillage épais. Ils se trouvaient maintenant tout près des étrangers, ils pouvaient clairement voir leur visage.

« Le type de Karpénissi et l'Allemand », murmura, étonné, l'un des deux partisans à l'oreille de son camarade.

On entendit un grondement lointain, comme une explosion. Aussitôt après, le calme revint, plus profond encore, comme lorsque la terre s'ouvre et laisse voir un abîme muet dans ses entrailles. Une compagnie d'oiseaux passa à la vitesse de l'éclair devant le soleil, comme une fusée éclairante à la lumière noire. Leur cri déchirant – en fait plusieurs cris à l'unisson – pareil au hurlement d'un carnassier qui fend l'air glacé du matin, vint à bout de l'embarras et des hésitations des partisans qui se montrèrent en faisant quelques pas dans la clairière et invitèrent en toute hâte les villageois à s'approcher.

« Alors comme ça, Athos, on s'est décidé à rejoindre les rangs de l'Armée démocratique et à combattre le fascisme grec ? Qu'est-ce qui t'amène par chez nous ? » s'écria le partisan qui avait été le premier à reconnaître le forestier et l'ancien prisonnier allemand. Les deux étrangers s'avançaient à présent vers eux.

Les combattants abaissèrent leur arme et enjambèrent le cercle lumineux que dessinait le soleil. Athos entortilla le linge blanc autour de son cou et se présenta devant eux avec son compagnon de route.

« Nous avons appris que vous aviez des blessés. Kurt est médecin, dit le forestier en montrant son camarade. Nous sommes venus vous aider. Il a déjà fait ce qu'il a pu à Planitéro, avec la doctoresse Evdokia. On a monté dans l'école une salle d'opération de fortune pour ceux qui ont été transportés de Soudéna.

– T'en as pas assez vu avec les Allemands, Athos, il faut encore que tu cherches à te faire flinguer par les milices ? dit en riant l'autre partisan.

– Venez vite, l'interrompit le premier. Il y a trois blessés près d'ici, dans une grotte. On les a amenés cette nuit de Mazi. Les troupes gouvernementales sont entrées dans le village, se sont aperçues de la chose, et maintenant elles ratissent le secteur, elles nous traquent. »

Ils se mirent à grimper tous ensemble vers les sapins. Le ciel resta derrière eux, le soleil se cacha. Des bribes de lumière leur tombaient sur le visage, les obligeant à plisser sans arrêt les paupières.

« Je veux voir votre chef au sujet des prisonniers, dit brusquement Athos. Vous en avez fait beaucoup à Kalavryta. Je veux prendre la parole demain devant le tribunal populaire. Vous allez les juger, non ?

– Si on en a le temps, répondit l'un des partisans, presque agacé. Ils les ont peut-être déjà exécutés. Où veux-tu qu'on les mette ? On n'a pas de place pour garder des prisonniers. »

Athos avait appris l'engagement qui avait eu lieu le deuxième jour de la bataille de Kalavryta. Les troupes de la gendarmerie et le bataillon de la garde nationale avaient quitté la ville sans encombre pendant la nuit pour aller se réfugier au monastère de Méga Spilaion, et, de là, à Diakofto. Les partisans s'étaient retirés, par crainte d'être encerclés par les forces gouvernementales, mais ils avaient eu le temps d'éteindre tous les foyers de résistance de l'armée nationale et d'éliminer ses avant-postes, hormis la maison où se trouvait le poste de commandement. Ils étaient revenus dans la ville le lendemain et avaient eu un accrochage avec les officiers qui y étaient retranchés et qui avaient livré un rude combat avant de finir par se rendre, tout comme les soldats et les gendarmes restés avec eux. Ils avaient tous rendu les armes sauf leur chef, Arvanitakis, qui s'était suicidé avec son revolver pour ne pas tomber aux mains des partisans. Ce dernier coup de feu, soudain et dramatiquement seul, avait résonné, dans la maison vide où siégeait le commandement, comme le dernier adieu à ses compagnons d'armes d'un combattant qui n'avait abandonné son poste de chef que pour se donner la mort. C'était de ces prisonniers qu'il était question.

Les deux partisans n'en dirent pas plus. Affamés, fatigués par leur nuit de veille dans leur poste d'observation, ils avaient hâte d'arriver au repaire où se trouvaient les blessés. Après tout, ces deux curieux étrangers qui les suivaient étaient venus proposer leur aide au péril de leur vie. La forêt autour d'eux devint plus sombre. Ils s'arrêtèrent devant deux troncs abattus. Ils tournèrent en passant près d'un hêtre solitaire. Ils foulaient maintenant une végétation épaisse, il n'y avait plus de sentier. Ils arrivèrent à un rocher. L'entrée de la grotte était camouflée par des branchages, des bûches, de gros rochers. Là, la terre était sèche. On entendit un sifflement qui servait de sésame. Les quatre hommes pénétrèrent en rampant dans l'ouverture noire du rocher. On distinguait dans l'obscurité deux hommes et une femme étendus sur des branches de sapin. On entendait leur souffle lourd. L'endroit sentait la teinture d'iode et la résine. Les couvertures étaient humides.

Sur le visage de la femme, éclairé par une courte bougie, des gouttes de sueur perlaient sans ruisseler. Un filet rouge de sang coulait de son foulard, le long de sa tempe droite et de sa joue jusqu'à son cou. Kurt se pencha sur elle tout en ouvrant son sac. La blessée regarda Athos et sourit. Il ne la reconnut pas. Elle lui rappela une jeune fille de Longiès, un village voisin de Kastania. Elle lui souriait de la même manière, depuis le pont de pierre, du haut de la grande arche, quand il passait en dessous, nu-pieds, sur les galets, dans le lit du torrent. Il y avait combien d'années de cela ? Était-ce à Vytina ou à Karpénissi ?

« Marianthi t'a cherché au milieu des flammes, lui murmura la femme. Toute la nuit. Nous avons enterré ensemble ton fils Giannos. Margarita disait que tu étais vivant, que tu t'étais réfugié dans la montagne.

– C'était une autre guerre. Oublie ça », lui dit le partisan qui avait été le premier à reconnaître Athos, et il entraîna le forestier, qui regardait avec étonnement la femme couchée, presque jusqu'à la sortie de la grotte.

« Je monte vers notre poste de commandement, lui dit-il. C'est à une heure de marche. Tu viens ? Tu m'as dit que tu voulais rencontrer le capitaine*. S'il n'est pas déjà parti pour le Mainalo**. Le médecin restera ici. Tu reviendras le chercher ce soir. Vous retournerez dans

** Le titre de capitaine était donné au chef qui dirigeait un groupe de klephtes sous la domination ottomane : cette tradition a été reprise pour désigner le combattant à la tête d'un groupe de partisans dans les maquis de la Résistance ou de la guerre civile.*

*** Montagne d'Arcadie.*

ta cabane et vous reviendrez voir les blessés deux jours plus tard. Ils doivent se rétablir tout seuls. Nous, nous allons changer de coin. On nous traque. »

Athos le suivit. Il n'était pas tranquille, mais il ne fit aucune objection, il n'avait rien à ajouter. Ils entrèrent dans le bois de sapins. Il marchait à présent les yeux fermés. Il pensait à nouveau aux prisonniers. Non, il ne faut pas qu'ils les exécutent. Il ne faut pas. Dans la grotte, la femme poursuivait son récit. Elle parlait maintenant à Kurt, sans le reconnaître. Le médecin comprenait çà et là quelques mots dans ce qu'elle disait.

« Les Allemands sont partis tout de suite. Dès qu'ils ont eu tué les hommes, dans le champ de Kapis, ils sont partis. Ils n'avaient pas reçu l'ordre de mettre le feu à l'école où nous étions. Mais ils l'ont mis quand même. Nous sommes sortis de là tant bien que mal. La porte n'était pas fermée à clé. Ils voulaient nous terroriser. Avec Marianthi nous sommes montées à la Crête-des-Sapins le lendemain matin au lever du jour. Nous avons trouvé Athos dans la cabane. Il tremblait, il délirait, il n'arrivait pas à articuler, il était blessé à la tête, il grelottait de froid. Il ne nous a pas reconnues. Il nous a dit de partir parce qu'il avait du travail, il devait soi-disant couper du bois. Nous lui avons répondu que nous étions des infirmières. Il est sorti et s'est roulé dans la neige. Nous lui avons donné sa couverture pour qu'il s'en enveloppe. Il ne savait pas comment s'y prendre. Nous lui avons fait chauffer une bouillie. Il ne comprenait pas qu'il devait porter le liquide à sa bouche avec la cuillère. Il l'a renversé sur ses pieds gelés, sur ses chaussettes. Alors, Marianthi est partie en courant, en hurlant comme une folle. Nous l'avons laissé dormir avec Evdokia. Je lui parlais comme à un bébé, il a fini par s'apaiser. »

On entendit la voix du partisan qui recevait les soins de Kurt. Il était allongé à côté de la femme, la tête posée sur une pierre.

« Argyro, ça, c'était la guerre avec les Allemands. La nôtre, c'est une guerre entre Grecs. Les gens l'oublieront, parce qu'ils en ont honte. Tout le monde se rappellera la résistance héroïque contre l'occupant, le combat pour la liberté, les souffrances et les sacrifices des civils.

– Docteur ! dit avec angoisse la femme blessée en saisissant la main de Kurt. Pourquoi faisons-nous la guerre ? Tu l'as compris, toi qui es venu nous aider ? Pourquoi ? »

Kurt se taisait. La femme répéta avec insistance sa question :

« Dis-nous pourquoi, docteur.

– Pour la justice », bredouilla l'Allemand.

Personne ne remarqua son accent étranger. Épuisés, les combattants blessés fermèrent les yeux et l'obscurité de la grotte se fit plus noire encore. On entendit tout au fond la voix faible du troisième blessé.

« Si seulement on pouvait faire la guerre une bonne fois pour toutes ! »

Athos se tint sans rien dire devant le capitaine qui le regardait avec perplexité. Le partisan qui avait amené l'étranger jusque-là rompit le silence.

« Il est venu avec un médecin proposer son aide. C'est Athos, le forestier. Il a survécu aux représailles des Allemands à Kalavryta. C'est quelqu'un que tout le monde respecte. Du moins jusqu'à présent. Il veut te parler des prisonniers.

– Pourquoi ? Tu as quelqu'un à toi dans le lot ? demanda le capitaine, étonné.

– À moi, non ! Qu'est-ce que ça veut dire, à moi ? Des hommes que je connais, oui, un bon nombre. Mais ça n'a aucune espèce d'importance.

– Alors ? reprit le capitaine avec une curiosité manifeste.

– Je veux qu'ils aient un juste procès. Que vous ne les exécutiez pas en agissant à l'aveuglette.

– Et qui t'a désigné pour être leur avocat ? rétorqua le capitaine, ennuyé, en regardant d'un air entendu celui qui avait accompagné Athos, comme pour lui demander d'où venait cet extraterrestre.

– Voilà ce que je me suis dit. Les Allemands ont été vaincus et sont partis. Mais si l'armée nationale est vaincue, où ira-t-elle ? Est-ce que demain nous n'allons pas vivre tous ensemble, dans la même société ? Et si les partisans sont vaincus, où est-ce qu'ils iront ? Est-ce qu'ils ne devront pas rentrer chez eux ?

– Va dire ça aux officiers de l'armée gouvernementale, aux gens de droite, au roi.

– Quand j'en aurai l'occasion, je le leur dirai, à eux aussi. Mais j'aurai bien moins de chances d'être entendu. On ne fusille pas des prisonniers de guerre. Les gens de droite se vengent en vainqueurs, ils appliquent la loi du plus fort, ils se conduisent en criminels aveuglés par la haine. Les partisans, eux, font, ou du moins devraient faire, une guerre d'honneur, par-delà la victoire et la défaite. Ils ne doivent pas se venger. Ils doivent réprimer leur intolérance, montrer où est la justice. »

Interloqué, le capitaine regarda le partisan qui avait accompagné Athos d'un air suppliant, comme s'il attendait de lui du secours dans ce dialogue. Ce dernier éclata de rire, avant de s'exclamer :

« Il faudrait peut-être pardonner aux vainqueurs qui se vengent sur nous et qui nous vouent une haine mortelle ? »

Le capitaine se sentit submergé par la fatigue et l'angoisse des derniers jours. Il voulut mettre fin à la conversation par un juron, il en avait par-dessus la tête de tous et de tout. Mais le forestier avait attisé sa curiosité et sa méfiance. Il se retint et reprit froidement :

« Les officiers prisonniers ont été exécutés ce matin à l'aube au col du Chasseur, au-dessus de Mazéïka, avec les miliciens et les gendarmes, vingt, trente, quarante hommes, leur nombre importe peu. Les soldats, environ deux cents hommes, ont été libérés. Les choses se sont passées à peu près comme tu le souhaites. Mais, dis-moi, qui est ce médecin que tu as amené avec toi ? D'où vient-il ? »

Athos fit quelques pas de côté, il voulait éviter le regard du capitaine. Il se tourna et observa les montagnes en face de lui. Il se sentait très seul. Il entendit sa voix résonner dans la solitude, sans but, sans interlocuteur :

« C'est Kurt Lechner, de Hambourg. Ancien soldat de la Wehrmacht, déserteur. Il a survécu à l'exécution des prisonniers à Magéro. La doctoresse de Planitéro, Evdokia, l'a recueilli blessé dans un champ et l'a caché chez elle. Il ne voulait pas retourner parmi les siens. Quelques jours plus tard, elle l'a amené à ma cabane, à la Crête-des-Sapins, habillé en villageois. On le ferait passer pour un cousin muet, un cousin à moi de Karpénissi, venu m'épauler. C'était juste après le massacre de Kalavryta. Evdokia venait s'occuper de moi, j'avais perdu la tête, je refusais de descendre en ville. Kurt est resté jusqu'à la Libération. Il est rentré ensuite en Allemagne et a obtenu son diplôme de médecin. Comme il n'avait retrouvé aucun survivant dans sa famille, il est revenu cette année chez nous, pour reconstruire le pays. Il a appris le grec. »

Pendant tout le temps où Athos parlait, le capitaine faisait les cent pas, s'arrêtait constamment pour le dévisager, étonné, et collait presque sa figure sur celle du forestier, comme pour déceler dans son regard la vérité de ses paroles. Il lui dit brusquement, en se tournant vers lui :

« Comme nous exécutions à cette époque les fascistes allemands que nous faisions prisonniers, nous exécutons aujourd'hui les fascistes grecs, même quand ils sont prisonniers. C'est la même guerre.

– L'exécution de Magéro a été une erreur, s'écria Athos, troublé. Michos et Kassandras étaient hésitants. Michos avait donné l'ordre de les libérer. Il y avait soixante-dix-huit prisonniers allemands. Tout un bataillon. Michos est maintenant en prison. Mais c'est ce qu'il prétend. Et Kassandras, je l'ai rencontré. Il ne fallait pas les exécuter, c'est ce qu'il dit. C'était une erreur.

– On m'a dit que l'exécution à Magéro a eu lieu après les représailles des Allemands à Kalavryta. Que nous faisions des représailles, à notre tour », répondit le capitaine, irrité.

Athos s'efforça de garder son calme. Les inexactitudes, la désinformation, la dissimulation des fautes, les faux actes d'héroïsme étaient monnaie courante pendant la guerre. La vérité n'arrange personne quand le feu est partout. Mais, lui, il n'aimait pas le feu. Il ne comprenait pas pourquoi il fallait tout brûler pour que chaque fois l'homme renaisse au milieu des cendres. Quelle sorte d'expiation était-ce là ? Quels crimes l'humanité charriait-elle sur son dos pour ne pouvoir s'en débarrasser qu'en détruisant et, au bout du compte, en se vengeant sur elle-même ? Il regarda le capitaine et lui dit d'un ton fatigué :

« Pendant sept semaines, les soixante-dix-huit soldats de la Wehrmacht faits prisonniers ont vécu pacifiquement avec les villageois là où ils étaient détenus, à Mazéïka, à Priolithos, à Planitéro, à Mazi. Ils ne faisaient plus qu'un avec le pays qui les avait accueillis. Ils ont noué des liens d'amitié, ils ont aidé les habitants dans leurs travaux. À partir du mois d'octobre, après la bataille de Kerpini, les Allemands les ont recherchés. Ils ne s'attendaient certainement pas à les retrouver vivants. Mais ils voulaient, de toute façon, frapper un grand coup contre la Résistance dans la région de Kalavryta, ça ne fait aucun doute. Ils cherchaient de bons prétextes. Ce n'était pas à moi de leur en fournir et je pouvais en éviter au moins certains. Je n'ai pas pris la décision de cesser de résister, mais de me dispenser de commettre des actes de vengeance aveugle. Les trois blessés que nous avons soignés à l'hôpital de Kalavryta, parmi les quatre-vingt-un prisonniers de Kerpini, nous ne les avons finalement pas laissés partir avec les autres, quand ils ont été rétablis, pour que les Allemands ne les trouvent pas dans la ville. Ils ont été tués froidement à coups de pioche et jetés dans un puits à sec – comme si ça allait les faire disparaître – par ceux qui voulaient venger Dinos Pavlopoulos, le collégien de Soudéna pendu par les nazis à leur arrivée en septembre, parce qu'ils avaient trouvé sur lui une arme de chasse et qu'ils avaient essuyé des coups de feu en entrant dans la ville. Cette pendaison, c'était un pur acte d'intimidation. Les gens de Kalavryta sont allés ensuite réparer l'erreur, ils ont trouvé les corps des prisonniers, et ils leur ont donné une sépulture. Mais les Allemands les ont déterrés pour rechercher la véritable cause de leur mort, ont fait une autopsie, ont constaté les sévices. Ils ont compris que leurs autres soixante-dix-huit hommes avaient dû subir le même sort. Et ils ont commencé les représailles. Pendant deux mois, nous avons eu des civils arrêtés comme otages, des exécutions de masse, des villages incendiés – Rogi, Zachlorou, Kerpini, Dervéni,

Mamoussia. La même chose s'était produite ailleurs plus tôt, à Monodendri, à Andritsa, à Vyssoka, à Pangrati. Le 7 décembre, après l'échec des négociations pour un échange de prisonniers, les maquisards ont fait monter les soixante-dix-huit en haut du ravin de Magéro et ils ont fait ce qu'on sait. "Où aurions-nous pu les amener ?" disaient-ils. Les Allemands ont trouvé les cadavres de leurs soldats le 11 décembre, précipités sur les rochers, déchiquetés, suspendus aux branches. Et nous, à Kalavryta, ils nous ont exécutés et incendiés le 13. »

Le capitaine écoutait, assis sur sa chaise, la tête penchée sur ses genoux. Il resta un long moment silencieux. Il leva lentement son regard vers Athos, des vaisseaux dilatés striaient de rouge le blanc de ses yeux, comme s'il s'agissait d'une hémorragie.

« C'était une autre guerre, mais la même que la nôtre, aujourd'hui, bredouilla-t-il entre ses dents.

– Renoncez à la vengeance aveugle, dit le forestier d'une voix déchirante. C'est une erreur humaine et militaire. Tuer un homme en dehors du combat, ça ne signifie pas qu'on défend une vision du monde, ça signifie qu'on commet un crime. Politiquement vous n'existez pas. C'est ce que je suis venu vous dire.

– Tu oublies que nous sommes en guerre. Nous devons nous déplacer pour aller sur le Mainalo, lui répondit fermement le capitaine, comme s'il revenait à lui-même. L'armée gouvernementale nous a encerclés de partout. Il n'y aura bientôt plus de traces de nous. Même moralement nous sommes épuisés. Nous partons cette nuit. Nous n'avons pas d'autre solution. Viens avec nous, Athos. Laisse les abeilles et les chênes, et viens avec nous. Nous avons besoin de ton courage. Il faut que nous survivions.

– Je suis avec vous. Je vis dans la montagne. Mais j'ai d'autres ennemis. Les ennemis de la nature. Je ne peux pas porter les armes. J'ai d'autres outils pour mener mon combat. »

Quand Athos entra dans le bois de sapins, le soleil s'était couché. Il était seul. Dans moins d'une heure il se retrouverait dans la grotte avec les blessés. Kurt l'attendait, comptait sur lui. À mi-chemin, un épais brouillard tomba sur la forêt. Une obscurité humide l'enveloppa, des écharpes de brume montèrent de la terre, les arbres disparurent d'un coup. Il devait marcher en tendant les bras en avant, comme les aveugles, pour ne pas se cogner contre des troncs. Il ralentissait le pas et s'arrêtait sans cesse pour s'orienter. Il humait l'air et les feuillages, tâtait les branches et l'écorce pour reconnaître quel arbre il avait devant lui. Il n'y avait plus de ciel. Un brouillard pareil paralyse même un forestier expérimenté, l'enferme comme dans un bocal de verre opaque. Il continua à avancer, en hésitant, mais sûrement. Il estima qu'il ne devait plus se trouver très loin de la grotte. Encore quinze minutes de marche, s'il ne s'était pas perdu entre-temps. Soudain, des rafales de mitrailleuse irradièrent la brume, le crépitement ne parvint pas de très loin jusqu'à ses oreilles, il retentit presque à côté de lui, en l'ébranlant. Il entendit la machine infernale faucher pendant un bon moment, il sentit la poudre, l'acier brûlant. La terre trembla. Ses tympans se mirent à bourdonner, à lui faire mal, il pressa sa tête entre ses mains en fermant les yeux. Un objet acéré lui avait traversé les tempes et s'était coincé dans sa nuque. Il sentit son sang se glacer dans ses veines. Il tourna brusquement pour changer de direction en continuant à se tenir la tête entre les mains, marcha à l'aveuglette, puis tourna à nouveau, tendant maintenant ses bras devant lui pour toucher les troncs. Il sentit qu'il s'éloignait du bruit, qu'il le laissait derrière lui. Seule la chance, se dit-il, pouvait à présent le sortir du bocal. Le terrain devenait pentu. Les troncs s'espaçaient. Ses pieds heurtaient des branches, sa marche était entravée par d'épais feuillages, il comprenait qu'il n'y avait plus autour de lui qu'une végétation basse, il était arrivé dans les chênes. Puis plus rien. Le vide. Seulement de la brume, de la terre et des pierres, les ombres verticales des arbres qui noircissaient le brouillard avaient disparu. Le bruit s'arrêta. L'orage était passé. Quand il leva les yeux, des trouées s'ouvraient au-dessus de lui dans les écharpes de brume, laissant voir des bouts de ciel de plomb. Il était arrivé dans la clairière.

Il avança encore un peu, d'un pas plus décidé cette fois. Il aperçut devant lui une chose noire, comme une souche, ou une grosse pierre. Il lui donna un coup de pied, la chose roula. Elle bougea, se déplia, se dressa à sa hauteur, et il vit Kurt debout devant lui, tout tremblant, enveloppé dans sa pèlerine sombre, avec son sac sur le dos.

« Ils ont fait sauter la grotte, dit l'Allemand. Je venais à peine de m'en éloigner. L'armée gouvernementale a dû s'emparer des hauteurs. Là où tu te trouvais tout à l'heure. »

Ils ne jetèrent pas un regard en arrière. Ils regagnèrent la Crête-des-Sapins à marche forcée, sans échanger un mot de tout le trajet. De loin, ils aperçurent de la lumière à la fenêtre de la cabane. Ils furent surpris. Athos vit le visage de Marianthi lui apparaître, flouté, comme derrière une vitre détrempée. Il le chassa, non sans mal. Il regarda la fenêtre éclairée. Un vrai miracle, se dit-il. Ta maison, plantée dans la terre comme un arbre, qui t'attend pour que tu t'y blottisses, c'est comme un acte sacrificiel. Tu y reviens toujours. Tu délaisses le monde extérieur pour t'enfermer dans le tien, malgré la tristesse de ta solitude. Comme d'autres délaissent leur famille pour aller sur les chemins trouver le destin des hommes. L'humble miracle de ta maison est toujours pacifique. Il ne résulte pas de la guerre.

Ils trouvèrent le bûcheron installé dans la pièce. Il était entré pour se reposer et pour organiser avec le forestier les tâches du lendemain. Athos s'assit sur son banc et nota sur un papier : « Argyro. 16 avril 1948. Pour la paix. »

DES HOMMES ET DES ARBRES

La première fois que j'ai dormi dans la cabane d'Athos, j'ai fait un rêve. Je me trouvais dans une clairière au milieu d'une forêt et j'étais entouré de hauts bouleaux dont les cimes brillaient à la lueur de la neige. Dans la moitié de la forêt, c'était l'hiver et dans l'autre moitié, de l'autre côté de la clairière, l'été. Face à moi, un soleil pourpre illuminait d'or ces arbres fins et élégants, dont la hauteur évanescente donne de l'espoir à ceux qui aspirent à s'élever jusqu'aux prairies célestes. Je m'étonnais de cette lumière divisée et recherchais ses ombres dans le paysage : étaient-elles chaudes ou glaciales ? J'ai vu alors au milieu de la clairière un étang rond fait de bois. Des centaines de troncs coupés, de la taille du corps humain, formaient un cercle, ou plutôt plusieurs cercles concentriques. Ils étaient couchés l'un à côté de l'autre, parallèles à la périphérie du cercle et plutôt en travers au fur et à mesure qu'on s'approchait du centre, formant à cet endroit un trou qui les aspirait tous. Rassemblés en une masse compacte par l'herbe, la sciure et la mousse éparses qui les unissaient, ils semblaient avoir poussé ainsi tous ensemble, couchés et collés l'un contre l'autre. Des tués, d'autres tués, encore des tués, ai-je pensé, la terre les aspire, le sol avide n'est jamais rassasié de chair et de sang. J'ai alors ouvert les yeux et j'ai vu devant moi, derrière les vitres de la fenêtre, une énorme sphère dans un ciel bleu-noir. Ce n'était ni le soleil ni la lune. Quelqu'un, à ce moment-là, m'a chuchoté à l'oreille que cette sphère était une nouvelle planète qui s'approchait de la Terre, un corps céleste d'un rouge sombre que l'on apercevait d'ordinaire juste avant le lever du jour, à l'heure du loup* : la planète des morts.

Le hurlement étouffé d'Athos m'a tiré de mon rêve. Je me suis levé et j'ai couru dans la pièce d'à-côté. Il délirait dans son sommeil. Le visage empourpré et trempé de sueur, il secouait bras et jambes, puis se relâchait en soufflant. Sa tête encore couverte de bandages, ses cheveux collés sur son front, sa barbe hirsute lui donnaient un air ombrageux pendant qu'il se débattait avec les fantômes de son sommeil. Le médecin qui m'avait soigné, Evdokia, m'avait prévenu : « Athos attend quelqu'un qui l'accompagne dans la mort. Il veut aller retrouver ses compagnons de l'exécution de masse. Il est rongé par la culpabilité, parce qu'il a survécu alors que les autres ont été tués. Il dit qu'il les a abandonnés blessés dans le champ de Kapis, qu'il ne les a pas aidés à s'en tirer comme lui s'en est tiré. » Quand le médecin m'a conduit à la cabane, pendant tout le trajet, depuis Planitéro jusqu'à la Crête-des-Sapins, elle m'a parlé d'Athos sans arrêt. Elle me disait qu'il souffrait d'amnésie. Il ne se souvenait pas que son

* *Le texte grec joue ici sur une référence implicite au mot qui signifie le crépuscule,* lykophos, *littéralement « la lumière du loup ».*

fils était avec lui sur la colline au moment de l'exécution. Il ne savait pas que l'enfant avait été tué. Il n'avait pas reconnu sa femme lorsqu'elle était montée à sa recherche sur le Chelmos. Il ne savait pas non plus de quelle façon il avait lui-même réussi à grimper au sommet de la montagne depuis le champ de Kapis. Il souffrait de prosopagnosie. Il courait embrasser les troncs d'arbre comme s'il s'agissait de personnes qu'il connaissait, il les appelait par leur nom. « Aide-le à guérir, Kurt, me demandait Evdokia dans son anglais rudimentaire. Pour toi aussi, si tu restes près de lui, c'est peut-être le meilleur endroit où te cacher. En protégeant quelqu'un, tu te protèges toi-même. Vous vous en sortirez tous les deux. »

Cette femme toute menue à la peau brune m'a sauvé la vie. Les hommes de notre bataillon étaient prisonniers depuis cinquante jours. Ils nous ont exécutés en nous prenant complètement au dépourvu, une nuit, à Magéro, aux environs du village de Mazi. Ils nous ont tiré dessus après nous avoir alignés au bord du précipice et nous sommes tombés dans le ravin en nous entraînant l'un l'autre, attachés par des cordes. En plus de moi, il y a eu un autre survivant, Ludwig. Encore ébranlé par le choc, il a retrouvé les nôtres le jour-même et leur a montré l'emplacement des cadavres. Ils nous recherchaient depuis le mois d'octobre dans tout le secteur de Kalavryta. Moi, en tombant dans le ravin, je suis resté accroché à un arbre et j'ai vu Wilhem se fracasser sur les rochers à mes pieds. C'était la pleine lune, on voyait tout parfaitement. Ma position sur la branche était incommode, mais je ne risquais ni de faire une chute ni de m'étrangler parce que j'étais suspendu. C'était une chance pour moi. J'ai entendu des bruits sourds, étouffés, puis des gémissements. À un moment, les rafales se sont arrêtées. Je suis resté sans bouger. J'ai attendu. Des hommes se tordaient de douleur, jusqu'au moment où tout s'est tu. Un terrible silence s'est installé, constamment interrompu par les hurlements des loups tout proches. Ma seule pensée était de quitter cet endroit. Je sentais que j'étais indemne. J'ai fait un bond et je me suis retrouvé par terre, sur quelque chose de mou. Je me suis traîné aussi vite et aussi loin que possible sans regarder autour de moi. J'ai senti ensuite une vive douleur dans l'omoplate, des blessures dans les bras, dans les jambes, le goût du sang. Evdokia m'a découvert par hasard, au milieu de cèdres sauvages, près d'une citerne. Elle m'a prodigué les premiers secours. J'avais décidé de ne pas chercher à regagner les miens. Je lui ai demandé si elle avait des contacts avec les résistants. J'avais l'idée de prendre le maquis et de combattre à leur côté. Je me sentais fort, en pleine santé. La fin de notre détention avait été pour moi une catharsis. Les maquisards étaient des gens frustes, gauches. Ils ne souhaitaient pas nous tuer, ils hésitaient. Ils recevaient des ordres contradictoires. Ils nous ont exécutés d'une manière lamentable. Mais notre guerre était encore plus lamentable, abominable. Après tout, eux défendaient leur pays. Nous, qu'étions-nous venus défendre en Grèce ? Un soldat prisonnier avec moi, originaire de Munich, lui, me disait : « Moi, docteur, je ne crois pas qu'il faille être fou à lier ou avoir bu comme un trou pour faire la guerre. On dit que c'est le seul moyen de tenir tête aux Russes. Mais, là où nous nous trouvons, il suffit de voir ces hommes inférieurs à nous, illettrés, qui ne connaissent rien de la civilisation et qui ont si peu de capacités intellectuelles, pour justifier qu'on soit venus conquérir leur pays. » Je lui ai répondu que je ne croyais pas à la supériorité de la race aryenne et qu'à mon retour en Allemagne, à la fin de la guerre, j'irais vivre dans un village, cultiver mes champs et exercer mon métier de médecin parmi des gens simples. La civilisation est pire que l'état sauvage. J'étais peut-être romantique. Si j'avais rejoint les partisans, je n'aurais pas tenu un jour. La guérilla est la forme de guerre la plus dure. Des années plus tard, j'ai appris les négociations qui se déroulaient alors pour nous échanger contre des prisonniers grecs. Elles étaient vouées à l'échec. Les maquisards demandaient aux Allemands de libérer des communistes grecs de haut rang qui se trouvaient dans des camps en Pologne, et non des otages locaux ou des résistants. Cela, bien entendu, notre division du Péloponnèse n'était pas en mesure de le décider, et il aurait été aussi vain qu'irréaliste d'en faire remonter la demande à des échelons supérieurs, sauf à vouloir se ridiculiser. Michos, le chef des partisans, et Felmy, notre général, étaient plus modérés. Ils ont essayé d'obtenir des échanges de prisonniers à partir d'exigences acceptables, pour éviter des représailles au détriment des civils. En octobre et novembre, autrement dit deux mois avant notre exécution à Magéro et le désastre de Kalavryta, les partisans n'ont cessé de tendre des pièges en attaquant par surprise et en infligeant de lourdes pertes à nos troupes. À Inoï, un escadron de nos forces aéroportées a été vaincu au cours d'une attaque des maquisards. Nous avons eu cent morts et trente prisonniers allemands ont été massacrés. Michos était favorable à l'échange, mais ses camarades ne l'étaient pas. Quand Le Souir est devenu gouverneur du Péloponnèse, ils ont commencé à appliquer de sévères représailles. Felmy n'a plus rien dit. Sauver notre bataillon était le cadet des soucis de Le Souir. Il n'était pas dans l'idée de nous échanger et de nous faire libérer. Son seul but était de se venger et de châtier sans pitié les maquisards, d'imposer la paix dans la région en exécutant des otages, en détruisant des villes et des villages, en faisant régner la terreur.

Quand nous étions prisonniers, nous vivions pacifiquement comme des villageois, nous ne portions plus l'uniforme, on nous surveillait de manière plutôt relâchée. Aucun de nous ne songeait à s'évader et nos gardiens n'avaient guère de doutes là-dessus. J'allais donner un coup de main dans un atelier de tailleur. J'enroulais les fils sur des bobines. En temps de guerre, personne ne reste seul dans son coin. Chacun fait partie d'un ensemble, de plusieurs ensembles, amis ou ennemis. Le fait de côtoyer la mort nous rend nécessairement insensibles, elle nous dégrade en tant que personnes morales, nous devenons des animaux qui s'entre-dévorent. Ce n'est que dans l'harmonie que l'on construit un monde sûr, pas avec le sang.

Quand nous nous sommes rencontrés pour la première fois, Athos et moi, à l'entrée de la cabane, nous avons évité de nous regarder l'un l'autre dans les yeux. Evdokia l'avait préparé, dans la mesure du possible, à mon arrivée. Naturellement, il n'avait émis aucune objection. Il m'accueillerait. Mais, de toute façon, à cette époque, Athos ne parlait pas, il n'était pas sûr qu'il se rendait compte de ce qu'il lui arrivait, il était enfermé en lui-même, dans son égarement. En général, pendant les premiers mois qui ont suivi le choc de l'exécution, il restait apathique, sans réaction, ne participait à rien, ne prenait pas d'initiatives. Nous sommes donc restés face à face, les yeux baissés, à regarder par terre. Comme si nous avions honte. Lui portait la honte de la victime, et moi, l'opprobre du bourreau. Le fait d'avoir été victime des maquisards n'effaçait en rien, n'atténuait même pas ma condition honteuse de soldat allemand de l'abominable Wehrmacht. Evdokia m'encourageait. Il fallait que je dise qui j'étais à l'homme que j'avais en face de moi, même s'il ne comprenait pas. Aux yeux des gens, je devais me faire passer pour un parent à lui sourd et muet. J'ai tout de suite dit mon nom, et j'ai ajouté que j'étais un déserteur de l'armée allemande. Qu'avant d'être enrôlé, je terminais mes études médicales. Je l'ai remercié d'avoir accepté de me cacher. Il a fait un signe d'approbation en entendant la langue allemande. Alors, nos regards se sont croisés dans un sentiment d'agréable surprise.

J'ai vu un homme blessé, fatigué. Son visage osseux exprimait de la fermeté et de l'endurance, alors que ses yeux laissaient percevoir une tranquillité, une impassibilité empreintes de tendresse qui trahissaient la force secrète de ce montagnard solitaire, sa capacité à maîtriser le temps, à se maîtriser lui-même, même dans ces conditions de pénible servitude, de douloureuse humiliation.

On dit qu'après l'orage l'ombre des objets se fait moins dense, que sa noirceur s'estompe, que les choses perdent ainsi leur couleur et prennent des contours plus nets. La présence d'Athos était en même temps imposante et modeste. Il était d'une solide constitution, ses membres dessinaient des gestes calmes et prudents mais, quand il se déplaçait dans l'espace, l'air se remplissait d'une énergie positive, d'un sentiment d'assurance et de stabilité. Pourtant, si l'on scrutait son ombre, autrement dit le contenu de cet individu, le paysage se brouillait et le silence gardait sous scellés toute pensée, toute image de sa vie. On aurait dit qu'il manquait de profondeur, alors qu'il était tout entier constitué d'un monde intérieur, fragile et plein de tensions, enveloppé dans une écorce rugueuse, impénétrable. À trente-trois ans, il n'avait que sept ans de plus que moi, mais avait déjà l'air d'un vénérable vieillard. Evdokia disait qu'il était devenu méconnaissable. Pendant les quelques années où elle l'avait fréquenté, avec sa famille, elle avait toujours vu en lui un homme spontané, jovial, un bon vivant, qui avait parfaitement su cacher sa nature réservée et introvertie. Bien sûr,

Marianthi connaissait cette facette de son mari, et lui la taquinait tendrement à propos de son énigmatique patience. Elle se comportait, lui disait-il, comme si elle avait épié ses secrets.

Quand, en 1975, j'ai rencontré Lefki, sa petite-fille, pendant mon premier voyage en Grèce après dix-sept ans d'absence, elle a insisté pour que je lui parle de ces deux années où j'avais vécu avec Athos, entre 1943 et 1945, l'année où je suis rentré en Allemagne, avant de revenir à la Crête-des-Sapins en 1948 passer toute une décennie avec son grand-père, jusqu'en 1958. Les Allemands avaient pensé à me verser une petite pension d'invalidité. De déserteur j'étais devenu victime de guerre souffrant de troubles psychiatriques. Je ne pouvais pas exercer ma profession de médecin dans mon pays pour un bon nombre d'années. De son côté, à soixante-cinq ans, Athos était toujours abrupt et solitaire, il ne se confiait qu'avec parcimonie sur ses années de guerre. Lefki se montrait très curieuse et insistante, mais il est vrai que de mon côté aussi je me dérobais à elle. J'avais refoulé bien des événements désagréables. Et les bons moments et les grandes leçons, comme on dit, étaient si profondément enfouis en moi que je ne pouvais en parler.

Mon fils Walter, alors adolescent, me pressait lui aussi de questions. Il ne comprenait pas le lien que j'avais tissé avec la Grèce. Il me reprochait seulement, de manière catégorique, sans connaître les détails, d'avoir été dans l'armée nazie et d'avoir commis des crimes de guerre comme tous les soldats allemands (il insistait sur le « tous », comme s'il n'y avait pas eu d'exception). Il manifestait la même indifférence à l'égard de sa grand-mère, ma mère Grete, et de mon frère Georg. En juillet 1943, au moment où ma division arrivait dans le Péloponnèse et où Felmy installait son quartier général à Vityna en ordonnant, avec un zèle excessif, des représailles généralisées, Grete et Georg étaient réduits en cendres dans notre maison d'Hammerbrook pendant les attaques aériennes des Alliés contre Hambourg. Cinquante-cinq mille personnes ont péri dans les flammes au cours de ce bombardement. C'est tout juste si Walter ne disait pas ouvertement qu'elles n'avaient eu que ce qu'elles méritaient. Selon mon fils, il fallait qu'en tant que peuple nous payions l'impôt du sang pour les catastrophes et les meurtres que nous avions provoqués. Il avait, lui, apporté très tôt des réponses à des questions auxquelles aujourd'hui encore, soixante ans plus tard, j'ai du mal à me confronter, intellectuellement aussi bien que sentimentalement. Les équipes de secouristes qui recueillaient les cadavres calcinés dans les maisons des villes allemandes bombardées étaient constituées de détenus des camps de concentration. Un agrégat de victimes. Les morts enterraient les morts. Les innocents les innocents. Ce qui ne veut pas dire qu'il n'y avait pas de coupables. Mais quand les victimes deviennent à la fois le moyen et le but de la guerre, le coupable et ses objectifs licites et illicites (à supposer qu'une telle distinction existe) finissent par être les ombres d'un châtiment divin au service d'autres lois qui dépassent les affaires humaines. La génération de Walter a pris le relais de celle des survivants, qui ont refoulé leurs souvenirs et développé une volonté de survie hystérique, une effroyable indifférence. Ces gens ont poursuivi leur chemin au milieu des ruines, comme s'il ne s'était rien passé. Vaincus certes, mais toujours du côté des puissants. Les ruines de la campagne grecque, c'était autre chose. Ici, tout était resté dans un état de fragilité, de vulnérabilité, d'humiliation. Comme dans les décombres des communautés juives à travers l'Europe, on ne cessait d'entendre dans les villages grecs le chant funèbre qui évoquait une mort impensable. C'était un incessant mirologue sans paroles, puisque nommer de manière erronée un acte innommable revient à renforcer l'action du mal dans le monde. Je ne me rappelle pas qui a dit que la guerre s'apparente à une cure thermale d'eau ferrugineuse. Existe-t-il une maladie que la guerre guérisse ? Peut-être la maladie qui couve en temps de paix, quand l'homme accomplit des progrès et acquiert de la puissance ?

L'amnésie d'Athos, même passagère, était une sorte de résistance inconsciente destinée à lui éviter de perdre la mémoire, à lui permettre de la diriger lui-même à sa guise lorsqu'il la recouvrerait. Il n'a jamais fait de compromis avec l'histoire, il a refusé de suivre les lois implacables de la survie qui obligent à se réconcilier avec son ennemi ou avec le mal lui-même. Pour lui, l'expérience de la guerre a été quelque chose entre innovation et révélation. Dans son esprit, les victimes de toute nature n'ont pas été réunies dans une seule et même chambre à gaz, et il n'a pas divisé le monde de l'après-guerre entre coupables et héros. Il a choisi de vivre dans la société de la forêt plutôt que dans la société des hommes. Du reste, il n'y a pas une grande différence entre l'une et l'autre, si l'on excepte que dans la première il n'existe ni bourreaux, ni victimes, ni héros. C'est tout cela que j'ai appris à son contact au fil des ans.

Au cours de nos conversations silencieuses, ce contrat tacite que nous avons signé le matin où je suis arrivé à sa cabane, avec Evdokia pour témoin, Athos a réussi à me transmettre ses connaissances sur la forêt. Nous parlions des lois qui régissent la nature sans utiliser nos deux idiomes – moi je ne savais alors du grec que quelques mots et expressions que j'avais appris en captivité, et lui ne connaissait pas l'allemand, bien qu'il eût acquis une grande familiarité avec cette langue. J'avais réellement endossé le rôle du cousin sourd-muet de Karpénissi venu lui prêter main-forte, comme Evdokia en avait répandu le bruit dans les villages des alentours pour me protéger. Le lendemain même de mon arrivée, Athos m'a montré le manuel allemand de sylviculture accompagné de sa traduction grecque qu'il étudiait avec son maître bavarois à l'École de Vytina. Sur son établi étaient entassées plusieurs liasses de papiers avec le logotype imprimé en lettres de couleur grenat en haut de chaque feuillet : « Royaume de Grèce. Inspection des eaux et forêts de Patras ». Il me dessinait sur ces feuilles toutes sortes d'arbres et me décrivait leurs particularités par des signes et des schémas. Il fixait les dessins à l'aide de punaises sur le mur de bois de la cabane, où ils restaient affichés pendant des jours, jusqu'au moment où nous revenions à ces images pour continuer la conversation déjà engagée sur cette reconstitution graphique. Peu à peu, des mots allemands, des termes qui sommeillaient en lui, venaient sur ses lèvres, il les vérifiait en feuilletant le manuel ou en consultant un petit dictionnaire de poche, à la couverture ocre jaune brûlée dans sa partie inférieure droite, à la tranche manquante, dont les fils usés de la reliure pendaient, nus et inutiles, plusieurs feuillets détachés tombant sur le sol dès qu'il ouvrait le livre et obligeant Athos à les replacer au petit bonheur, sans tenir compte de la pagination. D'ordinaire, il les remettait à leur place la fois suivante lorsqu'il prenait le dictionnaire en main. Parfois il me le donnait pour que ce soit moi qui le fasse, parce que, sur le papier jauni, la pagination s'était estompée en plusieurs endroits, et il fallait pouvoir suivre les entrées dans l'ordre alphabétique pour retrouver le bon agencement.

De la même manière, toujours à l'aide de dessins, il m'a parfois parlé de la mémoire des arbres. Elle se lit, disait-il, dans les anneaux concentriques qui se dessinent dans le bois du tronc fraîchement coupé. On peut ainsi apprendre l'âge de l'arbre, ses réactions aux conditions climatiques successives, les maladies dont il a souffert. La mémoire de l'arbre ressemble à celle de l'homme parce qu'elle est secrète, codée, et elle ne peut se lire qu'une fois parvenue à son terme, après la mort de cette plante ligneuse. J'ai été étonné d'apprendre qu'elle ressemble à celle de l'homme, puisque ce dernier vit sa mémoire, l'enregistre et la mobilise pendant toute la durée de son existence, et non lorsqu'il gagne l'autre monde. Athos m'a regardé d'un air désolé, soit parce qu'il n'avait pas compris, soit parce qu'il ne pouvait me donner une explication.

Il me parlait, tout en me les dessinant sur le papier, d'arbres imaginaires ou réels des continents lointains. D'arbres de l'Inde qui, au lieu de fruits, produisent des oiseaux, et d'autres arbres orientaux qui, à la place de leur fruit charnu et comestible, donnent naissance à des hommes et des femmes suspendus de tout leur poids à de solides branches élancées, ou encore d'arbres qui donnent du vin ou du pain. Il parlait également de l'Arbre solitaire, de l'« Arbre sec », comme l'appelaient les premiers chrétiens, qui poussait, érémitique et ascétique, dans une région aride de la Perse, sans végétation autour de lui. Il délimitait la frontière entre l'Orient et l'Occident. Il y avait aussi les arbres honteux, dont les cimes ne se rapprochent pas, et les arbres gardiens, qui sont destinés à dépasser la frontière visible entre le ciel et la terre. Ces derniers unissent l'au-delà avec le monde souterrain, protégeant les hommes des coups du sort pendant la période de leur vie terrestre. Il prenait plaisir à dessiner les arbres extraordinaires, comme le hêtre retourné dont les branches s'inclinent sans cesse vers le sol tandis que ses racines sortent à l'air et se surélèvent arbitrairement jusqu'à embrasser le tronc. « Comme les fous », disait Athos en allemand.

L'anthropomorphisme des arbres le troublait, excitait sa curiosité et son imagination. Tête, tronc, racine : c'est avec le même ordonnancement vertical que l'homme et l'arbre se dressent sur la terre et dans l'espace qu'ils occupent. « Seul le Iessai, disait Athos, comme s'il l'avait sous les yeux, pousse couché sur le sol, sous la forme d'une simple racine, et son arbre, qui s'élève sans tronc vers le ciel, en dressant seulement ses branches, n'est qu'une tige de la racine Iessai. » La différence entre l'arbre et l'homme tient à son immobilité et à sa relation particulière à l'éternité. L'arbre vit et meurt au même endroit, sans se déplacer. Mais dans la mesure où il peut en même temps vivre et mourir là où un jour il est sorti de terre, l'arbre est théoriquement immortel. « Il existe, disait Athos en dessinant, puis en agitant les mains, des squelettes vivants d'arbres anciens qui meurent depuis des millénaires dans la vallée de la Mort du désert des Mojaves, en Amérique du Nord, et qui n'ont pas encore rendu l'âme. Ils meurent à petit feu, tout en vivant éternellement. »

Tous les matins de dix heures à midi, quel que fût le temps, le forestier sortait cueillir notre nourriture. Je l'accompagnais souvent, pour mon plus grand plaisir. Il musardait avec insouciance, inspectait de manière informelle son territoire. Jamais un Allemand n'avait mis les pieds à la Crête-des-Sapins, seuls des maquisards y passaient de temps à autre. Il rentrait en rapportant des glands, des noix, du pourpier, des racines, des choux fourragers, des caroubes, en règle générale tout ce qui poussait tout seul, et descendait rarement au village le plus proche, où il pouvait trouver à l'occasion des plantations laissées à l'abandon. Il moulait les glands et en faisait du pain, faisait bouillir les herbes sauvages, cassait les noix. Il veillait à avoir le sac de glands toujours plein. Il conservait près de lui une petite besace qu'un villageois lui avait apportée un jour du Parnon. Il ne l'avait jamais ouverte devant moi. L'après-midi, il sortait de quatre à six heures, mais ne disait jamais où il allait et ne voulait pas que je le suive. Un jour, il m'a confié son secret. C'était en mars 1944.

Nous sommes entrés dans le bois de sapins. Le ciel était couvert, il y avait peu de lumière. La neige fondait, formant de petites flaques fangeuses. Après une demi-heure de marche, nous avons tourné pour prendre le chemin dit du Cheval. Athos tenait un bâton à bout pointu. Il portait, pendue à son cou, une gourde remplie d'eau. Il faisait sombre. Nous voyions passer entre nos jambes, dans l'herbe, les petites bêtes de la forêt qui allaient se cacher pour la nuit ou que nos pas effrayaient. Nous avons débouché sur un versant nu en face du mont Néraïdorachi*. Le ciel nous est apparu, vaste, ouvert, pâle. Une fraîcheur presque humide montait de la terre. Une prairie en pleine montagne, me suis-je dit. Athos m'avait naguère expliqué par gestes comment la prairie se métamorphose en forêt. Les racines des myrtilliers, les bruyères et les ronciers plongent profondément au milieu des herbes, s'enfoncent sous le sol, et il suffit que l'endroit ne soit pas foulé par les sabots des moutons, que les troupeaux ne viennent pas y paître. La terre devient alors

* *Sommet le plus élevé de la chaîne du Chelmos.*

de l'humus de forêt, sans crottes, sans mousse et sans herbes piétinées.

« Ici, c'est le Mont-Forêt », me dit mon compagnon de route. J'ai regardé autour de moi, d'abord avec surprise, puis de manière quelque peu distraite et embarrassée. Je ne voyais rien. Une terre aride. Des hectares. Une vaste étendue. Seuls quelques énormes sapins isolés se dressaient çà et là. Le terrain descendait très loin jusqu'au col de la Noire. Au pied de la montagne commençaient les premières habitations. Il y avait là deux petits villages. Vus de loin, les toits de lauze m'ont paru miroiter comme des pierres de lune. Les sommets voisins étaient couverts de neige et blanchissaient les premières lueurs de la nuit. Les montagnes solitaires nous guettaient. À mille deux cents mètres d'altitude, nous étions une cible facile. La guerre se cachait et nous, nous nous exposions à la vue de tous. Pourtant, Athos marchait lentement, tranquillement, son secret serré entre ses lèvres raidies par le froid. Il tâtait attentivement le sol de son bâton, en donnant de légers coups. Je me demandais si nous ne nous trouvions pas dans un champ de mines. Je le suivais avec curiosité. Il a fini par enfoncer le bâton dans le sol, après avoir aspergé la terre, comme un prêtre qui bénit, de quelques gouttes d'eau pour l'assouplir. Il a sorti deux glands de sa poche et les a enfouis dans le trou qu'il avait ouvert. Il s'est penché, a caressé de la main cette ouverture, l'a délicatement recouverte. Il a fait dix petits pas en les comptant, s'est arrêté et a recommencé les mêmes gestes. Il a fait de même plus bas. Je l'observais en silence, avec respect, comme s'il accomplissait un rituel sacré.

« Il ne faut pas que la semence soit placée trop profond, pour qu'elle puisse s'aérer, ni qu'elle reste trop à la surface, parce que, alors elle sera emportée par les oiseaux ou les eaux de pluie, m'expliqua-t-il d'un geste en se retournant, comme si nous reprenions une conversation tout juste interrompue. Dans vingt ans, ajouta-t-il, il y aura ici une forêt de chênes, avec des cèdres qui grandiront à l'ombre du sapin. Si je meurs entre-temps, c'est toi qui continueras ce travail. Il faut planter cinq cents arbres sur ce versant. Un chêne ou un cèdre pour chacun des tués du champ de Kapis. Une mémoire éternelle, des arbres centenaires. Mais fais bien attention ! Le cèdre doit se trouver à une distance de cinq grands pas par rapport au sapin. Le mois prochain, toutes les graines auront été semées. Pendant un certain temps, il ne faudra pas fouler la terre. Ensuite, la forêt fera sa vie toute seule. Elle grandira. »

Je suis resté à le regarder avec étonnement. J'avais compris. Ou plutôt j'avais deviné ce qu'il voulait dire, qu'il exprimait de manière vivante en dessinant du geste des figures très claires et en y mettant toute l'émotion de son deuil récent. Nous avions commencé à trouver notre langue, à l'inventer. Lui-même, à cette époque, ne se souvenait pas qu'il avait fait partie des otages exécutés sur la colline de Kapis. L'image s'était effacée. On le lui avait pourtant raconté. Sa marche lente et légère sur cette terre nue de la montagne, à travers le cérémonial de l'ensemencement, traduisait peut-être une tentative d'écouter la voix des morts que la terre avait recouverts, de communiquer avec eux en leur demandant de laisser revenir sa mémoire. Il sentait peut-être qu'en semant ces arbres il contribuait à bâtir une cité idéale dont il serait à jamais exclu, puisqu'il avait survécu.

Tard dans la soirée, j'ai lu dans le manuel allemand des pages sur la biocénose en milieu forestier, sur les relations qui se créent entre les arbres d'une même chênaie : des relations de « commensaux ». Comme tous les arbres cherchent à acquérir, chacun pour son compte, toujours plus d'espace, de lumière, d'eau, de substances nutritives, s'établit entre eux une concurrence qui se manifeste d'abord par un phénomène de bousculade et de compression réciproque. Comme dans les communautés humaines. Mais leur rythme de développement est inégal, leur cycle de vie différent, leurs exigences sont dissemblables, si bien qu'ils s'autorégulent et que leur antagonisme finit fatalement par s'atténuer. Une coexistence pacifique des différentes essences s'installe. L'espace vital d'une forêt n'est jamais occupé par une seule espèce de végétaux. Tout comme, d'ailleurs, dans les sociétés humaines. Commencent alors à se développer des relations d'entraide et de soutien mutuel. Les arbres voisins se protègent l'un l'autre. C'est seulement en tant qu'ensemble que cette communauté formée par la forêt se développe et résiste aux catastrophes, à la fureur de l'orage. Lorsqu'il existe une brèche dans la continuité des arbres, les vents courbent et déracinent ceux qui vivent coupés de l'ensemble et qui ne sont pas bien adaptés à leur situation d'isolement. La forêt renaissante a besoin de la protection des arbres-mères qui la préservent des pâtures, des animaux sauvages et des conditions météorologiques défavorables. Mais le tronc parasité sur lequel grimpent des mousses, des lichens, du lierre et qu'ils étouffent ou tuent lentement, qui le protège ?

Je me suis lentement assoupi, en ayant à l'esprit l'image d'une fine tige qui s'efforce désespérément de se tenir droite alors que des millions de parasites dévorent ses chairs végétales. La respiration cadencée, paisible, d'Athos qui dormait dans la pièce voisine me tenait compagnie. Pour la première fois, j'étais envahi par un violent sentiment de solitude et de culpabilité qui devait m'accompagner en silence pour le reste de mes jours et dont seule Lefki a réussi à saisir la discrète mais profonde intensité au cours de nos rencontres, après 1975, pour la rapporter plus tard dans ses notes personnelles. Athos dormait du sommeil du juste et, au loin, sur le Mont-Forêt, la terre incubait la cité idéale de la chênaie dont rêvait le survivant des représailles de Kalavryta. Ses morts ressuscités revivraient dans les jeunes troncs, telles les Dryades d'une autre époque. Les grumes couchées que j'avais vues dans mon cauchemar, au cours de ma première nuit dans la cabane, se dressaient à présent sous la forme d'arbres vivants et sains dans le rêve d'Athos, loin du crime et du châtiment que seules les sociétés humaines savent imposer comme loi suprême de la vie. Qui était donc Athos ? Un homme seul, ni coupable ni héros. Le troisième homme. Celui qui avait refusé la place de la victime. Celui qui savait peut-être mieux que quiconque protéger le tronc des plantes grimpantes, des parasites indésirables.

LE REFUGE

« Comment peut-il être si fier de lui, cet effronté qui a coupé les cèdres du Liban ? » se demanda Athos à voix haute, comme s'il sortait de son état de léthargie, en gardant les yeux mi-clos.

L'apiculteur le regarda interloqué. Il allait poser une question, mais le feu crépita avec impatience, une rafale de vent s'engouffra dans les fentes du bois et la flamme grandit, reprit vie et se mit à danser, une bûche dégringola dans le foyer, la cabane s'enfonça à nouveau dans le silence de la neige.

Quelques minutes passèrent. Le bûcheron s'approcha de la vitre, avec sa lourde peau de mouton sur son dos voûté, comme s'il avait voulu mieux entendre la conversation des deux hommes.

« Je prévois que nous allons passer quelques jours ici, en haut, dit-il. Dis donc, Athos, heureusement qu'il reste encore du *trahanas** de l'Office des forêts. Apparemment, l'armée ne se soucie d'approvisionner que les endroits qu'elle utilise comme cantonnements.

* *Mets grec traditionnel fait de semoule et de lait caillé.*

– Ils ne sont pas passés par ici. Ni l'armée ni les partisans, murmura Athos. J'ai tout retrouvé comme je l'avais laissé en septembre. Les chemins qui mènent à ce refuge ont tous été dévastés par les bombardements.

– Il y a un mètre de neige dehors », marmonna le bûcheron d'un air fatigué, en scrutant à travers les vitres de la fenêtre la lumière blafarde d'un ciel livide. Le berger s'agita en silence dans son coin, il ne voulait pas sortir des secrets de son sommeil.

Les quatre hommes s'étaient retrouvés la veille dans la forêt de Zarouchla pour organiser la campagne de ravitaillement des habitants de Kalavryta, maintenant que la ville hébergeait le campement des populations chassées par la guérilla. Avec l'aide des quelques femmes restées dans le village, ils devaient collecter le miel, la résine, les noix, s'occuper du transport du bois destiné au chauffage, compter les moutons qu'il restait dans les trois enclos de la montagne, après le dernier prélèvement opéré par les groupes de partisans pour leur propre approvisionnement. Aucun des quatre n'avait pris les armes, ni sous l'Occupation ni, à présent, pendant la guerre civile. Ils constituaient une sorte d'intendance autoproclamée qui veillait sur les civils des zones habitées et, quand ils le pouvaient, sur les hommes et les femmes qui avaient gagné le maquis, tout simplement parce qu'ils les considéraient dramatiquement exposés et sans défense. Ils évitaient les rencontres et la collaboration avec l'armée gouvernementale, non par idéologie, mais parce que le rapport de forces était tel qu'elle n'avait pas besoin d'eux.

Les gouvernementaux étaient les vainqueurs désignés d'avance. Les partisans avaient beau faire des coups de main et tenir solidement les hauteurs, ils étaient par définition ceux qu'on pourchassait, quand ils ne cherchaient pas eux-mêmes les ennuis. En tout cas, tous quatre refusaient d'accepter cette division absurde de la société entre vainqueurs et vaincus. Ils n'en méconnaissaient pas l'existence, mais ils la refusaient. Ils pensaient que leur époque ne connaissait qu'un grand vaincu : l'Allemagne d'Hitler. Les Grecs qui avaient collaboré avec les Allemands s'étaient couverts de honte. Ce n'était pas la peine de se venger d'eux. Il fallait maintenant que les communistes fassent leur entrée dans les parlements des pays d'Europe pour gouverner. Pour faire de la politique aux côtés des démocrates, en parole et en acte, et non par les armes.

La tempête de neige avait éclaté pendant la nuit et les avait surpris au col de la Fée, sur la route de Messorougi, première étape de leur mission. Ils avaient laissé leur fardeau au pied d'un sapin, en faisant une marque sur l'arbre de manière à pouvoir repérer leurs affaires si jamais elles étaient enfouies sous la neige. Ils avaient suivi Athos pour gagner le refuge le plus proche, puisqu'il était le seul à savoir par où passer. Il les avait conduits jusque-là les yeux fermés, après une heure de marche, pendant qu'une neige épaisse et un vent violent les enveloppaient et les pressaient comme un pansement serré sur une plaie, les empêchant d'avancer. Ils étaient parvenus à ce gîte au moment où le jour pointait. Ils avaient dû dégager la neige à la main pour ouvrir la porte bloquée.

L'apiculteur s'enhardit et regarda du côté d'Athos en souriant :

« Le roi d'Assyrie, dit-il, est monté sur la montagne sacrée, a coupé les grands cèdres et les plus beaux cyprès, puis il a gagné le sommet le plus éloigné, fier de son exploit. Peu lui importait que les cèdres aient été des arbres consacrés. Il montrait ainsi sa toute-puissance. Mais pour la puissance divine qui l'avait poussé à commettre cette catastrophe, c'était une façon de punir la suffisance, les arrogants du monde entier qui, comme les cèdres, se dressent de toute leur hauteur au-dessus des humbles. Aveugle est le pouvoir des vainqueurs, aveugle aussi l'esprit de justice. »

Le bûcheron avait toujours le regard fixé sur la vitre blanche. Le berger s'approcha du feu, montrant qu'il avait entendu les propos de l'apiculteur et qu'il attendait la suite.

« Tu m'as l'air de dire que l'arrogance du roi et la morgue ostentatoire avec laquelle il a abattu les cèdres sont le fait de son ignorance, qu'il doit sa puissance à un être supérieur qui a armé sa main, dit Athos en dévisageant l'apiculteur dont la face était éclairée par le rougeoiement du foyer. Par conséquent, pour toi, tout châtiment d'expiation est licite, puisqu'il existe une justice divine et que seule cette justice divine fait de tous les abus de pouvoir des péchés qui doivent être punis. Tu crois donc que, dans la mesure où Dieu existe, l'homme n'est responsable de rien. Le crime et la vengeance sont laissés entre les mains de la puissance suprême. »

L'apiculteur inclina sa tête en arrière, l'appuyant contre l'une des poutres qui soutenaient le toit. Il ferma les yeux, comme pour dire : Je ne veux rien savoir de tout ça. D'un signe de la tête, le berger, le plus jeune des quatre, invita Athos à poursuivre. Il fixait constamment sur lui un regard muet qui semblait demander avec inquiétude : Que veux-tu dire ?

Athos se mit à parler lentement, à voix basse, détachant les mots un à un comme s'ils étaient des objets, comme s'il faisait le tri dans une corbeille remplie de choses volumineuses. Il soupesait le poids de sa parole, car il sentait sa mémoire défaillante menacée de disparaître sous la neige. Alors qu'il faisait confiance à son silence, les mots et les noms le tourmentaient quand il se battait pour les apparier avec les images qui assaillaient son esprit.

« Il y a cinq ans, à la fin novembre 1943, je me suis retrouvé ici, dans ce refuge, avec deux chefs du maquis, le capitaine Michos et Kassandras, un militaire de l'ELAS*. Ce dernier venait à peine d'arriver à Égion depuis Athènes pour prendre ses fonctions. J'étais leur guide. Je les ai pris en charge à Gortyne. Les capitaines de toutes les organisations de résistance du Péloponnèse y tenaient une réunion. Je les ai conduits à Strézova, puis à Zarouchla, où ils avaient prévu de se rencontrer. Alors que nous étions en route pour notre destination finale, le quartier général qui se

* *ELAS est un acronyme désignant l'Armée de libération populaire grecque, principale organisation militaire de résistance à l'occupant, de tendance communiste, fondée en 1942.*

trouvait à Vyssoka, nous avons été surpris par la neige et nous avons passé la nuit ici. Nous n'avons pas fait de feu. C'était dangereux. Kassandras a lu toute la soirée un petit livre noir à la lueur de la bougie. Il m'a dit : “Je suis athée, mais j'ai toujours sur moi les Saintes Écritures.” À l'entendre, les lire lui donnait du courage. Il avait de grands yeux brillants qui te regardaient silencieusement, avidement. Michos était enfermé en lui-même, lointain. Je leur ai demandé s'ils étaient au courant des négociations qui se tenaient alors avec les Allemands. S'ils acceptaient les échanges de prisonniers. Qu'avaient-ils décidé ? Savaient-ils que la population civile de la région de Kalavryta courait un danger ? Avaient-ils eu connaissance de l'assassinat à froid, en représailles de la pendaison du jeune Pavlopoulos, des trois soldats blessés de la Wehrmacht dont les dépouilles avaient été découvertes au fond d'un puits à l'extérieur de Kalavryta ? Que pensaient-ils des dizaines d'exécutions d'otages qui suivaient chaque attaque des maquisards contre l'ennemi ? À chacune de mes questions les deux hommes épuisés hochaient la tête en signe d'approbation. Ils connaissaient bien tous ces événements et les difficultés qu'ils posaient. Mais ils me répondaient qu'il fallait libérer le pays de l'occupant. C'était pour cela qu'ils se retrouvaient dans ce refuge au péril de leur vie, pour cela aussi que j'étais avec eux, mettant en danger ma propre vie, celle des habitants de ma ville et celle de ma famille. Dans cette guerre de résistance, disaient-ils, personne n'était à l'abri. Même les collaborateurs étaient en danger, menacés par les maquisards ou même par les Allemands, puisque, de toute façon, ils leur étaient assujettis. »

Le bûcheron se leva brusquement, interrompant le récit d'Athos.

« Qu'attendais-tu qu'ils te répondent ? dit-il en élevant la voix et en se dirigeant vers la porte. C'étaient deux chefs des insurgés. Ces gens-là ne se posent pas de questions, ils ne connaissent ni hésitations ni contradictions. D'ailleurs, ils ne font pas la guerre. Ils envoient les autres au combat. Et souvent sans réfléchir, sans discussion possible », ajouta-t-il en ouvrant la porte de bois comme s'il étouffait. Une montagne de neige, imposante, effrayante, apparut sur le seuil, signe de la toute-puissance qui continuait à fixer le destin des quatre hommes bloqués dans ce refuge. Le dos du bûcheron bouchait la vue. On entendit un bruit d'eau tombant sur le sol : apparemment, l'homme debout se soulageait. Athos eut le temps de voir dans la neige un trou qui fumait, formé par le jet de liquide chaud. La pièce se refroidit en quelques secondes. La porte se referma. Les hommes se rapprochèrent du feu.

« Tu as tort de dire ça, répondit Athos sans détourner son regard des flammes. Michos était un vaillant combattant. Kassandras avait l'air d'un théoricien de la guerre. Il m'a dit qu'il avait étudié le métier des armes à Paris. "Moi, ce sont les Français qui m'ont appris la guerre, toi, ce sont les Allemands qui t'ont enseigné la science des forêts. Deux grandes cultures, et deux peuples philhellènes. Mais ils croient parler le grec mieux que nous, parce que nous, nous sommes illettrés, arriérés. Bien sûr, ils entendent par là le grec ancien. Nous sommes un petit peuple, un peuple fier qui résiste quand c'est nécessaire, mais nous avons besoin d'alliés. Et ça, c'est tout un art. L'art de l'alliance et la coexistence, ça s'apprend, c'est le fruit d'une éducation. La guerre est un penchant naturel chez tous les hommes, primitifs ou civilisés. Mais les alliés, ajoutait Kassandras, n'aiment pas les soulèvements quand ils vont au-delà de ce qui a été convenu." Il me rappelait que, lorsque les Bavarois étaient venus en Grèce, en 1830, au moment de la fondation du royaume, ils avaient puni les francs-tireurs partisans de Kolokotronis* sous prétexte qu'ils ne se décidaient pas à mettre un terme à la révolution alors que les combats étaient achevés. Ils avaient incendié leurs villages, leurs maisons, comme font les nazis dans cette guerre. Pendant que Kassandras parlait, Michos étudiait tranquillement les cartes à la lueur de la bougie. »

Comme s'il sortait d'un rêve, l'apiculteur rechercha le regard d'Athos, qui, encore prisonnier des flammes de la cheminée, les observait maintenant sans dire un mot, les regardait s'élever, ondoyer, puis s'abaisser et incurver leur pointe selon que l'air qui passait par une fente entre les planches du mur redoublait de force ou s'arrêtait brusquement. Il demanda au forestier, sur un ton presque moqueur :

* *Héros de la guerre d'indépendance grecque, Theodoros Kolokotronis fut ensuite combattu par le roi Othon et les Bavarois pour avoir choisi le parti russe, condamné à mort, puis gracié.*

« Alors, finalement, ces capitaines, c'étaient des communistes ou simplement des patriotes ? Est-ce qu'ils approuvaient l'exécution des soixante-dix-huit prisonniers allemands de la bataille de Kerpini ? Ou est-ce qu'ils la considéraient comme une erreur stratégique ? D'après ce que tu nous dis, ils ne semblaient pas particulièrement fiers de leurs combats et de leurs sacrifices. En général, les hommes de cette trempe ont tendance à s'enorgueillir de la force et de l'héroïsme de leurs troupes.

– Ce soir-là, lui répondit Athos, au moment où leurs regards se croisaient dans le nuage de fumée grise qui s'échappait de la cheminée avant de se disperser sous le plafond de la pièce, Kassandras m'a lu le passage de la Bible que j'ai rappelé tout à l'heure, à propos de la destruction des cèdres du Liban. Il était triste et harassé. La force de la violence est punie lorsqu'elle s'exerce, me disait-il. Mais elle ne s'exerce jamais si elle n'a pas préalablement rencontré devant elle la violence de la résistance. La pioche et la scie s'enorgueillissent-elles jamais de leur exploit auprès de celui qui les fait travailler ? L'arme peut-elle jamais se vanter d'avoir atteint sa cible auprès de celui qui la tient ? Une force détermine leur action, une main humaine ou une idée. L'idée, nous l'appelons Dieu, la main de l'homme destinée.

– Les idées nous envoient à la mort, se récria le jeune berger, dont la colère surprit son auditoire. Mais la destinée humaine peut sauver des vies, si chacun prend ses responsabilités et n'attend pas que tout lui tombe tout rôti du ciel. La guerre contre les Allemands aurait apporté la liberté, si nous en étions sortis vainqueurs*. C'était une guerre pour la vie. Mais aujourd'hui, cinq ans après, pourquoi faisons-nous encore la guerre ? J'ai donné deux cents brebis à égorger pour nourrir une armée d'agonisants. Même si ces loqueteux l'emportaient, qu'est-ce qu'ils apporteraient ? De quelle sorte de liberté rêvent-ils ? Quelle est cette idée meurtrière que je ne comprends pas ?

– Michos est à présent en prison, à Corinthe, dit Athos d'une voix paisible, lointaine, comme s'il essayait de tempérer la colère du berger. Il passera en cour martiale parce qu'il a résisté aux Allemands. Est-ce qu'on peut comprendre une chose pareille ? Kassandras, je ne sais pas où il se trouve. Il est peut-être déjà mort, tué par une balle grecque. La violence dans la nature est quelque chose qui peut s'expliquer. Mais dans la vie des hommes elle est source d'absurdité. Si les cèdres du Liban se suicidaient, quel prétendu puissant oserait venir ensuite se glorifier de leur disparition ? »

Le feu s'était calmé. La pièce s'était assombrie. À la fenêtre la lumière demeurait immobile, blafarde et glacée, comme si quelqu'un l'empêchait d'entrer à l'intérieur du gîte. Les quatre hommes renversèrent

* *La Grèce était sortie de la guerre dans le camp des vainqueurs de l'Allemagne, mais pour la majorité des résistants, hostiles au gouvernement officiel soutenu par les Britanniques, cette issue n'était pas vraiment une victoire parce qu'elle n'avait pas apporté le type de régime auquel ils aspiraient. Il y avait dans cette situation le germe de la guerre civile à venir.*

la tête en arrière, fermèrent les yeux. Le temps s'était arrêté. Le silence grinçait dans les bûches brûlées, dans le sifflement du vent, dans le bruit sourd que fait le corps humain étendu sur le plancher, quand il change de position. Agité par l'inquiétude, le bûcheron fixa à nouveau son regard sur la vitre, cherchant désespérément dans ce paysage mort, uniformément blanc, un signe du temps qui passe. C'est alors qu'il le vit. Il se manifesta tout à coup, recouvrant presque entièrement l'encadrement de la petite fenêtre. Une tête humaine noire. Apparurent aussitôt deux yeux brillants comme des perles, puis une rangée de dents blanches comme la neige. Le bûcheron sursauta, épouvanté, sans voix. Qu'était-ce, un animal ou un homme ? Les autres le virent aussi et se levèrent d'un bond, éberlués. Personne ne parla, ils regardaient seulement. Athos se dirigea à pas lents vers la porte. Il l'ouvrit. Un homme se dressait devant lui, prêt à s'effondrer. Ils le firent entrer avec des gestes hâtifs, sans dire un mot. C'était un jeune homme maigre, son corps décharné nageait dans des vêtements trop larges, son visage était sali par la fumée, ses yeux, sous son bonnet de laine, ne se fixaient nulle part, comme s'il ne voyait pas. Ils le débarrassèrent de son sac à dos et de son arme pendue à son épaule, lui ôtèrent sa cartouchière. Il s'enveloppa dans son manteau et s'agenouilla devant le feu comme s'il se prosternait devant des icônes. Il ne prononça pas un mot. L'apiculteur lui montra la paillasse pour qu'il s'étende près de la cheminée, le bûcheron mit de l'eau à bouillir sur le feu. Le berger se retira dans son coin en regardant dans un mélange de crainte et de compassion cet étranger qui, selon ses suppositions, devait avoir le même âge que lui. Il ne lui donnait pas plus de vingt-cinq ans. Athos s'approcha du nouveau venu et posa ses mains sur ses épaules. Le corps replié sur lui-même ne réagit pas. Il se pencha alors tout près du visage du jeune homme, comme pour écouter sa respiration. Il colla sa bouche contre son oreille : « Krystalis », lui murmura-t-il. Le corps glacé se laissa tomber sur la paillasse qui était à côté de lui, et resta tel quel, couché, plié, raide. Il gardait les yeux fermés, les paupières serrées. Athos lui retira son bonnet mouillé et sa capote et jeta sur lui une peau de mouton. Il se retourna et jeta un regard sur les autres. « Il va dormir, dit-il. Il ne semble pas blessé. Qui sait depuis combien de jours il n'a pas dormi ? Il est très effrayé. »

Les quatre hommes se tournèrent vers le feu sans dire un mot. Le bûcheron remplit leur gamelle de bouillie de semoule et ils se mirent à manger. Il approcha le chaudron du nez de l'étranger en se disant que l'odeur le réveillerait peut-être. « Il la mangera plus tard, murmura-t-il. Mieux vaut ne pas le perturber.

– Tu le connais ? demanda l'apiculteur à Athos.

– C'est le fils de Sotiropoulos de Strézova. Son nom de guerre est Krystalis. Son père est ingénieur agronome, il venait à l'Office des forêts de Vytina, nous avons travaillé ensemble. Un type bien. À cette époque, ce jeune était un cadre des Jeunesses communistes. Un garçon intelligent. Il a pris le maquis en 1946 parce qu'il était pourchassé, il préparait son diplôme pour être professeur de lettres. Il avait la passion de la littérature et il s'est retrouvé à faire la guerre les armes à la main. »

Pour l'apiculteur, ce n'étaient là que des choses ordinaires. La présence du jeune partisan ne suscitait chez lui aucun étonnement, aucun intérêt particulier. Pourtant, il ressentait une forme de soulagement à voir que cette fragile créature avait réussi à se traîner jusqu'à leur porte, et surtout peut-être à se dire qu'il avait sauvé sa peau. Il rechercha à nouveau le regard d'Athos et lui demanda : « Depuis quand est-ce que tu ne l'avais pas vu ?

– Depuis l'été dernier. Il travaillait à l'école qu'on avait ouverte pour les enfants dans le monastère de Poretso. Pendant tous ces mois-là, avant que l'armée entre à Kalavryta et que commencent les purges, les partisans vivaient leur rêve en plein réel : pouvoir populaire, éducation populaire. Vous n'étiez pas au courant de ça, vous, là-haut à Ziria ? Ils avaient pris l'État en main. Krystalis avait fait appel à moi pour que j'enseigne à ses élèves la botanique et la zoologie. J'y suis allé trois ou quatre fois. Il était enthousiaste. Les élèves aussi. Du reste, les écoles officielles étaient fermées. Les instituteurs les avaient désertées. N'oubliez pas que les gens de gauche aiment autant la culture que la justice. On devient de gauche par la lecture. Mais c'est une bonne chose qu'elle ne reste pas entre leurs mains : ils risqueraient de l'étrangler pour la faire entrer dans leurs canons. »

Les quatre hommes finirent leur repas et restèrent à regarder en silence leur compagnon endormi. Athos se réjouissait de voir que le jeune homme avait résisté à l'épreuve. Pour lui, il n'y avait aucun doute qu'il était désormais en sécurité. Il ne laisserait personne mettre la main sur lui. Il suffisait qu'il conserve la santé. Une nouvelle réalité flottait maintenant dans la pièce : le visage de l'homme traqué. Le temps avait acquis un rythme nouveau, sa densité s'était allégée, il était maintenant en relation à la fois avec un passé et une vie lointaine, la fin de la guerre. Il y avait donc un avenir après la catastrophe. Ou plutôt une volonté d'avenir. De toute façon, le désastre et la mort ne feraient que croître et prospérer dans les années qui allaient suivre, à côté du fort désir de survie. Parmi tous les cadavres de combattants qui gisaient sur les flancs glacés du Chelmos, du Mainalo et du Parnon, à Ziria et à Fénéos, il y en avait un qui était revenu à la vie, qui avait voulu vivre, qui avait marché dans la neige jusqu'à parvenir à l'âtre des quatre hommes.

« Il y a toujours une voie de salut, même au milieu de l'enfer », murmura avec hésitation le berger.

Le temps s'écoulait sur le bois rouge du plafond, sur le petit tas de cendre grise dans la cheminée, sur la respiration sifflante du dormeur. La vitre sur laquelle le bûcheron fixait son regard, avec indifférence à présent, s'assombrit, et la neige parut plus blanche encore dans l'obscurité. Un cri perçant retentit du côté du dormeur. Son corps bougea avec difficulté. Puis il fit entendre le son d'un étranglement, d'un brusque déchirement, une voix traînante comme un cri qui s'éteint. Le jeune homme tremblait de tout son corps, était agité de sanglots. Il se roula en boule et se mit à pleurer. Il s'apaisa rapidement, mais sans parvenir à refréner ses pleurs. Son visage baigné de larmes était déformé par la douleur. Athos le prit dans ses bras.

« Tu as mal quelque part ? lui demanda-t-il. Tu es blessé ? »

Krystalis fit signe que non de la tête.

« Dis-moi alors ce qu'il t'est arrivé et comment ça s'est passé », lui demanda le forestier sans pouvoir cacher son trouble.

Le jeune homme ouvrit les yeux, il avait séché ses larmes. Il garda le silence. Il regarda Athos et posa sa main sur son épaule, comme s'il avait voulu le tranquilliser. Il se redressa en repliant ses jambes. Une fois assis, il s'appuya le dos contre la poutre qui soutenait le toit. Il tourna la tête vers le feu. Le bûcheron lui apporta la bouillie de semoule chaude. Il l'avala précipitamment. Ils lui donnèrent des raisins secs et des noix, qu'il engloutit goulûment. Il continuait à regarder le feu qui éclairait son visage. Sa voix retentit, tranquille et ferme :

« Après la bataille de Chovoli, je me suis retrouvé seul. Je suis dans la neige depuis presque un mois, sans abri, sans camarades. Nous avons été dispersés. Dans ma brigade, la plupart ont été tués. J'ai erré de village en village. Je suis allé à Tropaia, à Spathari, je suis monté à Saïta, dans la montagne, je suis passé par Noussa, par Tripotama. Je ne trouvais rien à manger. L'armée gouvernementale est partout maintenant. Les Américains frappent avec leurs avions. Nous sommes une cible facile. J'ai eu l'occasion d'entrer en contact avec un bataillon à Dyrvi, mais j'ai changé de chemin. J'ai voulu jeter mon arme. Mais je me suis dit que j'en aurais peut-être besoin pour me tuer. Je ne veux pas qu'on m'arrête. Quand je suis arrivé à Vyssoka, je suis tombé sur ton ami allemand. Il y soignait des blessés à nous. Il se cachait. Il avait entendu dire qu'on l'avait dans le collimateur. Nous nous sommes cachés ensemble. À Vyssoka, les nôtres recherchaient un délateur, un garde champêtre. Il nous avait dénoncés à plusieurs reprises, il était en contact permanent avec l'armée. Il avait eu le temps de s'enfuir. Ils ont pris son fils, un garçon de dix-sept ans, et ils l'ont tué à la place du père. Ceux qui ont fait ça, je les déteste. Je ne les considère pas comme des camarades. L'Allemand est monté à la Crête-des-Sapins. Il s'attendait à te trouver dans la cabane. Je l'ai laissé et je suis parti pour Tsarouchli. Sur les hauteurs, je suis tombé dans une embuscade de l'armée. Un bataillon des nôtres avait été piégé là-haut, je suis resté auprès d'eux. Je ne pouvais me servir de mon arme. Mes mains tremblaient. Ils tiraient sur nous de partout. La bataille a duré deux jours. Tous les nôtres ont été tués. Aspa s'est battue avec courage et a réussi à se sauver. Nous nous sommes cachés tous les deux dans une cabane. Nous étions encerclés. Elle s'est tuée avec son arme. Nous nous étions entendus pour mourir ensemble. Mais je n'en ai pas eu le courage. Je suis resté toute la nuit près de la morte. Personne ne venait. On n'entendait rien. Au lever du jour, je suis sorti, je me suis glissé dans une gorge. J'ai marché depuis ce moment-là, je ne me souviens plus combien de jours, jusqu'à ce que j'arrive ici, par hasard.

– Tu as averti quelqu'un ? Tu l'as laissée là-bas toute seule ? demanda Athos entre ses dents.

– J'ai trouvé un pope à Tsarouchli. Il devait se rendre à la cabane avec son fils et deux femmes. Ils avaient une charrette pour la transporter. »

Le forestier se leva, prit l'arme de Krystalis, les balles, ouvrit la porte et sortit. L'air glacial s'engouffra dans la pièce. Le feu crépita, envahit la cheminée, puis retomba brusquement. Le partisan se couvrit la face de ses mains et pleura doucement, comme un enfant qui, soulagé, rumine sa douleur, après que sa mère l'a tranquillisé. Le bûcheron laissa tomber sa tête contre le mur de bois, le berger et l'apiculteur se rapprochèrent l'un de l'autre pour se réchauffer, car ils n'avaient plus qu'une peau de mouton pour deux, ayant donné l'autre à l'étranger.

Quand Athos revint, il n'avait plus rien à la main. Il avait enfoui l'arme quelque part. Il s'assit tranquillement près de Krystalis, qui pleurait sans bruit. Les autres s'étaient endormis. Maintenant, le silence était soupir, sommeil, profonde solitude. Comme quand tout est fini et que nous y repensons comme si ce n'était pas nous qui l'avions vécu, mais quelqu'un d'autre à notre place. À travers la vitre, au-dessus de l'horizon blanc de la neige, apparut une couleur bleu sombre, on aurait dit que le ciel résistait à la noirceur de la nuit.

« Aspa était une bonne institutrice, dit Athos. Je me souviens d'elle à l'école. À Poretso. Les enfants l'appelaient "l'Archet". »

Krystalis fut surpris. Il tourna le regard vers le forestier d'un air perplexe.

« Je ne le savais pas, murmura-t-il. Je ne l'ai jamais entendu dire.

– À moi, on me l'a dit. Toi, on te craignait. Au début, j'ai cru qu'on lui avait donné ce surnom parce qu'elle était toute fluette, comme l'archet d'un violon. Mais ensuite les élèves m'ont expliqué que leur maîtresse avait toujours à la main, en guise de baguette, l'archet du violon de son père pour montrer ce qui était écrit au tableau. Aspa était originaire de Valtessiniko, de la région de ma femme, Marianthi. »

Krystalis s'allongea sur le dos en gardant les yeux ouverts. Il écoutait la voix caverneuse d'Athos et avait le sentiment d'être parti loin, très loin, d'avoir parcouru la distance qui sépare la guerre de la vie en temps de paix, puisqu'il n'était qu'à un pas des étincelles du feu qui rongeait les bûches dans un coin de la pièce.

« Demain nous partons d'ici. Les autres iront à Zarouchla. Moi, je monterai à la Crête-des-Sapins. Je suis inquiet pour Kurt. Est-ce que par hasard tu sais quelque chose à propos de Kassandras, s'il est vivant, où il se trouve ?

– Non, répondit dans l'obscurité le jeune homme.

– Krystalis, viens avec moi demain. Je te montrerai le Mont-Forêt. Tu verras les chênes et les cèdres qui grandissent à l'ombre du sapin.

– Des cèdres du Liban ?

– Non, de Chypre. Ils poussent sur le Parnon. C'est un collègue de ton père qui m'en a apporté les semences. Ce sont des arbres pareils à des hommes sans armes.

– Je viendrai. »

LE CRI DE LA CHOUETTE

C'est Marianthi qui m'a parlé la première fois d'Athos, quand elle est venue me trouver au monastère de Poretso, au printemps 1945. Elle avait appris que je me cachais là, que mes parents avaient été exécutés un an plus tôt à Vytina, parce que leur fille faisait partie des Jeunesses communistes et avait pris le maquis, que les miliciens me traquaient pour me faire juger à Patras pour haute trahison. Au monastère, nous avions aussi caché nos armes dans une cellule souterraine, du moins ceux qui ne les avaient pas rendues en février conformément à l'accord de Varkiza*. Les trois moines qui vivaient dans le monastère ne s'y étaient pas opposés. Ils disaient pourtant qu'il était vain de croire que la guerre pouvait tourner à notre avantage. Que si nous reprenions les armes, maintenant que les Allemands étaient partis, ce serait seulement pour les

** Signé en février 1945 à Varkiza, une station balnéaire au sud d'Athènes, cet accord mettait fin au début de guerre civile qu'avaient été les « Dekemvriana » (les « Journées de décembre » 1944), affrontement sanglant entre les partisans de l'ELAS et les troupes britanniques qui soutenaient le gouvernement Papandréou reconnu par les Alliés. Il stipulait le désarmement de la Résistance.*

retourner contre nous, pour mourir en héros, puisque les vainqueurs officiels niaient notre contribution à la résistance contre l'occupant. Je ne les écoutais pas. Je m'enfermais dans ma cellule et je regardais l'icône de saint Thérinos accrochée au mur, à côté de la lucarne munie de barreaux, un chrétien du troisième siècle mort en martyr à Buthrote en Épire. Moi, je ne me voyais pas en martyre. Je songeais à la justesse de mon rêve, à la sincérité de mon combat, aux fruits féconds de ma liberté dans l'étroite cellule qui m'accueillait. Je songeais à ma patience et à ce temps qui ne s'écoulait pas. Je ne craignais pas la mort. Personne ne venait me voir et, si j'étais sortie de là, je n'aurais su où aller, en dehors de l'école où j'avais été nommée après la guerre (c'est du moins ce que je me disais) pour instruire les enfants.

Le matin, je descendais à la chapelle et je suivais l'office célébré par le moine le plus âgé. Ses yeux étaient toujours larmoyants. À la place du crucifix je voyais alors mon corps amaigri et mon sang immobile sur mes membres percés de clous.

« Aspa, m'interpellait le moine, approche-toi pour communier. »

Je restais figée dans ma stalle, debout, à le regarder droit dans les yeux sans dire un mot. Tous les matins, le même cérémonial se déroulait entre nous. Ensuite, il faisait de loin un signe de croix sur moi, marmonnait en haletant des paroles qui donnaient l'impression que des oiseaux battaient des ailes sous la coupole, rassemblait ses instruments sacerdotaux, me tournait le dos et entrait sans commentaire dans le sanctuaire*. Cela durait depuis des semaines. J'étais impatiente de reprendre contact avec mes camarades. J'attendais de jour en jour l'agent de liaison. Où les autres pouvaient-ils être ? Combien d'entre eux avaient pu rentrer chez eux ? Combien étaient en prison ? C'est alors qu'est apparue Marianthi, comme sortie des sources de l'Érymanthe qui jaillissaient entre les roches du ravin, autour du monastère.

Je me trouvais dans la salle de lecture. Je m'étais approchée de la fenêtre avec un livre à la main, un doigt passé entre les pages, et je m'apprêtais à m'asseoir sur le rebord, là où les chauds rayons du soleil tombaient à la verticale. Une femme grande et mince vêtue de noir discutait dans la cour avec un des moines. Elle levait les yeux vers moi, comme si elle s'efforçait de deviner dans quelle pièce du bâtiment je me trouvais. Qu'est-ce que Marianthi venait faire au monastère ? Était-elle vraiment venue pour moi ? Elle avança de quelques pas, tandis que le moine, derrière elle, continuait à lui parler en faisant des gestes auxquels elle ne semblait accorder aucune importance. Elle avait fixé son regard sur la façade de pierre du monastère, comme pour en déchiffrer les secrets.

J'ai hésité, tergiversé. Qu'est-ce que cela signifiait ? Je voulais me précipiter vers elle. Et si c'était un piège ? Marianthi était incapable de trahir. Mais si on l'avait

** Le chœur de l'église qui, dans le monde orthodoxe, est fermé aux fidèles par l'iconostase.*

suivie sans qu'elle le sache ? Je suis descendue au rez-de-chaussée et j'ai guetté les mouvements dans l'espace vide de la cour. Marianthi s'est assise contre le puits. Elle a retiré son foulard. Elle semblait épuisée. Elle s'est recroquevillée et s'est allongée sur les pierres. J'ai eu du mal à me maîtriser pour ne pas courir la prendre dans mes bras. Le moine gesticulait, avait élevé la voix, paraissait inquiet. Le corps muet de la visiteuse accablée ne réagissait pas. Le moine a fini par s'éloigner. Sa soutane claquait au vent en un mouvement cadencé qui semblait exprimer sa colère. J'ai couru le rattraper avant qu'il entre dans le parloir. Il m'a dit que la femme me recherchait et qu'elle ne voulait pas en démordre. La doctoresse de Planitéro, Evdokia, lui avait confié que je me cachais au monastère de Poretso. Il fallait qu'elle me parle.

J'ai attendu que la nuit tombe. La forme noire restait immobile sur les pierres près du puits. J'ai conseillé au moine de conduire Marianthi dans une cellule pour qu'elle y mange et y passe la nuit. Elle l'a suivi sans se faire prier. La cour, à présent, était déserte, silencieuse. Dehors, plus rien ne bougeait. Le cri nocturne du coucou retentit dans le ravin printanier de l'Érymanthe, tel un heureux présage. J'ai ouvert une petite porte sans faire de bruit et je me suis retrouvée devant une Marianthi impassible qui fixait sur moi son regard gris et froid. Elle m'a aussitôt assuré que personne ne l'avait suivie. Elle s'était mise en route au lever du jour. Elle était allée de Kalavryta à Tripotama à dos de mulet. Puis elle avait fait quinze kilomètres à pied, en longeant les sapins. Elle était passée par les chênes et les platanes d'Agrambéla, par le chemin des ruches près de Kérassia, par les maisons incendiées de Morochova et de Vervini, et elle avait fini par voir devant elle la montagne de Platanitsa qui touchait les nuages bas. Je m'étais appuyé la tête sur son tablier et la laissais me caresser les cheveux. Je ne posais pas de questions, je me contentais d'écouter. J'avais alors vingt-cinq ans. Marianthi, qui avait sept ans de plus que moi, avait depuis toujours tenu pour moi le rôle d'une grande sœur.

À Valtessiniko, nos maisons, bâties sur le versant d'une colline, étaient voisines. Vytina avait été la première étape de notre rêve, de notre fuite loin du village. Elle, elle avait épousé le forestier. Moi, un peu plus tard, j'étais allée à Athènes faire des études de lettres. Je ne l'avais plus vue depuis février 1943. Elle fréquentait notre organisation de femmes, « Jeune et Libre ». Nous avions formé une cellule de jeunes femmes et nous nous réunissions chez Evdokia. J'étais alors la responsable pour l'arrondissement de Kalavryta. Ensuite nous avons dissous notre groupe et nous sommes passées dans les rangs de l'EPON*. Marianthi, qui était méfiante et solitaire, dévouée corps et âme à sa famille, n'a pas suivi. La guerre l'avait terrorisée. Elle voulait se trouver en permanence auprès d'Athos et de ses

* *L'EPON, acronyme pour l'Organisation unie panhellénique des jeunes, créée par la principale organisation de la Résistance grecque, l'EAM (Front de libération nationale), a réuni jusqu'à 600 000 membres à la Libération.*

enfants. Mais elle prêtait main-forte, autant qu'elle le pouvait, à la « Solidarité Nationale »*, à la soupe populaire, à l'assistance aux blessés et aux dénutris. Elle renâclait aux sabotages, aux embuscades des partisans qui provoquaient du chambardement en accroissant les menaces sur les civils. Elle détestait les collaborateurs des Allemands et étouffait dans ce monde coupé en deux qui sentait la poudre et le sang. Elle était pessimiste, nerveuse, portée à la mélancolie. Dans sa colère, elle se repliait sur elle-même, persuadée qu'il n'y avait aucun moyen d'affronter le mal. J'essayais sans succès de susciter chez elle une réflexion politique et idéologique, pour lui faire comprendre les horreurs de la guerre, pour la tirer de l'inertie de son monde onirique, alors qu'elle ne manquait pas d'occasions de participer à l'action. En général, quand les circonstances l'exigeaient, elle ne se dérobait pas, mais apparemment cela ne suffisait pas à lui faire accepter la réalité.

La main de Marianthi s'était immobilisée sur mes cheveux, comme si elle réfléchissait. J'entendais sa voix se perdre de plus en plus dans sa grise mélancolie. « La guerre, dit-elle, divise les hommes et les familles en répandant la mort. Mourir ou vivre n'est plus qu'un petit incident. En ce qui concerne Giannos, tu es au courant. Mais Athos et moi nous sommes séparés pour une raison qui évoque la mort sans l'être.

* *Organisation créée à Athènes en mai 1941, dès le début de l'Occupation, qui joua un rôle politique dans la constitution de l'EAM, principale force de la Résistance, mais aussi humanitaire dans l'aide alimentaire à la population.*

Mais qu'est-ce, alors ? Si je combattais dans le maquis, comme toi, ce serait différent. Si Athos était un maquisard, la situation serait tout autre. Car alors, je saurais. Je trouverais ça normal. J'avais très envie de venir te trouver pour que nous parlions ensemble. À présent, je ne me rappelle plus ce que j'ai à te dire. Voilà un an et demi que j'erre sur les routes et dans les villages de Grèce en traînant Margarita avec moi. Finalement, nous allons vivre à Athènes. Ma fille s'y trouve déjà avec sa grand-mère Katérina, la mère d'Athos. Moi, j'ai obtenu une place à la poste centrale. Je suis arrivée à Kalavryta il y a deux jours, le soir j'ai dormi à Sopoto. Hier, au lever du jour, je suis montée à la Crête-des-Sapins, à la cabane, la maison forestière. Athos y vit avec un déserteur allemand. Il ne me reconnaît pas. J'ignore s'il retrouvera un jour la mémoire. À ce qu'on m'a dit, tous les matins il descend en secret au champ de Kapis et lit les noms des hommes qu'on a exécutés. Il a déniché la liste des victimes de Kalavryta à la mairie. Il la lit comme il dirait une prière. Il y va seul. S'il voit des gens sur les tombes, il ne s'approche pas d'eux, il s'en va. Il porte les mêmes vêtements depuis le jour de l'exécution, depuis décembre 1943. Il les lave et les remet. C'est lui qui s'occupe de tout. L'Office des forêts lui verse maintenant une sorte de pension d'invalidité. L'Allemand en vit lui aussi. Il est médecin, il soigne Athos. Mais maintenant que la guerre est finie, il va partir. Il va rentrer dans son pays pour obtenir son diplôme. Il dit qu'il reviendra ensuite. Kurt, c'est son nom, est un des prisonniers allemands que les maquisards ont exécutés à Magéro et qui a survécu. Aspa, tu es encore une petite jeune fille mais la guerre t'a fait mûrir avant l'heure. Tu es réfléchie, cultivée, courageuse, intelligente. Il semble qu'à présent une seconde guerre va éclater, revancharde, fratricide. Toi, tu sais à quel camp tu appartiens, avec qui tu vas combattre. Que tu t'engages ou non dans cette guerre, où que tu te trouves, veille sur Athos, je t'en supplie. C'est ça que je suis venue te demander. Soucie-toi de lui, même de loin. Il n'est ni d'un côté ni de l'autre. Il parcourt la montagne libre comme un oiseau, va d'un sommet à l'autre, au milieu des tirs et des balles, il ne prend parti pour personne. Tôt ou tard, il se trouvera des gens pour se venger de lui. Aujourd'hui on ne convainc personne en restant neutre. On te soupçonnera toujours. En tant que Grec, tu ne peux pas ne pas appartenir à l'un des deux camps. Et Athos n'appartient qu'à ses rêves. »

Épuisée, Marianthi s'est tue. Nous sommes restées enlacées dans l'obscurité, bénissant le chant du coq comme s'il était la voix d'un ange claironnant une heureuse nouvelle. C'est ainsi, en tout cas, que je voulais l'entendre. Les villageois prétendent que, quand le coucou annonce la nuit, un méchant est tué. Et que, si l'on voit une chouette dans son sommeil, c'est la mort qui s'approche subrepticement. Je l'ai dit à Marianthi et nous en avons ri. Ou plutôt, elle a imité mon propre rire sur son visage fermé. C'est ainsi que nous riions alors, nous les combattants, en conjurant la mort, puisque, par son sacrifice, un mort épargnait des dizaines de vies. Encore que, même ce sacrifice, j'ai bien des fois éprouvé le besoin de le dénigrer, quand d'autres parlaient d'héroïsme et de don de soi. Je ne voyais nulle part de l'héroïsme. Je bravais la mort parce que j'étais jeune, parce que je ne pensais pas à elle, même si je n'ai cessé, pendant toutes ces années, de porter une arme qui tue. J'étais dévouée à mon objectif, qui était la liberté et la justice. J'aimais plus mon objectif que je ne haïssais l'ennemi. Non, je n'avais pas de haine. Je n'ai même pas haï les assassins de mes parents. J'aimais le détachement vis-à-vis des passions et la justice dans l'égalité. J'aimais la force que nous acquérions unis tous ensemble, en dépit de nos différences. Nous devenions une seule et même âme qui menait pour une juste cause une guerre sans uniforme. C'est la raison pour laquelle la solitude d'Athos et de Marianthi m'a alors effrayée. Elle m'a inspiré de la crainte et de l'aversion, en même temps que de l'admiration. Elle ressemblait à ma propre solitude, celle que j'éprouvais au monastère, dans ma cachette. Je me trouvais dans un entre-deux, et je n'en avais pourtant que fort peu conscience. Allais-je reprendre les armes ? Gagner à nouveau le maquis ? Quel ennemi allais-je combattre ? En tout cas, je n'entendais pas me venger de ceux qui cherchaient à me faire juger et condamner. Je me cachais pourtant comme un animal effarouché. J'aime la chouette parce que, comme moi, elle se niche partout, même au creux d'un rocher. Elle ne se construit pas un nid avec des brindilles pour s'y enfouir. Elle vit libre, exposée au danger, voit et entend tout depuis sa guette. Du poste d'observation où je montais la garde, quand avec mon bataillon nous entrions dans la forêt de sapins pour nous dérober aux regards, je prévenais mes camarades par le cri de la chouette. Je savais l'imiter. Je me sentais bien dans ce rôle, juchée sur un arbre, dans le désert si habité de la forêt.

L'humidité, dans la cellule, était devenue glaciale. Marianthi tremblait. Je lui ai apporté du lait chaud et des couvertures. Je lui ai promis que je rechercherais Athos et que je ferais tout mon possible pour le protéger. Le lendemain matin, elle est partie à pied pour Skotini. Une parente l'attendait dans ce village. Elles devaient rentrer ensemble à Athènes en voiture.

J'avais été bouleversée. J'ai songé à la suivre. À m'enfuir. La guerre de revanche qui venait d'éclater ne me concernait pas. Moralement du moins. Il fallait malgré tout que je me défende. C'était du reste pour cela que je me cachais. Ma foi dans notre combat politique avait été ébranlée. Mon isolement dans le monastère m'avait endurcie, en même temps je sentais que je m'effondrais. On dit que la femme doit être le soutien du combattant. Mais nous, nous faisions la guerre à ses côtés sur un pied d'égalité. Marianthi et Athos n'avaient pas pris les armes, ils menaient pourtant un combat social. Qu'est-ce d'autre que la survie dans un esprit de justice, sinon une bataille menée pour montrer l'évidence de l'existence quand elle n'est pas respectée ? J'étais impatiente de rencontrer Athos. Son esprit d'indépendance suscitait mon intérêt, même si en pratique je ne le comprenais pas. Il évoquait plutôt un idéal. Je me souvenais de lui quinze ans avant la guerre, à Vytina, quand il venait de terminer ses études à l'École des eaux et forêts. Il était mon modèle. Marianthi était tombée amoureuse de l'homme. N'étant qu'une enfant, j'étais séduite par sa culture. Je voyais en lui le rêve d'études qui vous dotent d'une profession et d'un bagage culturel, cette arme indispensable pour affronter la matérialité du monde.

J'ai passé des mois au monastère, des heures dans la salle de lecture. Je lisais avidement et faisais des projets d'études littéraires. Un jour arriva le premier agent de liaison. Il était envoyé par l'état-major du Mainalo. On me nommait commissaire politique du bataillon de l'Érymanthe. Mes camarades sont venus prendre les armes dans la cellule souterraine. Les moines nous ont donné la bénédiction. J'ai quitté le monastère de nuit, avec une escouade de partisans. Nous avons marché en direction du Chelmos. Tous étaient des hommes recherchés dont la tête était mise à prix. Ils n'avaient pas d'autre issue que de prendre le maquis. Je suis entrée à nouveau dans la forêt de sapins, comme hypnotisée, le dos courbé sous le poids de mon armement. Il n'y avait plus d'Allemands. Les étrangers étaient partis et nous étions seuls. Qui était l'ennemi ? Les Anglais étaient hier encore nos compagnons d'armes. Tout avait été bouleversé. Je le savais, je l'analysais politiquement, mais je ne l'acceptais pas. Je me suis traînée dans les combats contre l'armée gouvernementale comme le condamné à mort qui, d'un pas résolu, se dirige de sa cellule à la cour de la prison vers le peloton d'exécution, résigné à sa condamnation. Je m'étais donc résignée à ma propre condamnation, mais pas à cette nouvelle guerre entre Grecs de gauche et de droite. Pourtant j'étais obligée d'armer politiquement et idéologiquement les combattants du bataillon.

J'ai rencontré Athos trois ans plus tard, au cours de l'été 1948, quand je suis revenue à Poretso. Entre-temps, nous avions acquis dans l'arrondissement de Kalavryta un pouvoir considérable. Nous avions mis en place un véritable État populaire, en vainqueurs provisoires, nous vivions notre éphémère utopie, alors que l'armée gouvernementale se trouvait partout, épaulée depuis le mois d'avril par les Américains. Dans le monastère nous avions créé une école populaire, puisque de toute façon les établissements officiels ne fonctionnaient pas. Krystalis et moi, qui avions fait nos études ensemble, enseignions la littérature, l'histoire, la philosophie grecque antique, l'éducation politique. Nous avions dans notre classe une vingtaine d'élèves des villages environnants. C'est alors que nous avons fait appel à Athos pour qu'il nous donne des cours de botanique, nous parle de la forêt. C'était une idée de Krystalis, d'ailleurs leurs familles se connaissaient depuis longtemps. Le forestier a dû marcher une demi-journée pour venir jusqu'au monastère depuis le Chelmos. Il était en bonne santé, accompagné de Kurt, son alter ego allemand, tout juste revenu d'Allemagne. Ils sont restés trois semaines au monastère. Cette période semblait un îlot de paix au milieu des flammes de la guerre civile. Krystalis et moi, nous exercions nos fonctions d'enseignants, nos armes rouillaient dans un coin. Mais nous n'étions pas naïfs. Le désastre était déjà là. La majeure partie de nos unités combattantes avait été anéantie par l'armée nationale. Krystalis disait que nous devions penser politiquement la société de l'après-guerre civile, survivre à tout prix, poursuivre notre combat pacifiquement, dans un cadre parlementaire. Athos nous parlait de la solitude, d'une tentative lucide pour agir individuellement tout en restant au service de la communauté.

« Vous voulez changer le monde, la société ? nous demanda-t-il un soir où nous étions restés dans le parloir après le repas. Moi, je veux que ce soit l'homme qui change. L'homme seul, en tant qu'individu face à lui-même, et cela se juge à son attitude à l'égard des animaux et de la nature. Quand on respecte un arbre ou un chien plus que l'étendard du parti, alors on peut apporter davantage à l'humanité que des milliers de manifestants fanatisés qui font flotter, en criant des slogans, ce chiffon rouge orné de la faucille et du marteau. Le communisme entrera dans l'histoire comme la puissance qui a vaincu le fascisme. Mais quel sens aura-t-il encore après ça ? La justice qu'il invoque, comment l'appliquera-t-il aux sociétés, puisque tout ce qu'il sait faire, c'est l'insurrection, la résistance, la guerre ? Comment construira-t-il en temps de paix, quand il a besoin d'exterminer ceux qui n'embrassent pas ses idées, les dissidents ? Nous ne démontrons pas notre foi en une idée en brûlant des hommes, mais quand nous nous enflammons pour elle. »

Krystalis n'était pas d'accord, mais ne disait pas quelque chose de très éloigné : « Il y a des voix qui s'adressent à l'homme et des voix qui s'adressent aux masses. Nous, nous voulons unir ces voix différentes. »

À l'automne 1948, le compte à rebours a commencé pour notre armée : des combats meurtriers, des assassinats perpétrés à froid, des exécutions de masse, des arrestations de citoyens suspects, des tracts sur lesquels la tête des partisans était mise à prix. Je marchais vers la mort comme une somnambule. La seule chose qui me tenait éveillée, à certaines heures, c'était mon rêve littéraire. La société des hommes, plongée dans le sang, renaissait. Mais j'avais cessé de me considérer comme un de ses membres. Je tenais mon arme d'une main ferme, comme l'archet de mon père que j'utilisais en classe pour montrer au tableau les lettres écrites à la craie blanche. J'étais sûre désormais que les mots et les phrases que j'écrivais sur le tableau noir n'appartenaient pas à ce monde. Malgré tout, nos élèves les comprenaient, et c'était heureux, puisqu'ils survivraient à l'enfer dans lequel nous, les adultes, nous avions été piégés.

La dernière fois que j'ai vu Athos, c'était en novembre de la même année, dans la forêt de Kapéli. Nous nous cachions, nous étions une brigade décimée de partisans issus de divers bataillons. Il ne nous restait que très peu de munitions. Il y avait cinquante centimètres de neige. Les forces de droite avaient exécuté quatre citoyens accusés de collaboration avec les partisans. On avait interdit aux parents des morts de leur donner une sépulture. C'était une mesure systématique. On nous demandait même en criant dans le porte-voix de nous rendre, sans quoi tous ceux qui seraient tués resteraient sans sépulture, comme les traîtres, en pâture pour les rapaces. J'étais cachée au milieu de rochers, la tête couverte par les branches épaisses d'un vieil érable qui avait poussé dans les pierres. J'ai aperçu de loin dans le brouillard deux silhouettes qui tiraient une charrette de maçon d'où pendaient des membres de corps humains. C'était Athos et Kurt. Ils avaient recueilli les cadavres des quatre suppliciés et, faisant deux fois le trajet depuis la clairière où les victimes avaient été exécutées jusqu'au cimetière à l'orée de la forêt, ils les transportaient et les ensevelissaient eux-mêmes. Nous les observions depuis les hauteurs de l'Agriolykos. De là-haut, nous avions aussi assisté, la veille, à la scène de l'exécution et entendu toute la nuit les gémissements d'un des fusillés qui n'en finissait pas de mourir. Les gestes des deux hommes qui tiraient ce fardeau macabre étaient calmes, sûrs, cérémonieux. Ils ne paraissaient pas hésiter, avoir peur, se hâter ou agir en secret. Le camarade qui se trouvait à côté de moi m'a dit que le même rituel s'était répété quelques jours plus tôt à Tritaia. On avait fait feu sur un partisan à Néromylos et on l'avait laissé sur place, baignant dans son sang. On l'avait tiré de sa maison où il venait à peine de revenir après six ans d'absence. Il n'avait plus d'arme, il avait quitté le combat et était descendu malade de la montagne. Sa mère avait suivi ses bourreaux et les avait vus exécuter son fils devant le mur de son jardin. Ils lui avaient interdit de l'enterrer avant cinq jours. Athos s'était approché avec sa charrette pendant la nuit et l'avait enseveli tout seul, hors de l'enceinte du cimetière. Un peu plus loin, il avait transporté et enterré un combattant de droite que les partisans avaient tué en représailles. Personne n'osait s'approcher du cadavre. Il se trouvait sur une hauteur que nous contrôlions. Ses yeux étaient grands ouverts et son visage déchiré par les épines des buissons.

Nous avons passé trois jours et trois nuits dans la forêt de Kapéli. Transpercés par le froid, déjà morts, nous attendions notre fin comme un remède. Nous l'attendions comme une caresse de la vie qui nous tirerait du froid linceul de l'attente, pour vivre morts plutôt que de mourir vivants à petit feu sous les sapins. C'est alors qu'est apparu Krystalis, sorti de nulle part, fantôme squelettique, qui nous a conseillé de descendre à Tsarouchli. Là-bas, nous pourrions livrer bataille en position de force contre une petite division de l'armée gouvernementale et trouver ensuite une issue en passant par le col du Chasseur pour nous réfugier à Zarouchla. À partir de là, nous pourrions plus facilement nous éloigner, en gravissant le Chelmos par le flanc ouest.

Nous marchions au bord du précipice. J'étais tranquille et les ombres noires de mes camarades m'apparaissaient maintenant comme des phares lumineux au-dessus de l'abîme. Je savais qu'il y avait un ange gardien qui préserverait ma mort des rapaces. Au lieu que ce soit moi qui protège Athos, comme me l'avait demandé Marianthi, ce serait lui qui me protégerait, avec sa précieuse charrette et Kurt, son bras droit. Aux abords de Tsarouchli, j'ai fait le guet. Quand j'ai vu les phares des jeeps de l'armée gouvernementale qui approchaient en bas sur la route, j'ai poussé le cri de la chouette pour avertir mes camarades. Il y a des voix qui s'adressent à l'homme et des voix qui s'adressent aux masses, disait Krystalis à Athos qui, resté à l'écart des deux camps, plaidait pour sa solitude. Ma voix à moi, celle de la chouette, appelait à présent les condamnés à mort un à un. C'était l'écho de la solitude funèbre du camp de la gauche.

LE CALICE

« Ils ont aimé le ciel, s'écria avec grandiloquence Margarita comme si elle récitait le vers d'un poème, manifestement émue, presque troublée, avec un tremblement insensible qui parcourait son corps frêle, pendant qu'elle regardait, hypnotisée, le visage fermé de son père assis en face d'elle et attendait sa réaction.

– Je ne comprends pas, a murmuré Athos. Où as-tu lu ça ?

– Mais, papa, c'était gravé sur la pierre tombale », répondit Margarita, d'une voix maintenant plus calme, plus apaisée. Au moins l'avait-il écoutée. Car depuis un bon moment, son père lui donnait l'impression d'être ailleurs, de voyager par la pensée, au lieu de se trouver avec elle au bistrot de la place centrale de Kalavryta. Il se penchait sans arrêt au-dessus de la petite table pour boire son café mais, avant même que son dos soit retombé sur le dossier de la chaise, il s'était envolé très loin, plongé et perdu dans ses pensées. Ses yeux sombres étaient fixés sur elle, mais ne la regardaient pas.

« C'est la plus belle tombe du cimetière, poursuivit-elle, certaine à présent que sa description intéressait

Athos. Elle semble très vieille, le marbre en est abîmé, cassé, elle fait penser à un sarcophage égyptien. Cette famille du siècle dernier devait être très riche. On a écrit sur la plaque “Ils ont aimé le ciel” et en dessous suivent les noms des défunts que contient la tombe, six ou sept noms qui me sont inconnus. La nôtre est un peu plus loin, intacte, entre deux cyprès, à cinq pas du mur de l'église. Giannos est en compagnie d'autres enfants, ils sont quatre à avoir été ensevelis à cet endroit. Il y a encore les larges et lourdes pierres que j'avais trouvées en dehors du champ pour soutenir la croix de bois. Si jamais Giannos a un jour sa propre tombe, j'écrirai sur la pierre tombale : “Il a aimé la terre”. Neuf ans ont passé depuis, papa. »

Athos ferma les yeux à demi, comme pour réfléchir. Margarita l'observait avec attention. Les réactions de cet homme étaient toujours pour elle un mystère, mais aussi une leçon, par son comportement juste et éclairé. Elle ne savait pas à quel dieu croyait son père, ce qu'il pensait de la vie et de la mort, quelle était son opinion sur elle, quels étaient ses sentiments à l'égard de sa mère. Comme si cet homme se situait au-dessus de tout ce qui compose la réalité. Il possédait un monde à lui, un monde clos de toutes parts, et communiquait par des moyens que personne en dehors de lui ne pouvait concevoir ou partager. Elle avait gardé gravée dans son esprit la phrase qu'il lui avait dite ce soir de 1949 où ils étaient assis ensemble près du feu, dans la cabane de la Crête-des-Sapins, la première fois où elle le voyait après le massacre de Kalavryta : « Je suis mort.

On m'a exécuté en décembre 1943. Depuis lors je ne peux pas vivre sans ma mort. Je lui appartiens. »

Athos prit avec des gestes lents le journal sur la table et lut la date à voix haute : « 29 juillet 1952 ». Il se tourna vers Margarita et la regarda d'un air étonné. Il l'observait sans rien dire, avec curiosité, comme s'il attendait quelque chose d'elle, et à l'examiner ainsi il la mettait presque mal à l'aise.

« Tu as vingt ans cette année, lui dit-il d'un air distrait, à tel point que Margarita eut le sentiment qu'un tiers se trouvait à présent au café avec eux et que c'était à lui que son père s'adressait. « Est-ce que quelque chose a changé dans ta vie ? poursuivit-il. Tu es une femme maintenant. »

Margarita aurait donné cher pour voir apparaître à cet instant sa mère qui était en train de régler des affaires en ville, ou l'Allemand Kurt, ou encore un ami quelconque qui l'aurait soustraite à cet impossible tête-à-tête avec son père, cet inconnu qui lui était pourtant étrangement familier, si familier même qu'elle aurait pu lui confier de but en blanc tout ce qu'il lui arrivait, mais qui, assis là en face d'elle, semblait en même temps froid, lointain et renfermé en lui-même. Malgré tout, ce mélange équilibré de proximité et d'éloignement, fruit de son contact avec Athos, lui inspirait un profond sentiment de confiance à son égard. Au bout du compte, elle avait compris que son père était un personnage œcuménique que tout le monde respectait, un homme impartial qui avait un sens très personnel de la justice, incapable de nuire à quiconque quand il résistait au mal en le pourfendant à la première occasion, prêt à faire le bien à tout moment, mais sans le revendiquer, sans se considérer comme la personnification du bien, en demeurant dans l'obscurité. Margarita se dit que c'était un homme qui répondait présent sans barguigner à l'appel de sa cité et de sa famille, mais qui en même temps s'absentait en se coupant du monde dans ses forêts et ses montagnes. Un mort qui vivait parmi les vivants, en étant plus vivant et plus actif qu'eux. Un homme qui disait ne prendre le parti de personne, ni de la droite ni de la gauche, pour pouvoir être libre de réfléchir, de penser le monde sans se laisser distraire. Peut-on être jugé ou lésé par un absent, un indifférent, un mort ?

Elle regarda Athos, qui attendait patiemment une réponse, et sa patience, à cet instant, lui parut si infiniment magnanime qu'elle prit conscience de la profondeur et de l'indépendance de l'âme de cet homme taciturne, pareille à l'âme des forêts des montagnes. Cette âme qui aime le ciel sans rien attendre en retour et qui n'a pas besoin des hommes pour se développer, pour exister. Elle entendit sa propre voix dire timidement :

« Je travaille maintenant dans un magasin de confection au centre d'Athènes, rue Ermou. J'ai un bon salaire. Quand je sors du travail, j'aime aller au monument du Soldat inconnu. Il y a beaucoup de pigeons. Je les laisse se poser sur mon épaule. Je me suis récemment fiancée à un jeune homme de Philadelphia. Il a vingt-neuf ans. Je l'ai connu pendant ma dernière année d'école. Il n'arrête pas de me faire rire. »

Athos lui répondit par un sourire, que Margarita perçut comme un sourire d'avant la guerre. Sa mémoire la ramena plusieurs années en arrière, quand elle n'était encore qu'une petite fille. Son père souriait ainsi quand il lui demandait de recueillir dans le petit seau les larmes de l'arbre, la résine.

Athos descendait rarement du Chelmos pour aller en ville. Et il était plus rare encore qu'il vienne s'asseoir au café de la place centrale. En général, cela arrivait quand il devait se présenter à l'Office des forêts ou régler une affaire dans une autre administration. Il venait quelquefois à Kalavryta avec Kurt, puis ils remontaient ensemble à la Crête-des-Sapins, en chargeant un mulet de provisions ou de matériel pour la maison forestière. Une autre raison qui l'amenait en ville était de rencontrer Kassiani Kaliméri pour lui lire son courrier, qu'il recevait en son nom à l'Office des forêts. Sa fille Orsa était déportée et elle élevait seule sa petite-fille. Son mari avait été exécuté par les Allemands. Orsa, qui s'était engagée dans les rangs des partisans de l'Armée démocratique, avait été arrêtée en 1947, alors que son compagnon, le père de l'enfant, avait réussi à fuir en Tchécoslovaquie deux ans plus tard. Kassiani était illettrée. Elle avait besoin de quelqu'un qui lui lise les lettres et à qui dicter ensuite sa réponse. Mais il fallait que ce soit quelqu'un de confiance, parce qu'elle avait peur. Les veuves de Kalavryta détestaient les communistes. Elles croyaient que les partisans étaient responsables des représailles allemandes, disaient que la faute leur en était totalement imputable. Les gens de droite, de leur côté, qui étaient très puissants dans la région, ne laissaient jamais passer une occasion de prendre leur revanche de mille et une façons quand se présentait une cible facile. Elle avait surtout peur pour l'enfant. Elle avait fait courir le bruit qu'Orsa et son compagnon avaient été tués sur le Grammos*. Athos considérait que ce mensonge ne tiendrait pas. Tôt ou tard quelqu'un découvrirait les lettres qu'elle recevait depuis longtemps à l'Office des forêts depuis le camp de déportés de Trikéri et, plus tard, depuis les prisons pour femmes Avéroff. Certains se poseraient des questions. Il ne se faisait aucun souci pour lui. Personne ne lui causerait des ennuis. Mais du moment que cela tranquillisait Kassiani, le jeu de cache-cache continuait. Si la situation changeait, il aviserait.

Machinalement, il mit la main dans la poche de sa chemise. La liasse de trois enveloppes qu'il avait trouvées le matin et qui l'attendaient au bureau était bien là. Il n'avait pas eu le temps d'aller trouver Kassiani, car il devait accueillir Marianthi et Margarita qui venaient d'arriver d'Athènes. Il regarda sa fille assise en face de lui avec ce rare sourire d'avant-guerre. Il lui trouva un air mûr, insouciant et enjoué. On aurait dit que la vie à Athènes avait déposé sur elle une douce couche d'oubli, recouvert les souvenirs de la catastrophe et l'angoisse de la mort qu'elle avait connue petite fille.

* *Montagne frontalière entre la Grèce et l'Albanie où eurent lieu, en août 1949, les derniers combats de la guerre civile avant la défaite de l'Armée démocratique (communiste).*

« Quelles sont les idées politiques de ton jeune fiancé ? » lui demanda-t-il brusquement, en la surprenant.

Margarita rougit. Elle se mit à bafouiller. Elle voulait dire quelque chose qui aurait fait plaisir à son père, mais elle ne savait quoi. Elle n'avait jamais su jusqu'alors à quel camp idéologique et politique appartenait son père. En s'en tenant à des conjectures, ce à quoi elle aboutissait, c'était que son père appartenait purement et simplement à lui-même. La seule chose qu'elle percevait chez cet homme assis en face d'elle qui fumait tranquillement vêtu de sa chemise kaki et de son vieux pantalon élimé de forestier, c'était l'air d'absolue liberté qu'il dégageait, le refus de tout engagement, une attitude qu'il ne semblait pas avoir choisie, mais qui s'était presque imposée à lui. Avant son exécution, il avait été un tendre père de famille, quelque peu mystérieux et surtout rêveur. À présent, il était devenu pour sa fille un personnage imaginaire qui ne faisait pas partie de la réalité, et bien des fois cet éloignement macabre la terrorisait.

« Nous ne parlons pas de politique, répondit avec embarras Margarita. Lui non plus n'est pas d'Athènes. Comme moi. Il est né à Constantinople. Sa famille est venue à Athènes juste avant que la guerre éclate. Il n'est jamais allé à l'armée…

Deux jeunes réfugiés à Athènes ! » s'exclama Athos, agréablement surpris, en lui coupant la parole. Il reprit aussitôt son sérieux, comme s'il avait à l'esprit quelque chose qu'il voulait lui dire depuis un moment : « Margo, voilà dix ans que la Grèce connaît un bain de sang. Et maintenant, dans la nouvelle décennie que nous traversons, la même guerre continue non plus au grand jour mais par d'autres voies. »

Margarita le regardait, étonnée, gênée. Elle chercha à nouveau du regard sa mère sur la place. Ce serait bien qu'elle arrive maintenant, se dit-elle.

« Margo, dit calmement Athos, tu as connu la guerre contre les Allemands, au péril de ta vie. C'était facile alors, il y avait une fin. D'ailleurs, nous n'étions pas seuls. La terre entière faisait la guerre à Hitler. Mais les deux camps qui, en Grèce, se sont jetés dans la bataille aussitôt après se battent avec une haine qui ne s'éteindra jamais. Tes enfants la connaîtront encore, et les enfants de tes enfants. Il se peut que ton réfugié de fiancé et toi, vous restiez neutres, apatrides. Ta mère et moi, nous n'avons pris les armes contre personne. Mais nous sommes nécessairement dans la même situation que tout le monde, dans le même cycle du sang qui ne connaît pas de fin. Ce que tu as fait, tu le subiras. "Il est juste que l'on subisse en retour ce que l'on a fait." Expier une mauvaise action, cela exige un châtiment à la hauteur. Mais dans une guerre, qu'elle soit juste ou injuste, il n'y a que de mauvaises actions. Le commandement "Tu ne tueras point", chaque soldat l'entend dans sa conscience comme une abstraction. Mais la guerre ne l'abolit pas.

– Qu'est-ce que le mal ? bredouilla Margarita entre ses dents.

– L'excès du châtiment, qui ne vise pas à faire gagner une guerre dont l'issue est déjà tranchée, mais à renforcer le pouvoir quel qu'il soit, de gauche ou de droite », répondit Athos en palpant nerveusement les lettres de Kassiani dans la poche de sa chemise. Il déplia la feuille qu'il tira d'une enveloppe. Il regarda Margarita d'un air entendu, comme pour lui dire « écoute ça », et lut à voix basse en approchant sa bouche tout près de ses cheveux :

Chère maman,

Il y a bien longtemps que je n'ai pas eu de vos nouvelles. Ne t'inquiète pas pour moi. Tant que mon nom ne figure pas sur la liste des transfèrements, tout va bien pour moi. Nous avons du temps devant nous. Je tiendrai le coup et nous tomberons un jour dans les bras l'une de l'autre. Veille sur mon enfant. Ne sois pas triste. Ce combat était juste. Si on m'exécute, pas de vengeance.

Je vous embrasse tendrement.

Écris-moi.

O.

Il replia soigneusement la lettre et la remit dans l'enveloppe. Il la fourra précipitamment dans sa poche tout en regardant avec insistance Margarita qui avait ouvert de grands yeux, comme si elle avait peur et cherchait de l'aide. Il lui prit la main et la serra entre les siennes.

« Je ne voulais pas te troubler, lui dit-il à voix basse.

– Je connais la situation. J'entends ce qu'on dit autour de moi, je lis le journal, murmura la jeune femme. Tu es de gauche maintenant, papa ? » demanda-t-elle d'une voix hésitante, bredouillante.

Athos, surpris, se renversa contre le dos de la chaise. Il toussa brusquement.

« Je ne suis rien. Je suis ce que j'ai toujours été. Et il n'est pas question que je devienne autre chose. J'ai pitié de ces combattants parce que ce sont des victimes de la droite, mais plus encore parce qu'ils ont été des victimes de leurs dirigeants. Hélas pour nous, les blancs et les rouges ne connaissent ni le compromis ni la coexistence. »

Un personnage qui leur était très familier fit son apparition sur la place. Il regardait et marchait vers eux. Je vais enfin apprendre où se trouve ma mère, se dit Margarita.

« On retrouve sous le platane tous ceux qui sont engagés et politisés, dit le professeur dès qu'il arriva à leur table en fermant les yeux, comme pour se plonger tout entier dans le rire qui avait gagné son frais visage enfantin. Mais ici, à l'ombre de l'acacia, les esprits indépendants et solitaires trouvent un peu de tranquillité pour réfléchir aux impasses de l'engagement et de la politique.

– On ne saurait mieux dire, cher ami, poursuivit Athos en souhaitant la bienvenue au nouvel arrivant. Je suis en pleine conversation avec ma fille – tu sais combien je la vois rarement –, mais c'est probablement la première et dernière fois que nous parlons de la sorte.

– Vous avez abordé des sujets si délicats que ça ? commenta Koumandos avec bonne humeur. Margarita est une femme à présent, tu peux lui faire confiance. Déjà dans son enfance, elle avait beaucoup de maturité et d'intelligence pour son âge. À moins qu'elle t'ait apporté des nouvelles de la capitale et que toi, tu lui aies raconté ce qui se passe ici. À vrai dire, ce sont deux réalités inconciliables, deux pays pour un seul et même peuple. Mais ne rendez pas les choses plus compliquées qu'elles ne sont.

– Ma mère n'est pas avec vous ? » demanda au professeur son ancienne élève, soulagée par cette présence bienvenue, susceptible de détendre le climat pesant créé par Athos, bien que son père ne manquât ni d'humour ni de bonne humeur. Mais il s'agissait de cet humour des mélancoliques dont elle décelait quelquefois des traces, maintenant qu'elle en avait pris conscience, dans la conduite de son fiancé Léandros.

« Marianthi et ma femme, répondit Koumandos, ont réuni chez nous les veuves de Kalavryta pour les convaincre d'envoyer leurs enfants étudier en Allemagne. Trente bourses ont été offertes à la suite d'une initiative privée. Une Allemande a remué ciel et terre et réussi à imposer à son pays la nécessité de soutenir officiellement son projet. Ce sera une bonne chose pour l'État allemand. Après ça, il pourra faire valoir qu'il s'est acquitté des dédommagements qu'il doit à notre ville.

– Ma femme a toujours été impulsive et imprévisible, dit Athos en riant. Hier encore, elle voulait rayer l'Allemagne de la carte de l'Europe, comme les Allemands, d'après elle, ont fait avec Kalavryta.

– Maman est une femme très forte et très fière, dit Margarita, sans oser tourner son regard du côté d'Athos. À tel point qu'elle est incapable de ne pas accepter la toute-puissance du pays qui a tué son fils. Comme si elle reconnaissait du même coup quelqu'un pour son égal. Mais ça ne signifie pas qu'elle pardonne. »

Ils se turent tous trois, comme s'ils voulaient tendre l'oreille au bruissement des feuilles de l'acacia qu'une douce brise agitait au-dessus de leur tête. Depuis le platane venait un bourdonnement d'essaim, une vive discussion avait pris de l'ampleur, des voix s'élevaient, perçant la sereine lumière du matin qui baignait la place. Deux enfants traversèrent l'espace libre entre les deux cafés en courant à toutes jambes, s'engagèrent dans le carrefour et prirent la montée vers le cimetière. Le garçon apporta le café de Koumandos.

« Vous avez appris, j'imagine, qu'on a retrouvé le calice », dit le professeur en avalant une gorgée de café avec le même air joyeux.

Athos et Margarita se regardèrent avec étonnement.

« Je ne savais même pas qu'il avait disparu, répondit le forestier, éberlué.

– Quel calice ?

– Celui de la chapelle Sainte-Paraskévi. Je dis ça pour Margarita qui n'est pas au courant. Toi, Athos, tu connais les lieux. Sur le coteau au-dessous de la citadelle, sur la route qui conduit aux villages du plateau d'Apanokambos, un lieutenant-colonel de l'armée gouvernementale a fait construire, il y a quatre ans, une chapelle en mémoire de ses compagnons d'armes tombés dans ce secteur au cours des combats contre les partisans. Ils avaient placé là un avant-poste avec des mitrailleuses. La chapelle a été bâtie alors que la guerre n'était pas terminée, en 1948, quand les combats faisaient rage dans la région. Malgré tout, sa construction a pu être achevée. L'an dernier, on l'a dotée d'un clocher, d'une iconostase, de candélabres, de veilleuses et de tout ce qui est nécessaire pour y dire la messe. La semaine dernière, le jour de la Sainte-Paraskévi, on a constaté que le calice en argent n'était plus là. La disparition a créé des remous, on a cherché partout, on a accusé certains, les femmes disaient que ceux de gauche avaient commis un sabotage pour qu'on ne puisse pas fêter dans "la chapelle de ceux de droite" la mémoire de sa sainte protectrice. Toute la ville a été en émoi. Avant-hier, un berger qui passait sur le chemin de la citadelle a aperçu sur un muret de pierres sèches, devant la chapelle Saint-Jean l'Évangéliste, quelque chose qui brillait. C'était le calice. Il était rempli d'eau de pluie.

– Où se trouve cette chapelle Saint-Jean l'Évangéliste ? demanda Margarita, tout ébahie.

– C'est une vieille chapelle au milieu des rochers. Elle a été bâtie par les Francs*. Elle est nichée dans une

* *On désigne sous ce terme les Occidentaux en général, et plus particulièrement les Français et les Italiens qui conquirent la plus grande partie de la Grèce au début du* XIIIe *siècle, au lendemain de la quatrième croisade. Le Péloponnèse, nommé alors Morée, fut en particulier conquis par Geoffroy de Villehardouin qui fonda la principauté de Morée, un État qui se maintint jusqu'à l'invasion ottomane au début du* XVe *siècle. Plusieurs vestiges de cette occupation « franque », des églises et des châteaux, subsistent en divers lieux du Péloponnèse.*

grotte, au sud-est de la citadelle, un peu avant le col qui unit le sommet du rocher à la cime du Trémoulas. D'anciennes voûtes en tuf soutiennent sa petite coupole. On dit que des moines s'y étaient retirés pour y vivre en ascètes. Elle ne possède ni fresques ni icônes, seulement des murs nus. C'est là qu'on a fusillé en 1949 deux partisans qui s'y cachaient, blottis dans la neige, sans armes, sans balles, sans provisions. Maintenant, qui est allé poser le calice sur les pierres de ce muret, Dieu seul le sait. En tout cas, il y est allé.

– Peut-être des parents des deux partisans fusillés, bredouilla Margarita d'une voix blanche.

– La rumeur en a couru, dit le professeur d'un air songeur. Toujours est-il que notre pope a demandé à l'archevêché et aux autorités de la ville que l'on restaure Saint-Jean l'Évangéliste, sans compter qu'il s'agit d'un monument historique. Il a prétendu que c'était un signe du ciel. Il a même proposé qu'on consacre la chapelle aux victimes de la guerre civile, qu'elles aient appartenu indistinctement à l'armée gouvernementale ou à l'armée démocratique. Tous les morts vont au ciel, a-t-il dit, où il n'y a ni droite ni gauche. La mort nous ouvre ses bras, comme la terre qui nous recouvre.

– Qu'est-ce qu'il y avait écrit, déjà, sur la pierre tombale, Margarita ? s'exclama Athos enhardi, qui semblait avoir retrouvé tout à coup tout son entrain. Ils ont aimé le ciel ! C'est ça. Ils ont aimé le ciel. Tous sans exception. Et ils ont haï. Sans exception aussi ! »

Koumandos fit un geste évasif de la main, comme pour lui dire que tout cela était vain. Il l'invita surtout d'un signe à baisser le ton de sa voix. Quelques têtes, parmi les clients du café du platane, s'étaient tournées et regardaient vers eux. Mais Athos semblait s'être enflammé :

« Non, non ! Je ne mets pas un signe égal entre des réalités différentes. Je veux dire autre chose, Margarita. Cet après-midi, montons avec Marianthi sur le plateau d'Apanokambos. Tu y verras les rochers acérés, la grotte que les archéologues viennent de découvrir avec ses lacs étagés, les bois noirs sur les rives de l'Akroanio. Tout y est à sa place, uni par un lien fraternel. Le monde de la nature est un. Les dévastations le rajeunissent, elles ne le coupent pas en deux. Même si de profonds ravins, des gouffres et des gorges, séparent un pays de l'autre. Les hommes se divisent, pas les montagnes. Les montagnes restent solides, fidèles, intactes, en dépit de toutes les mines qui explosent sur leurs flancs, de toutes les bombes qui trouent leur sol. Ce sont les montagnes, oui, les montagnes qui aiment le ciel. Et elles lui ressemblent. »

L'OUBLI
OU LA BONNE SAMARITAINE

La vengeance est un plat qui se mange froid, dit un vieil adage. Peut-être plus tard, peut-être même jamais. Mieux vaut jamais. En tout cas, c'est un plat sans saveur. Cette pensée m'accompagne depuis que j'ai rencontré Athos pour la première fois. Le contact que j'ai eu avec lui a laissé son empreinte sur moi, m'éclairant sur cette logique qui dédaigne de rendre le mal pour le mal sous la forme d'un châtiment. Il n'y a pourtant là aucune morale chrétienne. De l'épreuve qu'ont subie les habitants de Kalavryta, en particulier ceux qui ont survécu à l'exécution de masse, comme Athos, on ne sort pas intact, tel qu'on était auparavant. Mais que l'on en sorte brisé ou endurci, cela dépend de chacun, homme ou femme. La fermeté et la mélancolie d'Athos m'avaient donné une leçon que je n'ai pu comprendre que bien des années plus tard, alors que j'étais déjà vieille. Et peut-être est-ce mieux ainsi. Dans les années 1950, quand je visitais en philanthrope allemande Kalavryta en ruine pour aider, de mon propre chef, les victimes d'Hitler, surtout les veuves de la ville, je ne percevais pas la complexité de la situation telle que je me la suis figurée à la suite de mon unique contact avec le forestier Athos – le seul individu qui avait choisi de se retirer dans le désert des montagnes après la guerre – parce qu'il y trouvait, disait-il, « la paix de la vérité », au moment où la société grecque était déchirée par la division et la haine meurtrière. Selon Athos, le bien et le mal n'existaient que pour les hommes, pas pour l'esprit. Pour l'esprit, l'éthique du bien et du mal n'avait absolument aucun sens. Tout son sens résidait dans la communication entre les hommes : entre des ennemis mortels, des forts et des faibles, des gens de gauche et des gens de droite. Dans le peuple grec, les fils capables de consolider cette relation avaient été rompus, les voies avaient été fermées. Il n'y avait plus de coexistence possible entre individus dissemblables, il n'y avait plus que l'élimination de l'autre : les vainqueurs de la guerre civile ôtaient facilement la vie aux communistes dans les tribunaux, quand ils ne les mettaient pas à l'isolement dans les prisons ou ne les exilaient pas dans des îles désertes. Pour les communistes qui avaient survécu, il ne restait plus que le ressentiment, le sentiment injustifié de leur héroïsme, la jalousie et la vengeance. Deux pays en un seul, désormais mutilé.

Dans l'Allemagne forte mais vaincue, nous avons éprouvé ce cloisonnement social au sens littéral du terme, de manière tout aussi déchirante. Mais au lieu de nous exterminer mutuellement, nous avons dressé des frontières : d'un côté du mur, nous, les gens de l'Ouest, vivions notre rêve, de l'autre, les gens de l'Est vivaient le leur. Mes convictions anticommunistes et monarchistes ne m'ont jamais permis de percevoir l'aspect humain et généreux de l'idéologie des partisans grecs qui faisaient la guerre au nazisme portés par un idéal de libération nationale, avant que ne se fassent jour la dimension inégale de la confrontation sociale et le jeu équivoque du pouvoir qui les ont conduits à des erreurs, à l'autoritarisme et à des crimes, et qui étaient nourris par le rapport de force international et les désirs de division des grandes puissances. J'avais beau me plonger dans mes livres sur les relations internationales et la diplomatie pendant les deux guerres mondiales, je ne me rendais pourtant pas compte de mon involontaire parti pris politique. L'indépendance d'esprit du chercheur et de l'homme libre me faisait défaut, bien que je ne fusse pas privée de conscience démocratique. Je m'apitoyais sur les victimes du carnage, mais je n'étais pas assez hostile à mon pays pour comprendre que par sa nature le crime hitlérien avait pris en étau et empoisonné tout le peuple allemand, façonnant des assassins d'innocents au cœur froid, à l'exception des quelques-uns qui s'étaient arrangés pour quitter notre patrie assez tôt. J'acceptais les mots « représailles d'expiation » et « sacrifice », mais je n'étais pas du tout familiarisée avec la notion de « crimes de guerre » appliquée à la Wehrmacht. Mon anticommunisme et mes bons sentiments m'aveuglaient. À l'évidence, j'avais une écoute sélective des nouvelles qui parvenaient à mes oreilles et je filtrais ce qui me déplaisait. La fermeté et la lucidité d'Athos, au contraire, étaient dues à une indépendance d'esprit qui lui avait permis de discerner à temps la nature criminelle à double tranchant de cette guerre, côté hitlérien comme côté stalinien, mais seulement quand cela s'était avéré indispensable et en hiérarchisant. Le Moloch, l'envahisseur, c'étaient nous, les Allemands, qui vivions sous le régime nazi. Et contre nous les peuples s'étaient dressés comme ils avaient pu, avec détermination, avec courage, mais en commettant des fautes, en exerçant fatalement la même violence que nous.

J'ai fait la connaissance d'Athos en 1954, quand je me suis retrouvée pour la troisième fois à Kalavryta, en ayant sous le bras le projet prêt à entrer en application d'une formation professionnelle en Allemagne pour des jeunes de la ville. Seuls devaient y participer des fils d'exécutés, aux frais de l'État allemand, sous l'égide de l'Association des Femmes allemandes, que je représentais. Je me suis rendue dans cette ville dès 1952 dans le but de tirer au clair les « horreurs » qui avaient eu lieu là-bas, en décembre 1943 – chez moi, on n'utilisait pas le terme de « crime de guerre » – et, bien sûr, d'aider les gens qui en avaient besoin, alors que plusieurs plans de soutien à la population s'étaient succédé entre-temps. Une première idée était de créer un élevage de vaches. Mais comment les jeunes de Kalavryta allaient-ils apprendre à élever des vaches, puisqu'il n'y avait chez eux ni ces animaux ni le fourrage pour les nourrir, m'avait objecté le chancelier Adenauer. Bien que les Américains eussent asséché la vallée, il fallait que les jeunes apprennent à gérer les pâturages et les engrais artificiels, qu'ils commencent avant tout à élever des moutons de bonne qualité, différents de ceux qu'ils connaissaient jusqu'alors – le bétail avait d'ailleurs disparu de la province grecque après les deux guerres de la dernière décennie. D'autres idées étaient de créer une école pour la formation des jeunes filles, à l'exemple de celle de la reine Frederika, une fromagerie, une usine de lignite pour les jeunes hommes, ou encore une fabrique de produits laitiers. Le projet qui avait le plus avancé au fil des discussions avec les veuves de Kalavryta était celui d'une manufacture de tapis. Je rêvais d'un artisanat traditionnel de tapis d'art populaire. Les femmes vivraient de leur production, qui serait soutenue en Allemagne en étant exemptée de taxes pendant les cinq premières années. Mais j'avais à l'esprit ma patrie d'avant-guerre, mon pays natal, la Poméranie, et la passion des femmes de cette région pour le travail créatif. J'étais mue par mon enthousiasme pour la culture grecque, avec laquelle j'étais familiarisée depuis l'époque de mes études, et par mon obstination à atteindre mon noble but. Je ne voyais pas les besoins réels et les traumatismes psychologiques de ces femmes humiliées en habit de deuil, qui vivaient encore dans de misérables logements de fortune, sans même le confort élémentaire, et qui, surtout, pour l'heure, étaient incapables d'accomplir une tâche quelconque au-delà des énormes efforts qu'elles déployaient pour affronter la disette, le froid, et assurer leur propre survie et celle de leurs enfants. Je me suis efforcée de trouver un moyen de leur procurer des machines à coudre et des machines à tricoter. C'était d'ailleurs une chose qu'elles réclamaient d'elles-mêmes tant pour leurs besoins personnels que pour mettre en route un embryon d'artisanat domestique.

Cela a été le seul des projets mentionnés plus haut qui a connu une réalisation partielle. Mais l'argent que je quémandais et que je n'obtenais qu'avec difficulté en Allemagne – d'organismes d'État ou directement d'industries et d'usines – tardait à me parvenir, si bien que les femmes, déçues, n'avaient plus confiance en moi. Elles étaient abandonnées à leur sort, sans aide. Pendant trois ans, elles avaient touché une maigre pension de l'État, puis plus rien. Personne ne venait les voir. Frederika redoutait de paraître en public en raison de son origine allemande*. Elle évitait même de voir ses propres compatriotes, reniait ses racines. Maintenant que j'y pense, je me demande si mon intérêt pour la Grèce, au-delà de la culture antique que j'avais acquise dans ma jeunesse – et qui m'avait amenée à parler grec, certes sommairement, mais de manière suffisante pour comprendre presque tout –, et naturellement au-delà des souffrances et des blessures que la guerre d'Hitler avait provoquées dans ce pays, n'était pas dû aux cent années pendant lesquelles une dynastie allemande avait occupé le trône du royaume grec, et cela avait peut-être à voir avec les rêveries romantiques de mon adolescence.

En août 1954, par un frais matin brumeux, où l'on n'aurait su dire si c'était le givre d'après la pluie qui descendait de la montagne en recouvrant la végétation nouvelle ou bien la chaleur de l'été qui s'exhalait de la terre, j'étais assise sous un petit platane de la place,

* *L'épouse du roi Paul 1er (qui régna de 1947 à 1964), née Frederika de Hanovre, était la petite-fille du Kaiser Guillaume II.*

devant l'hôtel Chelmos détruit par l'incendie, vestige des représailles allemandes, qu'on commençait à peine à restaurer, désœuvrée et mélancolique à cause du nouvel échec que j'essuyais dans ma tentative pour fournir aux jeunes de Kalavryta une formation professionnelle en Allemagne. J'avais passé, pour la énième fois, la journée de la veille en négociations avec les veuves et les mères des enfants. Pendant ce voyage, j'avais pratiqué activement mon grec grâce à un étudiant grec de Göttingen qui me donnait des cours intensifs pour que je sois préparée à enseigner moi-même les rudiments de l'allemand à nos futurs boursiers pendant toute la période où je comptais séjourner en Grèce. La plupart des femmes soulevaient des objections, exprimaient des doutes et des hésitations, faisaient machine arrière et finissaient par céder aux voix qui sapaient le projet, se répandant en propos démagogiques sur un *pédomazoma** allemand, à l'instar de celui qu'avaient pratiqué les Turcs. En réalité, elles étaient méfiantes à mon égard, parce que les sommes que j'avais promises pour acheter des machines à coudre industrielles n'avaient pas encore été déboursées et que j'avais tout juste réussi

* *Littéralement « rafle d'enfants », le* pédomazoma *était une pratique instituée sous la domination ottomane qui consistait à arracher à certaines familles chrétiennes un enfant mâle pour le convertir à l'islam et faire de lui un des janissaires qui formaient les troupes d'élite du sultan. L'accusation de pratiquer un* pédomazoma *a été reprise pendant la guerre civile comme élément de propagande contre l'Armée démocratique, soupçonnée d'enlever des enfants et de jeunes adolescents pour les transférer dans les pays communistes et les endoctriner. Ce traumatisme historique était donc encore vivace dans les années de l'après-guerre.*

à leur en procurer cinq, mues à la main, gracieusement offertes par une petite entreprise, dont le port avait été payé par notre association. D'ailleurs, les Allemands avaient réduit le montant de leur contribution à dix mille marks seulement, invoquant le prétexte, du moins devant moi, de l'aide économique considérable qu'ils avaient déboursée pour les victimes du séisme des îles Ioniennes l'année précédente. Pour des raisons politiques évidentes, ils préféraient apporter leur soutien à des victimes de catastrophes naturelles plutôt qu'à des victimes de guerre dont ils étaient eux-mêmes responsables et qui leur rappelaient de ce fait les « horreurs » de leur passé coupable. Ils ne voyaient pas, du reste, que le moment était opportun pour s'en débarrasser une bonne fois pour toutes. Cela, je le comprenais dès cette époque, mais j'avais certainement du mal à l'admettre.

J'étais partie dans la montagne au lever du jour pour une marche de deux heures, en ayant pour guide le fils de la femme qui m'hébergeait. Sur le chemin du retour, nous avons été surpris par un orage soudain et avons fait halte un moment sous l'auvent de la maison forestière. Comme je regardais, impressionnée, le sol entraîné par les eaux torrentielles, j'ai dit spontanément à mon compagnon impassible combien il serait utile, à mon sens, de planter sur ce versant dénudé des peupliers qui serviraient à empêcher les glissements de terrain et qui, au bout de vingt ans, fourniraient du bois de charpente. « Il faudra que j'en touche un mot au forestier », ai-je ajouté, tandis que Nikos me regardait d'un air plutôt étonné. Il m'a répondu sur un ton indifférent, comme s'il n'était pas concerné par l'érosion de la terre et par les torrents qui arrivaient jusqu'aux premières maisons du village, comme si la forêt m'appartenait, qu'Athos y avait certainement pensé, parce qu'il remarquait tout et tenait compte de tout, mais qu'il devait s'occuper de plusieurs choses à la fois, n'avait pas le temps de tout faire, et n'avait ni les hommes pour l'aider, ni l'argent et le matériel nécessaires pour chacune de ces situations. « Mais c'est justement pour ça que je veux lui parler, je pourrai peut-être l'aider, moi », me suis-je exclamée, interloquée par l'absence de réaction du jeune homme qui, dans d'autres circonstances, m'aurait mise hors de moi. L'indolence face à un problème a toujours été mon pire ennemi.

J'avais déjà entendu parler d'Athos d'autres fois. Lui aussi avait probablement entendu parler de moi et de mes projets, sans que nous nous soyons rencontrés jusqu'alors. En général, quand quelqu'un mentionnait son nom, sous un prétexte quelconque, il interrompait immédiatement la conversation, comme s'il lui était interdit d'en dire davantage. Comme si ce personnage qui, dans la bouche de tous, semblait en même temps familier et lointain, mystérieux et extrêmement connu et accessible, provoquait chez lui un étrange embarras. J'avais demandé, lors de mon précédent séjour à Kalavryta, qu'on m'arrange une rencontre avec lui, mais cela n'avait pu se faire. Je n'avais pas compris si c'était lui qui avait refusé de me voir ou si cela avait été réellement impossible pour d'autres raisons.

J'étais donc assise, après la promenade, à l'ombre du petit platane – le grand m'impressionnait trop – devant l'hôtel à moitié en ruine, avec le chien du maire à mes pieds, et je songeais à mes boursiers et aux moyens d'éviter le naufrage de toute mon entreprise. Est venu alors vers moi un monsieur sorti de nulle part qui m'a dit en allemand : « Bonjour. Je sais que vous êtes madame Inge Brahms. Je m'appelle Giochas et je possède une usine de produits chimiques à Patras. J'ai travaillé un bon nombre d'années en Allemagne, pour la firme Bayer, à Leverkusen. Athos m'a recommandé de venir vous trouver parce que je pourrais vous être utile pour réaliser votre projet d'envoyer les jeunes de Kalavryta étudier dans votre pays. Il m'a dit aussi qu'il souhaiterait s'entretenir avec vous avant votre départ. Si vous êtes d'accord, je peux vous conduire à sa cabane quand vous aurez du temps libre, sinon il viendra lui-même vous rencontrer à l'école. »

Je suis restée interloquée. Cet homme savait tout. Il percevait le sérieux et l'intérêt de mon entreprise, et n'émettait aucune réserve. Nous avons collaboré. Le pope de Kalavryta, qui avait échappé à l'exécution de 1943, parce qu'il était alors hospitalisé à Athènes après avoir été blessé à la jambe par une mine italienne et qui était resté invalide, nous a lui aussi prêté son concours. Il était persuadé que le projet en valait la peine et aboutirait. Les veuves se sont laissé convaincre et ont signé nos propositions. Au bout de quelques jours, nous avions une liste de quarante candidats et je donnais dans un baraquement des cours d'allemand aux futurs boursiers. Mais j'étais impatiente de rencontrer Athos. Que pensait-il de tout ça ? Il m'avait certes envoyé Giochas pour me donner un coup de main – il était donc d'accord avec nos projets –, mais je n'étais pas du tout sûre que cet homme bizarre n'eût pas des objections à formuler, éventuellement des suggestions à me faire, même s'il ne se souciait guère que je les applique, même s'il savait que je ne les suivrais pas, qu'il ne changerait pas mes idées, ma façon de penser, mes décisions. Pourtant il fallait qu'il me parle. Il me le demandait.

Par un beau dimanche matin, sous une lumière limpide, avec cette fraîcheur venue des montagnes qui, l'été, perd son humidité, portée par une brise délicate et bienfaisante, nous avons fermé l'école et pris le chemin de la Crête-des-Sapins. Giochas et Dinos, qui avait absolument tenu à venir avec nous, marchaient devant, et je les suivais avec le chien du maire dans les jambes. Fort heureusement, lorsqu'il a vu que nous nous éloignions un peu trop des maisons et que nous entrions dans la forêt, ce brave animal a fait demi-tour et il est redescendu vers la ville. Nous avancions lentement sur le chemin que rayaient les premiers rayons du soleil, filtrés par les épais feuillages qui ouvraient de lumineux sillons verts sur le sol. Chaque fois que, depuis mon enfance, je marchais dans les forêts de Poméranie, j'évitais de regarder la cime des arbres, leur hauteur m'effrayait, leur taille imposante me déstabilisait. Au contraire, je ressentais les troncs qui m'entouraient comme des êtres amicaux, protecteurs, qui m'accompagnaient, cheminaient à côté de moi, même s'ils restaient immobiles, accrochés à leurs racines, en gardiens de la terre oublieux de leur cime perdue dans l'infini du ciel.

Pendant que nous mangions du raisin, avant de nous mettre en route, Giochas me disait combien la Grèce était un pays difficile, évoquait les possibilités limitées pour ses habitants de se cultiver, l'absence de routes en province, dans les villages, qui rendait les conditions de subsistance encore plus rudes, la méfiance et l'absence de respect à l'égard des institutions, qui entravaient l'œuvre des hommes politiques en les corrompant et pervertissaient du même coup les citoyens en les plongeant sans cesse dans des relations conflictuelles. Ici, les hommes se sentent tous égaux devant Dieu, m'a-t-il dit, mais pas devant l'État et la loi. Par conséquent, pour eux, dans une certaine mesure, tout est permis. Que venais-je chercher dans ce pauvre pays inconnu ? Kalavryta, la Crète, l'Épire, la Macédoine m'appelaient, avaient besoin de moi. Je voulais aider. Je pensais à mon mari et à mes trois enfants, que je délaissais souvent pour m'acquitter de mon œuvre sociale. Je n'éprouvais pas de remords, pas plus que de nostalgie pour la chaleur du foyer familial. Lorsque je marchais sur les sentiers de montagne, au-dessus d'escarpements rocheux, j'avais le sentiment de suivre tantôt les traces incertaines, apeurées, de nos soldats de la Wehrmacht, de ceux qui combattaient malgré eux, tantôt les pas décidés des maquisards grecs qui avaient fait le vœu de nous chasser au prix de leur vie. J'étais hantée par l'empreinte de l'innocence au sein d'une guerre qui avait sombré dans le sang mauvais de la haine, de la démence et de la vengeance.

J'ai vu se dessiner derrière le tronc d'un chêne une fine silhouette. Elle m'a fait un signe hésitant de la main. Ma sœur aînée Lisbeth se tenait immobile et me regardait marcher avec mon sac à dos. Je n'ai pas été surprise. Je pensais souvent à elle pendant ces journées-là. D'ordinaire, son visage m'apparaissait brusquement, sous la forme d'une vision muette, sans corps. Ses lèvres murmuraient quelque chose que je ne pouvais entendre. J'avais désormais son âge, cinquante-quatre ans, l'âge de Lisbeth en 1944, quand les nazis l'avaient exécutée à Berlin. À présent nous étions semblables, contemporaines. Tout le monde s'accordait toujours à dire que nous avions eu, dès l'enfance, des caractères différents. Elle était restée célibataire pour se consacrer à l'action sociale et politique. Une femme qui œuvre dans le domaine public, disait-elle, fait une croix sur le mariage. Pour moi, au contraire, la famille était un tremplin précieux et nécessaire pour trouver un appui, pour aller vers le monde et me soucier du bien commun. Mon mari et mes fils me protégeaient, c'est du moins ce que je ressentais, comme les troncs d'arbre qui m'accompagnaient dans mes balades sur les sentiers forestiers.

J'ai toujours voulu ressembler à Lisbeth. Quand j'allais lui rendre visite en prison, j'avais les jambes qui flageolaient. Je claquais des dents dans le parloir glacial et je n'arrivais pas à articuler un mot. Je voyais sur son corps les traces de la torture. Je n'ai pourtant jamais condamné ouvertement la dictature nationale-socialiste. Je croyais, comme elle, que nous allions perdre la guerre. Et je le souhaitais. On l'a exécutée pour haute trahison et démoralisation des forces armées. Elle avait un jour exprimé ses vues dans une réunion et quelqu'un l'avait dénoncée. Je me suis souvent demandé, plus tard, si elle avait eu à mon insu une activité clandestine dans la Résistance. En 1940, on l'a démise de ses fonctions de directrice du pensionnat de jeunes filles qu'elle avait elle-même fondé à Heidelberg. Elle était chrétienne, mais avait clairement pris ses distances par rapport aux ecclésiastiques qui soutenaient le national-socialisme. Elle a ensuite travaillé à la Croix-Rouge en France, dans un hôpital militaire. Son exécution m'a terriblement effrayée. Mon mari, qui était professeur d'université, et moi avons été stigmatisés par le régime, nous avons subi des pressions. Nous nous sommes abrités derrière des déclarations insincères, avons fait des compromis pour avoir la vie sauve. Nous n'étions pas des héros. Il est bien étrange que je me souvienne de tout ça en allant rencontrer Athos. Un homme qui a échappé aux exécutions des nazis.

Lisbeth a laissé son chêne et s'est mise à nous suivre. Elle paraissait calme, souriait. Ces dix dernières années, après sa mort, elle était devenue mon ombre. Pourtant, je m'entretenais rarement avec elle. Nous nous regardions en silence. Je savais qu'elle attendait quelque chose de moi. Elle écarquillait les yeux et posait sur moi un regard inquisiteur. Elle me faisait me sentir lâche. Mon austérité rigide, héritage du protestantisme paternel, cachait ma lâcheté, mais cela m'empêchait d'être efficace. La religiosité de Lisbeth, au contraire, était directe et vulnérable. On percevait dès le premier regard un esprit libre, ouvert, sincère. Ce n'était pas un devoir de sociabilité qui l'inspirait, mais un profond sentiment de fraternité humaine. Je ne pourrais jamais parvenir à lui ressembler.

En 1945, un an après sa mort, nous avons fêté la Libération dans un champ de ruines, humiliés, réduits à la misère, sous le régime ignominieux des Alliés. La famine faisait rage. Nous déterrions des navets, ramassions des épis de blé que nous faisions bouillir. Je réunissais alors autour de notre table tous nos parents, tous nos amis, toutes nos connaissances, j'organisais des discussions entre nous, nous accueillions ceux qui revenaient du front, je m'efforçais de diffuser l'espoir en des jours meilleurs. Je ressentais son absence comme une tragédie. Son ombre m'adressait de temps en temps un sourire de satisfaction.

Le soleil était tout en haut du ciel lorsque nous sommes arrivés à la cabane. Athos – ce ne pouvait être que lui – se tenait sur le pas de la porte, les mains sur la taille. Un chien-loup accourut à notre rencontre. L'homme debout sur le seuil m'a serré la main et m'a tout de suite félicitée pour l'intérêt que je manifestais à l'égard de la ville dévastée et pour mon combat en sa faveur. Vêtu de blanc ce jour-là, comme la lumière de l'été, avec ses cheveux longs qui avaient commencé à grisonner, il faisait plus penser à un citadin qu'à un forestier ou à un travailleur en plein air. Je savais de lui qu'il n'avait pas fait la guerre, qu'il n'était pas originaire de Kalavryta mais d'Évrytanie, qu'il n'avait pas d'engagement politique, qu'il était simplement patriote. Giochas prétendait que le sens de la justice d'Athos était sacrilège, incompréhensible, qu'il provenait des sources de l'Achéron. J'ai dit à l'homme que j'avais en face de moi que j'avais entendu parler de lui et que je m'attendais à le rencontrer l'année précédente, lors de la cérémonie organisée pour le dixième anniversaire du massacre de Kalavryta, mais que je n'avais finalement pas réussi à venir en Grèce pour raison de santé. Il m'a répondu qu'il ne participait jamais à ces commémorations, que c'était quelque chose qui l'ennuyait. Il se rendait de temps à autre, m'a-t-il dit, sur la tombe de son fils, mais, comme il ne s'agissait pas d'une sépulture individuelle, cela revenait à rendre visite à tous ces morts que les autres honoraient dans les cérémonies officielles. « Le deuil est chose publique, a-t-il ajouté à ma grande surprise, ça ne fait aucun doute. Mais la cohabitation du vivant et du mort est une affaire tout à fait privée. D'ailleurs, il est facile de détourner les sentiments publics, comme les services publics, à des fins personnelles. Et cela me met hors de moi. »

Nous nous sommes assis à l'entrée de la cabane, sur des troncs abattus, autour d'une souche rabotée qui servait de table. Il nous a servi de l'eau et des figues. Je l'ai remercié pour sa femme qui, pendant son passage à Kalavryta, d'après ce qu'on m'avait dit, avait à plusieurs reprises dit tout le bien qu'elle pensait de nos projets pour les veuves, alors même qu'elle ne nous connaissait pas. Mais il m'a surprise en me répondant que Marianthi, son épouse, était une personne très impulsive et passionnée, qu'elle exécrait tantôt tous les Allemands sans exception, tantôt, au contraire, tous les maquisards sans faire de distinction. « Avec son esprit manichéen, elle ne peut admettre que les deux partis puissent être, si l'on peut dire, également responsables des représailles, puisque, à y regarder de près, les uns et les autres ont fait la guerre – les uns comme force d'occupation, les autres en tant que résistants – un type de guerre qui allait jusqu'à abolir la distinction entre responsable et coupable en les identifiant. Marianthi innocente donc par moments les Allemands et par moments les maquisards, parce que cela facilite sa compréhension des choses. Quand un parti est innocent, l'autre est automatiquement coupable. « C'est plus simple comme ça, n'est-ce pas, madame Brahms ? m'a dit Athos en me regardant droit dans les yeux, avec un sourire d'une ironie tranchante. Mais un crime est un crime, qui a forcément un auteur. À la guerre, la notion d'instigateur n'a pas lieu d'être. L'argument "si les maquisards n'avaient pas tué les prisonniers allemands, il n'y aurait pas eu de représailles" ne tient pas. Qui peut nous le garantir ? Personne. On ne signe pas de contrats de cette sorte entre belligérants, ni par anticipation ni après coup. On supprime des vies, c'est ce qui compte pour qu'il y ait un vainqueur et un vaincu. Comment elles ont été supprimées, cela, on peut en juger plus tard, parce que la guerre a, elle aussi, ses lois et ses règles. Mais qui juge, qui décide, sinon le vainqueur ? »

Je comprenais parfaitement ce qu'il voulait dire. Mais j'aurais préféré ne pas poursuivre cette conversation. Il connaissait certains détails sur moi par l'intermédiaire de Kurt Lechner, le déserteur allemand qui avait vécu auprès de lui après la guerre et qui, comme il me l'a expliqué, se trouvait alors de service à l'hôpital de Patras. Il savait que j'étais membre du Parti libéral démocrate, que j'écrivais des livres d'histoire, que ma sœur avait été exécutée par les nazis. J'ai précisé que je me sentais désormais plus proche des sociaux-démocrates, bien qu'opposée aux nationalisations, et que ma sœur Lisbeth n'avait pas été une résistante active, qu'elle n'avait pas œuvré au renversement d'Hitler, qu'elle avait eu seulement des idées qui lui étaient hostiles. Cette dernière précision l'a fait rire et il m'a aussitôt demandé de l'excuser. Si je n'avais pas été surprise à ce point par son comportement, j'aurais volontiers ri moi aussi, parce que nous aurions ainsi tenu encore plus à distance la tragédie-parodie du régime hitlérien qui me mettait si mal à l'aise. Maintenant que j'y repense, je m'aperçois que je n'avais jamais admis que ce malaise était dû à un profond sentiment de honte pour mon pays.

« Madame Brahms, m'a dit Athos d'un air sérieux, tandis que j'observais dans l'ombre, avec tendresse, la couleur blanc cassé de ses amples vêtements de coton usés par le temps et les lessives, vous vous informez, j'imagine, sur ce qu'il se passe ici, vous rencontrez des ministres et des diplomates, en Grèce comme en Allemagne, dans votre quête d'argent pour aider ces Grecs injustement martyrisés, ces victimes de guerre. Il y a encore des exécutions dans notre pays à la suite de prétendus procès, tandis que certains jugements sont cassés et que les condamnés jugés par de sérieux tribunaux en assises obtiennent une grâce tombée du ciel. La répression des criminels de guerre n'est plus une question de justice, mais un problème politique. Alors que vous, en Allemagne, vous vous contentez d'envoyer vos communistes retrouver leurs camarades là où ils se réunissent, sur une place, dans un parti, nous, ici, nous les envoyons au peloton d'exécution. Il y a quelques jours, ils ont tué Níkos Ploubidis, il y a deux ans, Níkos Béloyannis*, pour ne citer que deux noms d'intellectuels de gauche bien connus. Les gouvernements Adenauer et Papagos ont des points de vue qui convergent, ils font ce qu'ils peuvent pour qu'on oublie leurs extrêmes, comme ils les appellent, pour que l'oubli recouvre les nazis et les communistes. La vie continue après l'extermination mutuelle des deux ennemis jurés. Les Français prétendent que les lieux de martyre, comme Kalavryta, doivent être préservés comme musées par la mémoire parce que c'est l'honneur du pays. Mais les sociétés, au sein desquelles les idéologies respirent encore, continuent à vivre et les

* *Deux dirigeants du Parti communiste grec, interdit et donc clandestin pendant les années qui ont suivi la guerre civile. Ils furent arrêtés, condamnés à mort et exécutés, Béloyannis en 1952, Ploubidis en 1954.*

hommes vivants à y échanger leurs points de vue. On ne peut en faire des musées, ni des lieux de martyre. On ne pourra pas plus obtenir l'oubli du mal grâce aux relations amicales entre la Grèce et l'Allemagne et aux investissements de l'industrie allemande à Ptolémaïda qu'on n'assurera le souvenir des martyrs grâce à de beaux discours sur le sang des héros et des innocents. D'ailleurs, les sociétés dans lesquelles des milliers de soldats sont revenus du front pour continuer à vivre en paix, des soldats qui, même s'ils n'adhéraient pas aux idéologies extrêmes, ont fait la guerre bon gré mal gré comme envahisseurs ou comme résistants, ne supportent pas ces équations voulues par Adenauer, Papagos et leur politique de circonstance. »

Je l'écoutais en serrant les dents. Je savais ce qu'il entendait par là. Il était difficile de se le représenter et, plus encore, insupportable de le vivre dans la réalité. Sur les six criminels de guerre qui se trouvaient détenus en Grèce, trois avaient été libérés en 1950, deux avaient été graciés, en 1950 et 1952, et le sixième, responsable du massacre de Distomo, avait été remis aux autorités allemandes, après renoncement de la partie grecque. Je lui ai demandé s'il pensait que mon action philanthropique contribuait à l'oubli, à la confusion entre le bien et le mal, à la prescription du crime évident des Allemands.

« Non, m'a-t-il répondu aussitôt, mais vous devez éviter certaines embûches qui paraissent anodines mais ne font que polariser et approfondir davantage les divisions de ce pays. Ne refusez pas, par exemple, d'accueillir comme boursiers, ne serait-ce que sur le papier, les fils des partisans. De toute façon, il n'y en a que très peu, beaucoup ont fui avec leur famille dans les pays de l'Est, d'autres, adolescents, se trouvent en exil avec leurs parents, ou en prison. N'adoptez pas, pour donner plus d'importance à votre entreprise, ce symbole qu'est 1821 pour Kalavryta, la ville où, à ce qu'on prétend, est née la guerre d'indépendance contre les Turcs et que les Allemands auraient voulu rayer de la carte pour cette raison. Il y a eu d'abominables représailles dans toute la Grèce, et même de bien pires, en Europe de l'Est et ailleurs. Un lieu historique n'a pas à avoir plus de privilèges face à la mort qu'un obscur village. »

Il n'avait pas tort sur ce point. J'évitais jusqu'alors d'y penser, et surtout je n'en parlais avec personne. Je voulais pourtant dissiper un malentendu. Je me suis penchée vers lui pour l'interroger, avec une certaine hauteur professorale due seulement au fait qu'il paraissait avoir au moins dix ans de moins que moi :

« Croyez-vous, Athos, que les efforts que je déploie en faveur des veuves et des enfants de Kalavryta sont pour moi une façon de prêcher l'amour du prochain ? Que je viens ici pour effacer les péchés de mes compatriotes ? »

Il était gêné. Il ne répondait pas, mais me regardait de ses yeux noirs, avec franchise. Je me suis enhardie et j'ai continué : « Je ne suis pas l'État, je ne représente pas un parti politique, ni aucune autorité officielle. Je ferai le bien tel que je le conçois, puis je poursuivrai mon chemin. Je ne propose pas une monnaie d'échange, et je ne vise même pas la reconnaissance de ceux que j'aurai aidés. Moi, j'oublierai le bien que je vous ai fait, et vous, vous serez libres de vous souvenir, il faut que vous vous souveniez du mal que vous avez injustement subi. Pour ma part, je n'apporte donc que l'oubli du bien que je vous ferai. Quant à savoir si votre lieu de martyre parviendra à conserver à sa juste mesure la mémoire du mal, cela dépend de votre capacité à tirer parti de la liberté que vous offrira ma disparition une fois que j'aurai fait mon œuvre. Vous avez des amis qui vous aident, comme vous avez aussi des ennemis que vous affrontez avec vaillance, mais songez que vous êtes surtout seuls, même si vous avez l'appui des forces d'occupation alliées, anglaises ou américaines, du plan Marshall ou de quoi que ce soit d'autre. Cette solitude, ne l'oubliez pas, sans quoi vous baisserez les bras, vous vous reposerez entièrement sur les autres. »

Athos s'est levé et m'a prise dans ses bras. Il s'est précipité dans la cabane pour nous offrir du vin, des olives et des biscottes, de quoi déjeuner. Giochas et Dinos venaient juste de revenir avec les cruches de terre cuite remplies d'eau potable qu'ils avaient chargées sur un poulain. Ils avaient dû marcher une demi-heure pour aller la chercher à la source la plus proche. Ils ont tiré d'un couffin des citrons et de gros champignons blancs pour compléter notre collation. Quand le forestier est ressorti de la cabane, il avait une tout autre mine. Il paraissait de bonne humeur et s'est mis à me poser des questions sur les difficultés que je rencontrais dans les négociations, sur le comportement des enfants pendant les cours d'allemand, sur leurs premières réactions à la perspective de ce voyage inattendu. Je lui ai répondu avec calme, avec précision. Soudain, il s'est tourné vers moi et m'a dit :

« Ce qui me plaît chez vous, les protestants, c'est que dans vos temples il n'y a pas d'iconostase. On suit les gestes du pasteur à l'autel, on est à l'autel avec lui, on participe, on se sent concerné par les mystères de ce lieu, il n'y a pas de sanctuaire inaccessible.

– Mais dans la religion protestante nous n'avons pas de tels secrets, lui ai-je répondu, sans être décontenancée le moins du monde, cette fois, par la pensée d'Athos. Pour nous, les protestants, Dieu ne se trouve pas en haut dans la coupole, à la verticale au-dessus de nos têtes, mais juste devant nous, près de nous. »

KURT
OU LE SILENCE DE LA NATURE

Margarita est assise sur un muret, à l'orée de la forêt, et tient Lefki dans ses bras. Elle regarde, sur la colline en face d'elle, le champ de Kapis. Elle ne se souvient de rien. Les sapins, gardiens noirs plongés dans l'ombre du petit matin, ferment derrière elle l'entrée du bois de chênes, comme s'ils voulaient rendre le passage difficile, la dissuader d'avancer seule avec son enfant au milieu des arbres. Au pied de la colline, le mur du cimetière se dresse comme une limite intempestive imposée à son regard, qui contemple tranquillement, distraitement, sans se soucier de l'endroit où il se trouve. Quinze ans se sont écoulés depuis l'exécution de masse. Elle avait alors onze ans. Des croix blanches dispersées au-dessus de la fosse, enfoncées dans la terre, sollicitent sa mémoire. Devant chaque tombe, la terre semble avoir été remuée récemment. Elle s'en étonne. Son regard s'attarde sur elle, comme si elle s'attendait à ce que quelqu'un surgisse de l'ombre, un vivant qui viendrait tout juste de se cacher sous ces monticules de terre rouge. Ce désert rend plus douce la brise d'été, une caresse sur le visage, une présence qui palpite dans la solitude de cet étrange cimetière. La jeune mère balance le haut de son corps. Elle berce sur ses genoux sa fille de trois ans, qui laisse échapper de sa bouche des sons inarticulés, une petite voix d'enfant traînante comme une plainte, nonchalante, venue d'un autre monde. Margarita se penche à l'oreille de sa fille et lui murmure : « Un jour peut-être les femmes viendront et trouveront le tombeau vide. » Lefki ne comprend pas, la voix de sa mère n'est pour elle qu'un délicat effleurement qu'elle accueille avec plaisir, les yeux mi-clos.

On ne tue pas pour rien, se dit la fille d'Athos et de Marianthi, mais pour une vie meilleure. Pour qu'à cette heure, nous, les frères et les sœurs, les nièces et les neveux, les enfants et les petits-enfants des tués, nous soyons là à profiter de l'herbe verte aux premiers rayons du soleil. Le meurtre, finalement, n'est jamais gratuit. C'est donc un acte généreux, optimiste. Je tue pour vivre. Je punis pour racheter la mort d'autres que moi. Les maquisards ont tué les Allemands pour que nous vivions libres. Les Allemands ont tué les civils pour être vainqueurs, pour triompher. L'objectif est toujours positif. Cette herbe grandit, se dit Margarita, grâce à un engrais de chair humaine décomposée. Si je dis cela au pope, il m'enverra sur-le-champ me confesser. Mais quel serait alors mon péché ? Je crois simplement que le crime ne peut être écarté ou retranché de la condition humaine. Il est d'ailleurs toujours au service d'une finalité rédemptrice, juste ou injuste, cela n'a aucune importance. Bien sûr, Léandros me rétorquerait que c'est précisément cela qui importe : distinguer le juste et l'injuste. Et pourtant, nous vivons en nous accommodant du crime, même lorsque nous le trouvons injuste, surtout si nous en changeons le nom et le transformons en sacrifice, autrement dit en don. Étrangement, la religion reconnaît le sacrifice comme quelque chose de positif, alors qu'il ne peut exister sans un meurtre préalable, si l'homme ne tue pas un autre homme, avec une facilité d'autant plus grande que c'est pour le bien. Elle reconnaît donc aussi le meurtre, il suffit d'en définir le sens.

Un oiseau s'envola en croassant au-dessus de leurs têtes et Lefki se pelotonna dans les bras de Margarita en se cachant le visage sous son aisselle. Elle était grande pour son âge et ne pouvait caser ses jambes, sauf à les laisser pendre comme deux morceaux de bois sans âme par-dessus les genoux de sa mère. Margarita les considéra soudain avec frayeur. Elle vit les jambes de Giannos qui dépassaient d'un monceau de cadavres qui l'écrasaient, elle reconnut ses chaussettes rayées de rouge et de noir et ses chaussures couleur café. Les vêtements ensanglantés, immobiles, de ces hommes formaient une colline au-dessus du petit corps invisible de son frère, tandis qu'elle voyait ses jambes remuer comme si elles avaient voulu échapper au piège qui les avait emprisonnées. Avec Marianthi, elles avaient essayé de le tirer de là en empoignant les jambes de l'enfant au-dessus des chaussettes rouge et noir. Son corps était coincé sous la masse des hommes morts. Elles avaient tiré à nouveau avec force en agrippant cette fois ses chaussures.

Elles l'avaient tiré de là. De cela, elle se souvient. Ensuite, tout s'était tu. Plus un frémissement. Elle n'entendait pas les lamentations, les pleurs des femmes. Un profond silence s'était installé en elle, comme à présent, à cette heure paisible d'un matin d'été à Kalavryta, à la lisière de la ville, à l'orée de la forêt, un profond silence qui était devenu plus tard acceptation, oubli, insouciance. Depuis lors, Margarita avait une vision qui la laissait sans voix, en extase : des femmes, vêtues de noir, arrivent au tombeau et le trouvent vide. Elle s'en était ouverte à la collègue avec qui elle travaillait dans le magasin d'Athènes, mais cette dernière avait détourné la tête d'un air indifférent, comme si elle n'avait pas compris, pas entendu. Un soir, au lit avant de dormir, elle en avait parlé à voix basse à Léandros, qui lui avait dit : « La résurrection de Dieu est une relation de l'homme avec la mort, pour lui permettre de ne pas la craindre. La résurrection de l'homme est pour lui une relation avec la vie, pour lui permettre de la dépasser. Je préfère la seconde. La mort, de toute façon, je ne la crains pas. » Léandros, ça ne faisait aucun doute, comprenait ses rêves. Son mari avait une âme poétique, même s'il s'était un jour retrouvé réduit à une fastidieuse fonction d'employé. Mais cette déconvenue développait chez lui la générosité des sentiments et la compréhension de son prochain. Cela le consolait de rendre grandes les petites choses de la vie, comme un prestidigitateur. Ses vues étaient peut-être humbles, bien que créatives, mais le plaisir qu'il en tirait semblait inépuisable, à tel point qu'il rayonnait sur ceux qui l'entouraient et qu'il les amenait à se réjouir de sa liberté et à compter sur sa précieuse présence.

Margarita ferma les yeux. Elle voulait oublier, mais comment oublier en revenant chaque été à Kalavryta ? Pourtant, comme elle s'en faisait souvent la remarque, elle parvenait à ne pas se souvenir sans faire le moindre effort. Elle ne voulait pas se souvenir. On aurait dit qu'elle avait tant vécu jusqu'à ses vingt-six ans qu'elle n'avait plus besoin de se souvenir de rien, qu'il n'y avait plus de place pour la mémoire. Comme si quelqu'un avait intimé à sa mémoire de rester inerte. Margarita pouvait alors surmonter le fardeau de la vie qu'elle avait refoulé. Elle espérait une constante résurrection. L'image du tombeau vide et des femmes qui se penchent au-dessus de lui la hantait. Elle renvoyait au silence de son père qui, les derniers temps, s'était installé de manière assourdissante. On ne pouvait lui arracher un mot. Le silence d'Athos n'était pas profond, intérieur, comme le sien. C'était le silence absolu d'un être en colère qui s'était détourné de la trahison et de la pusillanimité de ses compatriotes, le mutisme d'un altruiste qui méprisait la vanité, le mensonge et la mesquinerie.

Elle sentit un vide entre ses bras et ouvrit les yeux. Lefki s'était éloignée. Le soleil réchauffait la terre sous ses pieds. La rosée matinale s'était évaporée. Elle se leva et regarda autour d'elle. Elle vit Fénéos assis sur une grosse pierre, quelques mètres plus loin. Il avait allongé sa jambe de bois et Lefki, étendue dans l'herbe, l'examinait avec intérêt. Elle s'approcha d'eux et s'assit à côté du vieillard. À présent, tous deux regardaient en silence le champ de Kapis parsemé de croix lugubres.

Lefki fredonnait en frappant doucement la jambe de bois avec un petit bâton.

Fénéos, employé des chemins de fer désormais à la retraite, était, comme son père, un des treize survivants des représailles allemandes de Kalavryta. Le coup de grâce avait manqué sa cible, les mitrailleuses lui avaient broyé la jambe, dont on l'avait amputé plus tard à l'hôpital de Patras. Marianthi, lors d'une de ses visites dans cette ville, en 1945, l'avait vu traîner dans les rues à la recherche de sa jambe perdue. Il disait que sa jambe, c'était lui-même, qu'elle se cachait de lui, qu'elle avait changé de nom et qu'elle vivait sans doute maintenant à Égion en exerçant une autre profession. Que ce lui-même lui était précieux parce qu'il connaissait bien les locomotives et la conduite des trains, alors que, de son côté, il avait tout oublié, et que, par conséquent, il ne pouvait continuer à vivre sans lui. Il lui fallut un bon nombre d'années pour se faire à sa mutilation, et cela sans l'aide de spécialistes, mais seulement en marchant dans les bois et en s'entretenant avec les morts. Il croyait que c'étaient les partisans qui lui avaient coupé la jambe et qu'ils étaient responsables des représailles. Pendant la guerre civile il était contre eux, les avait dénoncés plus d'une fois, bien sûr il n'avait pas combattu, mais il avait collaboré à plusieurs reprises avec l'armée gouvernementale pour éradiquer le fléau communiste de la région. Athos, bien qu'en désaccord avec lui et opposé à son fanatisme, l'avait pris en pitié et imputait sa vindicte contre les partisans à ses troubles psychologiques, en évitant pourtant de faire l'apologie de l'idéologie communiste, contre laquelle il formulait, en particulier après 1946, de virulentes critiques. Le soutien et la largeur d'esprit d'Athos adoucissaient la peine de Fénéos. Après celui perpétré par les Allemands, le nouvel incendie de sa maison, dû cette fois à l'Armée démocratique pendant la bataille de Kalavryta en 1948, l'avait plongé dans une profonde dépression. Tout n'était pour lui que vanité, l'amour et la haine, l'amitié et l'inimitié. Il ne disait bonjour à personne, à l'exception d'Athos, quand ce dernier descendait en ville. Margarita avait appris de Marianthi que le matin, quand il faisait beau, Fénéos allait avec ses béquilles s'asseoir près du champ de Kapis pour l'appel des morts, tout comme Athos les premières années après l'exécution de masse, à l'époque où il était tourmenté par l'amnésie et les remords, sauf que, pour sa part, il nommait exclusivement ses camarades fusillés.

« C'est ici, à l'orée de la forêt, dit brusquement Fénéos en rompant le silence sans regarder Margarita, qu'a eu lieu le crime. Ils nous ont tiré dessus pendant un long moment, devant tout le monde, à découvert, sans se cacher, alors que nous étions désarmés, sans défense et que nous ne nous doutions de rien. Mais le sacrifice, le véritable sacrifice, a eu lieu ailleurs : au cœur de la forêt. »

La jeune femme ne comprit pas. Elle reprit Lefki sur ses genoux. L'enfant semblait vouloir maintenant s'écarter de la jambe de bois et examiner le vieil homme de loin, en toute tranquillité.

« De quel sacrifice voulez-vous parler ? Je ne vous comprends pas, demanda-t-elle à l'infirme en haussant la voix.

– Celui de combattants qui, en conscience, ont livré bataille pour ne pas se soumettre, répondit avec agacement le cheminot. Au cœur de la forêt, dans l'obscurité grise, c'est là que se joue l'essentiel : ce qui est secret, invisible, et qui tire les ficelles de l'histoire. C'est là que les maquisards ont tué les prisonniers allemands, que les troupes gouvernementales ont fauché l'Armée démocratique et ont conduit les communistes au suicide. Mais, vois-tu, le projecteur éclaire l'orée de la forêt. Les représailles allemandes. Le spectacle est ensuite utilisé au goût de chacun, il est taillé à leur mesure par ceux qui le falsifient, le dénaturent, le montent en épingle… »

Margarita ressentit une brusque fatigue. Elle se prépara à revenir en hâte au centre de la ville. Le soleil s'était caché derrière un nuage rouge. Lefki regardait Fénéos bouche bée, en silence.

« Dis-leur de ne jamais élever un monument ici, s'écria l'infirme en colère. Je l'ai dit à ton père. Il faut qu'il ne reste que la terre, l'herbe et les croix de bois. »

Il se leva et fit quelques pas. Lefki courut à nouveau vers la jambe de bois et la serra dans ses bras. Fénéos ne fit pas attention à elle. Il regardait droit devant lui, avec des yeux de feu qui brillaient sur le bleu lumineux du ciel.

« Nous ne sommes pas tout seuls, s'exclama-t-il dans le vide, nous ne sommes ni les premiers ni les derniers : les 215 morts de Klissoura, les 118 fusillés de Monodendri, les 48 pendus d'Andritsa, les 223 de Distomo, les 45 de Damasta, les 150 de Doxato, les 39 de Kerpini, les 22 d'Aïdochori, les 317 de Komméno près d'Arta, les 142 de Messovouno, les 152 de

Moussiotitsa, les 335 de Pyrgi près de Kozani, les 35 de Kosmati, les 86 de Limnès en Argolide… »

Margarita s'est déjà éloignée avec Lefki dans les bras. La voix de Fénéos la poursuit, lui crève les tympans, la fait trembler de tout son corps. Elle ne se souvient pas. Elle ne veut pas se souvenir. Léandros comprend ça. « Les 487 de Kalavryta, pas un de plus, pas un de moins, il faut que vous sachiez à la fin… » La jeune femme entendit le discours assourdissant de Fénéos qui dévalait du haut de la colline, puis son écho lointain et indistinct ralenti par le vent contraire, sans en discerner les paroles. Elle marchait à pas rapides, presque au pas de course. Elle descendit du lieu de l'exécution, arriva au mur de pierres du cimetière où elle avait laissé la poussette de l'enfant. Lefki se laissa tomber sur son siège d'un air ébahi, le regard fixé sur la montagne, sur le bois de sapins, sur le minuscule Fénéos brandissant sa béquille, cette autre jambe de bois. Elle regardait sans dire un mot, la bouche grande ouverte.

Margarita arriva sur la place en traînant la poussette et chercha Marianthi et Athos du regard. Elle entendit des cantiques. Elle entra dans l'église. Les sièges réservés aux hommes, sur la droite, étaient vides, seuls les chantres se trouvaient à leur place ordinaire. À gauche, plusieurs femmes étaient assises, un bon nombre était debout, toutes vêtues de noir. L'église sentait l'encens et le jasmin. Elle se revit, avec les mêmes femmes entassées dans la classe de l'école, grimpant jusqu'aux hautes fenêtres pour leur dire d'où venait la fumée. Dans la cour, un casque allemand la regardait à travers le viseur de la mitrailleuse. Quelqu'un s'approcha d'elle et lui demanda de sortir, parce qu'il était interdit à une femme d'entrer dans l'église en pantalon. Elle se retrouva sur la place avec Lefki dans les bras, l'esprit engourdi. Sous l'acacia, assis seul à une table, Kurt lisait le journal. Elle courut vers lui, soulagée. L'horloge sonna dix heures. Les rayons de soleil se mirent à danser sur les pavés, les feuillages frémirent, Lefki s'enfonça dans un parterre de fleurs pour cueillir de la camomille. Le monde était redevenu pacifique.

Mais l'angoisse de Margarita ne s'apaisa pas. Elle entendait encore la voix de Fénéos qui lui frappait les tympans, qui retentissait dans son crâne. Dans la solitude du lieu de l'exécution, l'appel des morts par l'invalide résonnait comme un cri de désespoir, comme un profond besoin de libération intérieure. Kurt, qui avait accueilli la fille d'Athos avec joie, avait plié son journal et restait silencieux sur sa chaise, les yeux mi-clos pour se protéger de la lumière blanche du matin. Elle voulut lui parler sans tarder de la rencontre qu'elle avait faite au champ de Kapis, mais elle hésita de crainte d'interrompre le cours de ses pensées et de troubler sa fragile méditation. C'était un homme mélancolique et réservé. Il ressemble à Léandros, se dit Margarita. Il n'avait que trois ans de plus que son mari, venait de passer la quarantaine. Elle le percevait comme un personnage familier, comme quelqu'un de confiance. Kurt avait d'ailleurs passé dix ans auprès de son père. Elle avait l'intuition que ce médecin allemand connaissait la vie, qu'il ne manquait ni de culture ni de spiritualité, ni de jugement ni de franchise.

« Vous connaissez Fénéos, j'imagine ? lui demanda-t-elle d'un ton hésitant en brisant le silence.

– Le mécanicien des chemins de fer ? Oui, bien sûr ! C'est un homme attachant !

– Nous venons de le quitter au-dessus de la fosse de Kapis, il était en train d'énumérer les lieux où les Allemands ont exécuté des civils, il récitait aussi le nombre de morts pour chaque ville ou village, dit Margarita en s'enhardissant. J'ai entendu dire depuis des années qu'il ne s'intéressait pas à la politique, jusqu'au moment où il est devenu un anticommuniste fanatique. Pourtant, aujourd'hui, il présentait les choses sous un jour différent.

– C'est-à-dire ?

– Il disait qu'en réalité seuls ont été sacrifiés ceux qui ont combattu, en particulier les communistes, qui ont pris le maquis de leur propre chef. Et que les civils exécutés au cours des représailles n'étaient que des victimes accidentelles d'un crime atroce. Que leurs tombes doivent rester humbles, à l'image de leur malchance dans le lâche assassinat qui les a exterminés. Que les gens doivent se rappeler et reconnaître le crime, et non un sacrifice. Il ne l'a pas dit exactement comme ça, mais c'est ce que j'ai compris. »

Kurt me fit remarquer en souriant : « C'est ce qu'Athos a toujours dit. »

Margarita voulait rester indifférente à tout ça, mais elle était aussi dévorée par le désir de comprendre. Comme elle n'y parvenait pas toute seule, elle était prête à adopter le point de vue de quelqu'un pour qui elle avait de l'estime. L'opinion de son père, toute respectable qu'elle fût par ailleurs, ne lui suffisait pas. Léandros ne se mêlait pas de politique, n'avait jamais porté les armes, ne votait même pas, dans ses papiers officiels il était encore un réfugié de la diaspora grecque. Il avait pourtant un sens personnel de la justice qui touchait la fille d'Athos. Mais c'était précisément cela qui le renfermait sur lui-même. Il ne prenait pas part aux discussions, et quand il se mettait à parler de politique, il entrait dans une rage folle, effrayait les autres et finissait fatalement par s'isoler.

« Quelle est la situation en Allemagne ? demanda-t-elle à Kurt de manière quelque peu abrupte. Les communistes sont-ils poursuivis comme ici en Grèce ? » Elle savait qu'elle formulait sa question maladroitement, mais c'était plus un prétexte pour inciter le médecin à parler. « Vous savez, autour de moi à Athènes, ajouta-t-elle, nous n'en parlons pas. Là-bas, les gens veulent oublier la guerre et vivre à présent aussi bien que possible. »

Kurt gardait le silence, le regard fixé sur la poussette vide. On entendit la radio diffuser une marche militaire. La musique provenait de l'intérieur du café. La brise légère l'emporta et la dispersa comme de la poussière dans la lumière du ciel au-dessus du Chelmos. Lefki s'approcha de la table et chercha un verre pour y mettre la camomille qu'elle avait cueillie. Elle retourna vers le parterre de fleurs en tenant un gobelet en plastique, accaparée par sa tâche, le visage couvert de terre. L'horloge de l'église sonna onze heures.

« Écoute, Margarita, lui dit Kurt d'une voix chaude et tranquille, les choses sont relativement simples, mais ces dix dernières années, tant de sang a coulé qu'il faudra encore au moins cinquante ans pour que les gens digèrent ce qu'il s'est passé, pour qu'ils oublient leur humiliation, leurs épreuves, leurs malheurs. Malheureusement, en Grèce, le sang continue à couler pour rien et à obscurcir les esprits. On m'a raconté qu'un communiste clandestin, un intellectuel, était sur le point de mourir dans la maison où il se cachait et que les gens qui l'hébergeaient ne savaient pas où ils iraient l'enterrer, comme s'il s'agissait d'un chien. Dès que les armes se taisent, les questions de la justice concernant les années de guerre relèvent de la politique, et alors malheur au peuple gouverné par des revanchards. La vengeance, c'est de la violence, un instinct animal, alors que la politique, c'est le compromis, la raison, l'intérêt, la tolérance. N'allons pas si loin. Tu m'interroges sur l'Allemagne. Ici, en Grèce, les Britanniques et les Américains sont restés pour aider les vainqueurs. Mais les vainqueurs sont aussi de gauche. Ces derniers n'ont pas participé aux élections en 1946*. J'ai bien peur que

* *Les élections législatives du 31 mars 1946, organisées par le gouvernement Sophoulis dans un climat de terreur contre les forces issues de la Résistance (plus d'un millier d'assassinats politiques, des dizaines de milliers d'arrestations) et considérées par elles comme une mascarade, furent boycottées par la gauche et donnèrent la majorité aux royalistes, vainqueurs des libéraux. Marquées par de nombreuses fraudes, elles donnèrent toutefois au gouvernement l'apparence de la légalité et lui permirent de poursuivre sa politique de restauration du régime monarchique d'avant-guerre et de répression violente contre la Résistance, qui conduisit à la guerre civile dès l'année suivante.*

leur ressentiment et l'intolérance de la droite n'accablent le peuple grec pendant des années encore.

– Mais comment pouvaient-ils participer aux élections ? On les pourchassait, on les persécutait, on les jetait en prison…

– Ce ne sont pas les combattants qui sont à incriminer, mais leur direction, et la direction de leur direction, l'Union soviétique, embarrassées devant la question du pouvoir. C'est à ce niveau que l'affaire s'est compliquée. Les gens de gauche ont très vite été obligés de se justifier : voulaient-ils libérer le pays des nazis ou établir après la guerre leur propre pouvoir au sommet de l'État ? Naturellement les deux. D'une certaine manière, c'était normal, leur idéologie les y poussait. Mais le parlementarisme, la participation au gouvernement qui allait mettre hors jeu leurs protecteurs soviétiques, les divisaient. C'était une interprétation des faits qu'ils étaient malheureusement incapables de concevoir, et entre-temps les cartes avaient déjà été distribuées. En Allemagne, c'était tout à fait clair. Pas seulement parce que c'était le pays vaincu. On l'a divisée en quatre zones – Français, Britanniques, Américains, Russes. Il n'y avait pas pour les Alliés de vainqueur à aider. Leurs armées, comme attendu, se sont installées dans le pays en tant que forces d'occupation. En 1954, il y a déjà quatre ans, l'Allemagne de l'Est a été proclamée État indépendant de Moscou. Elle appartient désormais au bloc soviétique. »

Margarita est à nouveau contrariée. Elle n'obtient pas la réponse dont elle a besoin. La guerre entre

États, ça la dépasse. Ce qui la concerne et la tourmente, c'est la guerre entre les simples individus, la guerre d'un homme avec sa conscience. Elle pose sur Kurt un regard presque suppliant. Le médecin allemand poursuit :

« Fénéos, Athos et moi, nous sommes des survivants des représailles. Comme les Juifs qui dans les camps ont survécu à leur innommable holocauste. Ils nous ont tués et nous avons ressuscité. Nous sommes sortis vivants de notre tombeau. C'est une expérience extrême. Nous avons été confrontés à notre mort, à nous-mêmes. Nous sommes restés tout seuls. Dans notre seconde vie nous n'avons pas été unis à d'autres. Nous n'appartenons à rien. Ni à ce monde ni à l'autre, ni à un parti ni à un clan, ni à une société ni à une idéologie de masse, comme on dit. Fénéos, sur la colline, crie comme un oiseau sauvage, il croit que sa solitude est le centre de la terre. Athos s'entretient avec les arbres. Moi, je me suis expatrié, je parle une langue qui, pour moi, jusqu'à hier, était une langue ancienne. Notre défi a été de voir la vérité avec impartialité et de la dire au monde.

– Est-ce que la situation en Grèce va changer ? Je vois qu'elle ne fait qu'empirer, dit Margarita d'un air embarrassé et réticent, comme si elle se parlait à elle-même. Mon père dit que les choses sont fatiguées de rester toujours pareilles.

– Comme nous l'avons dit, Margarita, les conséquences des deux guerres que la Grèce a vécues, elle va les payer pendant des décennies. Le destin d'une libération est tragique : ses protagonistes doivent en même temps accepter et rejeter la violence qu'ils ont exercée pour leur juste cause. Sinon, le mal renaît de ses cendres, la violence revient. On rétablit la liberté dans un pays avec tambour et trompette, au milieu des vivats. La catastrophe, elle, agit toujours en douce, sape à bas bruit ce qu'on s'efforce de reconstruire innocemment sous de bruyantes ovations.

– Athos dit que la catastrophe a quelque chose du silence de la nature. Vous le pensez, vous aussi ? Qu'est-ce que ça signifie ?

– Cela signifie que ton père a appris à trouver son équilibre sur une troisième jambe, comme Fénéos sur sa béquille. La nature est bonne, maternelle à l'égard de l'homme. L'homme de la nature est le plus humain. Il sait écouter le silence pacifique de la forêt, des rochers, du soleil, de l'eau. Mais ce même silence peut éveiller en lui les sentiments révolutionnaires les plus violents, qui finissent par ne plus différer du conservatisme le plus honteux. Le silence de la nature n'est pas suffisant en soi, parce que l'homme a un penchant à la paresse, à la lâcheté, à la violence. La nudité et la probité de la conscience exigent que l'on se donne de la peine, que l'on renonce à son confort. Le silence de la nature réclame sa liberté quand se dresse devant elle le spectre de la catastrophe. Et seul l'esprit de l'homme peut lui apporter cette liberté, l'audace de la singularité en lieu et place de l'opinion commune à la plupart des gens. Le paria Fénéos s'est regardé droit dans les yeux, et il a clairement vu ce qui n'a pas d'importance sociale, mais qui est la vérité de tous, mise à nu, sans défense, sans le soutien de compagnons. Il a assumé la part personnelle de souffrance qui lui revenait et la porte sans rechigner. Tu te demandes ce qu'est le silence de la nature ? Vois la bouche grande ouverte, muette, de ta petite fille quand elle nous regarde. Peux-tu distinguer si c'est parce qu'elle est éblouie ou parce qu'elle a peur ? »

Kurt s'arrêta de parler et demeura pensif, les yeux fixés sur l'enfant qui jouait dans le parterre de fleurs. Après un moment d'hésitation, Margarita cria à Lefki de venir auprès d'eux. Le garçon se tenait près de la table. Il apportait des boissons et des pitas. Le soleil était à son zénith au-dessus du centre de la place. L'enfant s'approcha lentement et se blottit dans les bras de sa mère. Elle regardait Kurt de ses grands yeux noirs, en silence, et laissait pendre sa lèvre humide et rouge.

« J'ai appris que vous retournez en Allemagne, dit la jeune femme, changeant de sujet de conversation.

– Oui, je pars dans quinze jours. Pour commencer, je vais habiter à Hambourg. Ensuite, j'irai dans les Alpes, où on m'a trouvé un poste dans un sanatorium. Je me suis accoutumé à la vie dans la montagne », répondit Kurt en souriant d'un air différent, comme s'ils entamaient à peine leur conversation. La nouvelle horloge, celle du clocher de gauche, sonna dix heures. Margarita regarda l'ancienne, sur le clocher de droite. Ses aiguilles usées par le temps étaient arrêtées à l'heure où avait eu lieu l'exécution, le 13 décembre 1943, quinze ans plus tôt : deux heures trente-quatre. On ne l'avait pas réparée, on l'avait laissée ainsi exprès, comme un monument, pour rappeler cet instant fatal. Kurt suivit le regard de la jeune femme. L'horloge désormais inutile, muette comme une tombe, le regardait d'un air triste, qui n'avait rien de fier en tout cas. Elle lui fit penser à un visage défait.

« Drôle de façon de garder la mémoire vivante, dit d'un air distrait le médecin allemand. Le temps qui ne s'écoule plus. Chaque fois qu'Athos voit cette ancienne horloge, ça le met en colère, ça le révolte. Ensuite, il se sent coupable d'avoir survécu… »

Margarita se rappela que ses parents auraient dû être déjà sur la place, comme ils le lui avaient promis. Elle les chercha en jetant un coup d'œil autour d'elle. Elle les vit alors qui s'éloignaient en lui tournant le dos, sur le faux plat de la route qui montait vers le cimetière. Athos et Marianthi marchaient côte à côte, d'un pas lent, presque solennel, baignés dans la lumière du soleil de midi. Ils montaient et autour d'eux s'étendait la solitude des champs. Cernées par les vapeurs qu'exhalait la terre en ce mois d'août, leurs silhouettes semblaient plus pâles, diaphanes, presque irréelles.

Cette fois, ils vont peut-être trouver le tombeau de Giannos vide, se dit-elle.

Troisième partie
(tirée des écrits laissés par Lefki)

LE CRIME À L'ORÉE DE LA FORÊT

LA BARQUE SOUS LA LUNE GLACÉE

Ils les réveillèrent aux premières lueurs du jour, leur ordonnèrent de s'habiller et les firent sortir dans la cour. Marsélos, son père et sa mère. Les hommes qui les avaient faits prisonniers portaient une tenue militaire, les menaçaient de leur arme, leur parlaient en albanais, mais n'étaient pas albanais. Ils leur demandèrent d'avancer sur la route jusqu'au bout du village. Ils les suivaient avec leurs armes pointées sur leur dos. Toutes les habitations étaient vides, abandonnées, plusieurs brûlaient encore. Ils atteignirent les dernières maisons. Ils les dépassèrent, prirent à travers champs. En cours de route, ils étaient rejoints par d'autres prisonniers venus de différentes directions. Il y avait à présent une grande concentration de personnes : des hommes, des femmes, des enfants, des vieillards. Tous ensemble, ils formaient un grand convoi qui recouvrait la rue principale de l'agglomération et débordait dans les champs. On les conduisit aux entrepôts à grains. Plus loin commençait la forêt. On fit le tri devant ces grands bâtiments. Les hommes furent parqués dans le hangar où se trouvaient les machines, les autres, vieillards, femmes et enfants, dans les baraquements en bois qui lui faisaient face. On les surveillait. Les gens obéissaient, faisaient ce qu'on leur disait de faire, ne soufflaient mot. Affolés, ils ne jetaient même pas un regard sur leur voisin. Ils rejoignaient, tête basse, l'endroit qu'on leur désignait. Tous les habitants furent entassés dans les entrepôts et les baraquements. Alors, ceux qui montaient la garde en uniforme se mirent à hurler. Ils donnaient de nouveaux ordres. Ils tiraient les hommes hors du bâtiment par groupes de six, les plaquaient contre le mur et les exécutaient. Cela dura longtemps. Les armes à feu tiraient sans arrêt. Ils approchaient leurs camions et chargeaient les cadavres sur les remorques. Des baraquements où se trouvaient femmes et enfants, plus loin, on n'entendait rien. Deux ou trois soldats s'approchèrent, ouvrirent les portes, se plantèrent sur le seuil et se mirent à faucher de leurs armes à long canon tout ce qui se trouvait devant eux. Cela dura près de trois heures au total.

Marsélos et ses parents suivaient la scène à distance, d'abord cachés derrière le mur de clôture de la dernière maison. Ils avaient réussi à se glisser hors de la colonne de ces condamnés à la mort. Presque par hasard. Puis ils traversèrent les pièces enfumées, passèrent dans la cour de derrière, se terrèrent dans la réserve de bois et attendirent que les armes se taisent. Ils étaient momentanément sauvés. Plus tard dans la journée, sous un ciel de plomb, ils entrèrent dans la forêt de hêtres et prirent le chemin du lac de Skodra. Ils passèrent la nuit au monastère de Kom, cachés dans le clocher de pierre. Ils ne se montrèrent même pas aux moines. Le lendemain matin, ils montèrent tous trois dans une barque qu'ils trouvèrent amarrée dans le marécage et se mirent à naviguer le long des côtes du sud de l'Albanie dans l'intention d'aller jusqu'à Corfou. Ils avaient fait provision de nourriture et d'eau. Ils s'arrêtèrent un peu avant Durrës. Le père de Marsélos descendit chercher des vivres. Ils poursuivirent ensuite leur navigation jusqu'à la nuit. Ils accostèrent dans une crique peu profonde près de Kavajë et s'endormirent enlacés, se couvrant de bâches pour se protéger de l'humidité. Il faisait froid, il pleuviotait presque sans arrêt. Pendant tout le trajet, ils parlaient très peu, seulement quand c'était indispensable. Ils écoutaient le clapotis de l'eau, que la barque déchirait comme un tissu. C'étaient des eaux dormantes qui ne les gênèrent pas du tout pendant leur traversée. Même la nuit. Les rochers, le long de la côte, étaient effrayants. Si la mer venait à être agitée, leur barque se briserait, leurs corps s'empaleraient sur leurs pointes acérées en même temps que les planches et les madriers.

Le lendemain, à l'aube, la barque retrouva son cap d'elle-même. Dans le ciel, une pleine lune glaciale les accompagnait. Ils parvinrent à Vlorë. Ils eurent du mal à franchir le golfe. Il fallait qu'ils gagnent le large. La couleur de la mer changea. Avant d'atteindre Saranda, ils firent halte dans une crique. Le père arrima la barque et descendit à terre. Des gens étaient regroupés sous un hangar. On voyait un caïque de pêcheur renversé et des filets étalés sur le sable. Des hommes gesticulaient et marchaient de long en large. Le père remplit un bidon d'eau à une fontaine, à l'extérieur d'un magasin fermé. Quelqu'un s'approcha de lui. Ils semblaient discuter paisiblement. L'homme qui s'était approché de lui riait. Les autres le hélèrent pour lui dire quelque chose depuis le hangar. Le père esquissa un geste pour s'en aller. Ils l'arrêtèrent. Ils le bousculèrent. Le père s'emporta, eut des mots avec eux, gesticula. Deux autres hommes s'approchèrent. À présent, ils parlaient tous ensemble. Inquiète, la mère cria depuis la barque le nom de son mari. Les hommes qui avaient encerclé le père riaient maintenant entre eux. L'un d'eux prit le bidon, l'inclina et commença à le vider. Le père essaya de l'en empêcher. Un autre le frappa dans le dos. Le père hurla et s'affaissa. Debout dans la barque, la mère s'écria : « Ils l'ont poignardé. Ils l'ont poignardé. Assassins ! » On entendit un coup de pistolet. La mère se plia en deux en se tenant le ventre. Elle saignait. Elle s'assit, se pencha en avant, roula sur le dos au fond de la barque sans desserrer les dents. Marsélos, toujours assis, donna d'un coup de rame une impulsion à la barque pour la décoller de la vase et partir en glissant sur l'eau. Il s'éloigna. Il ne se retourna pas pour regarder en arrière vers le continent. Il gardait les yeux rivés sur le trou que faisait la rame en s'enfonçant dans l'eau. Très vite ses forces l'abandonnèrent. Il avait observé comment son père dirigeait la barque. Il mit le moteur en marche. Il lui restait encore un petit bidon d'essence. Effrayé par le bruit, il arrêta le moteur.

La barque, maintenant, glissait toute seule le long de la côte. « En face, c'est Corfou », avait dit son père avant de descendre à terre. Il naviguait tranquillement, sans bruit. Il s'approcha de sa mère. Elle avait les yeux ouverts. Il les caressa et les ferma. Il la couvrit.

Il resta sur le côté gauche de la barque, celui qui longeait la côte, en tenant la rame comme une arme. Si la barque se dirigeait vers les rochers, il éviterait la collision d'un coup de rame. Le soleil avait disparu depuis un long moment. Il ne pensait à rien. Il ne sentait rien. Il n'entendait rien. Il voyait seulement les ténèbres qui l'entouraient. La barque avançait toute seule. À un moment, il lui sembla qu'elle s'était arrêtée. Alors, il se coucha et s'endormit. Quand il ouvrit les yeux, le jour s'était levé. Il vit que la barque s'était enfoncée dans une crique évoquant l'entrée d'une grotte marine. Elle avait heurté un obstacle. Il sortit de là en ramant et poursuivit son périple en longeant la côte. La lumière du jour commençait à l'aveugler. Marsélos aperçut alors une langue de terre. Hypnotisé par le vol d'une mouette, il sentit la barque approcher de la plage. Ébloui par la lumière, il voyait flotter devant lui un grand lit blanc. La barque se posa doucement sur le fond. Il se coucha et s'endormit à nouveau sur son banc de bois.

L'enfant était arrivé à Prévéza. C'était jour de fête nationale, le 25 mars 1998. Il y avait beaucoup de monde dans les rues. Des pêcheurs découvrirent sur le rivage, près du port, la barque avec un cadavre de femme et l'enfant endormi. Marsélos n'était pas en mesure de leur donner la moindre explication. Il ne parlait pas, n'entendait pas ce qu'on lui disait, ne pouvait même pas se lever de son banc. Non sans mal, ils le tirèrent de la barque, mais il lui était impossible de tenir droit et de marcher. Il fut soigné pendant quatre semaines à l'hôpital de la ville. On diagnostiqua un choc émotionnel, avec des symptômes d'aphasie et de surdité. Il était suivi par un psychiatre qui, avant que l'enfant ne fugue de l'établissement, parvint seulement à le faire se lever de son lit après le repas et à marcher avec lui dans les couloirs et le jardin. Il réussit aussi à lui arracher son âge, que Marsélos écrivit sur une feuille en formant le chiffre 10. Le médecin avait conclu que le petit comprenait le grec. La vérification des éléments recueillis par la police montra que sa mère était morte sur le coup d'une balle dans le cœur : c'était une Grecque d'Épire du Nord et son père, tué lui aussi, d'un coup de couteau dans le dos, était un Albanais catholique. La famille habitait dans les faubourgs de Skodra.

L'enfant erra pendant trois mois dans un état semi-sauvage. Il dormait dans des parcs, des étables, sous des ponts. Il se terrait dans les bois, montait dans les arbres et se perchait sur une branche pour se reposer. Dans la forêt il trouvait de quoi se nourrir, des glands, de l'herbe, des racines, des bulbes. Dans les champs il remuait la terre avec des pierres et en tirait des navets et des pommes de terre qu'il mangeait crus. Il ne s'attardait pas dans les hameaux et les villages autour des bois, comme s'il se sentait recherché. Il mendiait devant les restaurants, les magasins d'alimentation, les étalages sur les marchés. À la campagne, il se cachait dans les fermes et mangeait la nourriture destinée aux animaux. Il se déplaçait vers le sud, sans en avoir conscience, au hasard, en montant incognito dans des bus et des camions. Il traversa la mer dans le ferry-boat qui relie Rio et Antirrio et parvint dans le Péloponnèse. Il était épuisé, amaigri, sale, ses vêtements étaient en lambeaux lorsqu'au début du mois de juillet il se retrouva à Diakofto et se faufila dans un wagon du train à crémaillère. Le contrôleur le repéra et le fit s'asseoir à côté de lui, du côté de la fenêtre pour qu'il profite du paysage. Il lui offrit des biscuits et une boisson. « L'enfant s'extasiait devant le train qui escaladait les rochers, au-dessus des gorges, me dit plus tard l'employé. Il s'était détendu et se sentait comme chez lui. En général, les enfants ont peur quand ils passent au-dessus des gorges du Vouraïkos. » Dès qu'ils descendirent du train, à la gare de Kalavryta, le contrôleur remit le jeune étranger à la police. Je ne sais pour quelle raison, par hasard peut-être, quelqu'un leur suggéra : « Téléphonez à Lefki. » Ils appelèrent aussitôt l'hôpital depuis le commissariat et demandèrent à me parler en personne, pour que nous prenions en charge « un jeune garçon chétif, sourd-muet, qui pleure, ne cesse de vomir, est agité de spasmes quand on le couche et qui, une fois tranquillisé et assis sur une chaise, balance sans arrêt son corps de part et d'autre, en avant et en arrière, en émettant des borborygmes étranges, inarticulés ». Telle était la description donnée par le policier compatissant et paniqué.

Pendant toute la première semaine, je suis restée à son chevet jour et nuit. J'avais, du reste, l'habitude de dormir à l'hôpital. Je ne voyais pas la nécessité de rentrer chez moi puisque je devais me retrouver à mon poste le lendemain. Il y avait déjà onze ans que je vivais à Kalavryta, depuis 1987. À mon retour d'Amérique, après mes études, j'avais tout de suite travaillé à l'hôpital comme anesthésiste, ma première spécialité. J'avais fondé un peu plus tard, dans le même établissement, la Clinique de la Douleur, de manière informelle, puisque de telles pratiques thérapeutiques n'étaient pas encore reconnues en Grèce. J'y appliquais la médecine naturelle, un savoir que je dois à un oncle lointain qui m'avait soutenue et assistée pendant toutes mes années d'études à Boston, un médecin naturopathe, un des fondateurs de cette discipline. « Le malheur avec les médecins, me disait-il, c'est qu'ils se fixent surtout sur la maladie et qu'ils en oublient le malade. On dirait que c'est un mur, un arbre, un pot de fleurs qui est malade. Ils le traitent cliniquement et, dès le lendemain, demandent à l'ancien malade de retourner à sa vie ordinaire. Comme le médecin de guerre qui extrait la balle de l'épaule du soldat et le renvoie aussi sec au combat. » Tout traitement requiert un temps pour agir et, en attendant, le malade a besoin d'un suivi, de conseils, d'exercice physique. Comme le patient atteint d'une maladie grave qui voit son séjour sur le seuil de la mort se prolonger et a alors besoin d'un accompagnateur pour lui tenir compagnie et l'aider à le franchir le moins douloureusement possible. « Nous montons seuls dans la barque de l'Achéron, disait mon oncle Vladimir, mais il y a toujours une présence invisible pour nous tenir secrètement la main. Et malheur à celui que son imagination et son esprit n'aident pas, au moment de mourir, à créer le compagnon indispensable qui le fera descendre dans l'Hadès. En réalité, on ne meurt jamais seul, mais avec la pensée que tous les hommes meurent, avant ou après soi. »

Quand nous sommes venus en Grèce, ma fille Iokasti* avait dix ans. Comme Marsélos. Elle ne voulait pas me suivre à Kalavryta. Elle est restée avec sa grand-mère Margarita et elle est allée à l'école à Athènes. Elle ne voulait même pas venir me voir ici, et chaque fois qu'elle le faisait, c'était pour faire plaisir à ma mère. Elle disait que je lui faisais peur, que je lui inspirais un fort sentiment de solitude, qu'elle était jalouse d'Athos. Elle n'a pas connu son père. Aujourd'hui encore, elle me reproche de l'avoir mise au monde pour que nous profitions ensemble de la vie, sans que je lui aie jamais fait partager cette joie, puisque tout ce que je savais faire, c'était accompagner des gens dans la maladie et dans la mort. Elle s'efforce depuis sa tendre enfance de comprendre la vie humaine à travers les livres. À vingt-deux ans, aujourd'hui, il semble qu'elle va devenir une professeure de lettres charismatique. L'étude, la lecture effrénée sont pour elle une espèce de thérapie parallèle destinée à combattre des sentiments destructeurs

* *Iokasti est la forme grecque du nom du personnage mythologique francisé en Jocaste. Il est courant en Grèce de donner des prénoms tirés de personnages historiques ou mythologiques de l'Antiquité.*

dus à un vécu de perte et d'absence. Mais leur excès fait éclore une nouvelle maladie : on ne peut alors plus vivre la vie réelle qu'en imagination, comme une affabulation. Peut-être Iokasti apprend-elle, comme moi, à trouver un équilibre entre la thérapie et la maladie, en s'occupant non pas du corps des malades, mais de celui des textes dans lesquels elle se plonge et voyage mentalement. En tout cas, le point noir de notre relation, ce sont nos disputes au sujet d'Athos. L'embarras que lui inspire la figure de son arrière-grand-père, le forestier, l'exaspère, la blesse, la désespère. Aussi loin que remontent ses souvenirs, elle a toujours entendu parler d'Athos, mais elle ne l'a jamais vu et ne peut pas même avoir la certitude que cet homme existe vraiment. Quand elle interroge Margarita, celle-ci hoche la tête d'un air entendu, mais Iokasti ne comprend pas ce qu'elle veut dire. Elle se contente du sourire rassurant que lui adresse ensuite sa grand-mère. Quant à Marianthi, son arrière-grand-mère, elle est désormais inaccessible, plongée dans la démence, clouée sur son fauteuil dans une institution.

Marsélos s'est vite rétabli. Nous lui avons administré de puissantes piqûres et, comme il refusait obstinément de manger, nous l'avons nourri par perfusion. J'ai gagné peu à peu sa confiance. Il a commencé à accepter un repas normal, à communiquer avec moi par signes, à me regarder tranquillement dans les yeux. Nous nous promenions tous les jours sur les pelouses dans la cour de l'hôpital ou dans le parc voisin. Je lui décrivais tout ce que nous voyions et il semblait m'écouter avec attention, participer, enregistrer les mots, sauf qu'il ne me le confirmait pas, qu'il les gardait pour lui. J'ai recueilli de l'hôpital de Prévéza et de la police tous les renseignements le concernant. Bien des choses n'avaient pas été élucidées. Comment l'assassinat de sa mère était-il survenu ? Combien de temps avait-il passé seul dans la barque ? Avait-il subi lui-même des violences physiques ? Comment avait-il vécu ses trois mois d'errance, jusqu'à ce que le hasard le conduise au train à crémaillère ?

J'ai parlé de l'enfant à Athos. Il vivait toujours sur la Crête-des-Sapins, dans sa cabane, âgé maintenant de quatre-vingt-huit ans. Il avait un commis – c'est ainsi qu'il le désignait –, le jeune forestier en poste à Kalavryta, qui veillait sur le vieil homme et suivait ses conseils, lui donnant le sentiment d'être toujours utile. Le jeune « forestier » était en fait un ingénieur agronome spécialisé dans la sylviculture, détaché au Service des eaux et forêts de Kalavryta auprès du forestier responsable du secteur – lequel exerçait simplement les fonctions de police des forêts. La nouvelle maison forestière n'était qu'à un kilomètre de la cabane d'Athos et Diogénis, le commis en question, se trouvait constamment auprès du vieillard. Ils partageaient un même amour et un même respect de la nature, échangeaient les secrets des arbres et, bien entendu, Diogénis avait pris sous sa protection le monument d'Athos, la chênaie du Mont-Forêt. Les chênes et les cèdres y avaient à présent cinquante-cinq ans, l'âge mûr. Moi, j'avais quarante-trois ans. Depuis ce jour d'août 1958 où Margarita et moi étions assises sous l'acacia de la place et faisions nos adieux à Kurt qui rentrait définitivement en Allemagne, quarante ans s'étaient écoulés. Combien de fois, depuis lors, ma mère avait évoqué cette journée, comme si elle signifiait quelque chose d'important pour elle ! Athos se plongea à cette époque dans son silence. Ce fut une décision lucide, existentielle.

Lorsqu'il a entendu l'histoire de Marsélos, il a paru très perturbé. Il suivait les événements du monde, était au courant des développements de la guerre en Yougoslavie, mais s'exprimait rarement. Au lieu de donner son avis, il préférait aller informer les siens, qui se dressaient fièrement sur le versant du Mont-Forêt. Quels que fussent les tourments de l'humanité qui leur parvenaient, rien n'ébranlait leur épaisse forêt. D'ordinaire, Athos allait seul voir ses compagnons, à une heure de marche de sa cabane, et restait auprès d'eux jusqu'à la tombée de la nuit. C'est là que je lui ai parlé de Marsélos. Je lui ai dit que tôt ou tard je devrais quitter l'hôpital et que je songeais à l'adopter. Je lui ai demandé s'il acceptait de le prendre quelque temps dans sa cabane, en guise de préparation, avant que nous l'inscrivions à l'école. Je cherchais, lui ai-je dit, un moyen de le guérir du choc violent qu'il avait subi. L'aphasie s'était installée. Il avait été examiné par des collègues neuropsychiatres, après que les recherches diagnostiques n'avaient montré aucune trace de pathologie. Jusqu'alors aucun traitement n'avait donné de résultats.

Athos a fermé les yeux et s'est renversé en arrière contre le dossier de sa chaise. Il réfléchissait toujours un long moment avant de parler. Il arrêtait ce qu'il avait à dire et c'est alors seulement qu'il prenait la parole. À sa manière habituelle, énigmatique, il m'a fait une proposition qui m'a agréablement surprise : que je passe mes congés d'été dans sa cabane avec l'enfant. Tous les trois. Il voulait le connaître.

Au contact du vieil homme, Marsélos se métamorphosait de jour en jour. On aurait dit qu'il avait retrouvé sa patrie, son environnement familial. Il mangeait normalement, comme nous, après avoir senti le plat qui était dans son assiette, comme s'il voulait le reconnaître et se rappeler son nom avant même d'y goûter. Il ne prononçait pas le mot, mais posait sur moi un regard vif, intense, comme pour me dire qu'il savait ce qu'il mangeait puisqu'il avait le nom du plat sur le bout de la langue. Il s'acquittait avec empressement des petits travaux qu'Athos lui confiait, allait faire un tour seul sans aller au-delà d'une distance qui me permettait d'avoir l'œil sur lui, comme s'il avait besoin lui aussi du fil invisible qui jusqu'alors nous avait rattachés l'un à l'autre. Il communiquait efficacement par le regard ou par les figures qu'il dessinait en agitant ses mains, demandait du papier et dessinait avec des crayons de couleurs que je lui avais offerts. Au début, il cachait ses dessins dans son sac, avec ses vêtements, refusait de me les commenter quand je le lui demandais. Puis, il s'est mis à étaler sur l'herbe les feuilles couvertes de dessins, devant Athos et moi, en les calant avec des pierres, attendant notre réaction à tous deux. Il se renfermait sur lui-même pendant des heures, puis venait vers moi impatient et joyeux, comme pour me livrer ce qu'il avait médité dans son isolement, parce qu'il le ressentait comme quelque chose de positif, comme une marque de reconnaissance envers les soins qu'on lui prodiguait, qu'il n'avait cependant pas le moyen d'exprimer, privé qu'il était de la parole. Il vous fixait alors droit dans les yeux avec insistance, avant de baisser le regard avec timidité, presque avec soumission, comme un animal domestique.

Un jour, tout à fait inopinément, Athos nous proposa une excursion au lac de Tsivlos. Nous partîmes le lendemain, avant même le lever du jour, dans la jeep de service de l'Office des forêts conduite par Diogénis. Pour Athos, l'aube est la meilleure heure de la journée, celle où la lueur inanimée de la lune passe le relais à la lumière vivifiante, écarlate, généreuse et animée du soleil dont l'éclat éloigne les cauchemars de la nuit. C'est le seul moment où la ligne de crête des montagnes s'unit au ciel, nous disait-il dans la voiture en nous incitant à observer le soleil qui se levait à l'horizon et en insistant sur le fait que ce phénomène ne se produisait qu'au lever du jour, et non au couchant. Cette union m'apparut alors comme un heureux présage et je me tournai vers Marsélos, assis silencieusement à côté de moi sur la banquette arrière. Ses yeux grands ouverts, immobiles, regardaient devant lui, en droite ligne, par-dessus l'épaule du conducteur, pour que son regard puisse traverser le pare-brise et plonger au-dehors dans ce vaste paysage inconnu. Avait-il entendu les paroles d'Athos ? En avait-il compris la signification ?

Après avoir pris l'autoroute en direction de Klitoria, longé les versants du Chelmos couverts de très hauts sapins et dépassé le mont Néraïdorachi et les eaux du Styx*, nous arrivâmes finalement à Zarouchla et aux Kloukinochoria**. Athos nous conseilla de laisser la voiture et d'emprunter à pied le chemin qui conduisait au lac. Tandis que nous avancions comme hypnotisés sous le couvert des arbres, entendant le cri lointain des mouettes, il ajouta : « On dit que, quand on passe dans la forêt de Zarouchla, on entend les arbres raconter d'incroyables histoires sur les Allemands et les maquisards qui remontent à l'époque de la guerre. À une condition cependant : qu'on traverse le lac en barque jusqu'à la rive d'en face, et non en faisant le tour à pied. » Je le regardai interloquée et demandai à Marsélos, dans notre langue par signes, s'il était d'accord pour poursuivre notre excursion de cette manière. Les deux hommes connaissaient parfaitement le coin. Un sentier qui descendait en

* *Une source située dans le massif du Chelmos, que l'on montre encore, passait dans l'Antiquité pour être la source du Styx, fleuve des Enfers.*

** *Les Kloukinochoria sont un site au pied du Chelmos. Ils tireraient leur nom d'une dépendance du monastère de Cluny (Cluny + « choria » qui signifie « villages ») établie là par l'archevêque de Patras à l'époque de la domination franque sur le Péloponnèse.*

diagonale, couvert de pierres plates comme des galets et bordé de bruyères à droite et à gauche, nous amena à un ponton. L'eau était verdâtre sur toute la longueur de la rive où d'énormes hêtres se reflétaient sur la surface du lac. Le soleil, ardent maintenant, trouait leur feuillage en fractionnant leur ombre.

Une barque, solitaire, paraissait nous attendre. Nous y montâmes tous les trois. Diogénis devait revenir sur ses pas et nous rejoindre en voiture sur la rive opposée avec les provisions. Marsélos s'assit sur la proue. Il semblait effrayé. Je me mis à ramer. La rive s'éloigna. Mais pendant que nous glissions doucement vers le centre du lac, la forêt nous suivait. On aurait dit que les arbres marchaient sur l'eau, ne voulaient pas se séparer de nous et qu'ils étendaient leurs branches pour nous arrêter. Athos rama à son tour, mais il fut vite fatigué et, comme je m'apprêtais à prendre la relève, le gamin quitta brusquement la proue, se dressa au milieu de la barque et me demanda d'un geste de lui céder la place. À présent, Marsélos ramait lentement, d'une main ferme, bien qu'avec difficulté. À un moment, il s'arrêta. Il regardait en direction de la rive, perdu dans ses pensées. Je lui demandai s'il souhaitait que je prenne sa place. Il ne m'entendit pas ou ne prêta pas attention à mes paroles. L'eau s'était maintenant colorée d'un noir velouté. Nous nous balancions à un rythme imperceptible, comme dans un bercement. Athos se pencha au-dessus de l'eau et en caressa la surface, comme il le faisait d'ordinaire avec l'herbe sur terre. Des mouettes argentées descendaient très bas, en coupant la lumière du soleil, en déchirant de leurs ailes de petits nuages duveteux. Marsélos leva les yeux, rejeta sa tête en arrière en suivant le vol des oiseaux et appuya son dos sur mes genoux. Il riait aux larmes. Plus exactement, il ne riait ni ne pleurait. Il se retourna brusquement, troubla la tranquillité des eaux et se jeta dans mes bras tout en poussant des cris inarticulés, en prononçant au milieu de sanglots déchirants des mots inconnus de nous. Athos prit aussitôt les rames, inspira profondément et conduisit notre embarcation tout droit vers les platanes de la rive qui se dessinait devant nous, tandis que, dans le lointain, les premiers sapins de la forêt de Zarouchla perdaient leur éclat.

Là, à l'ombre généreuse de larges feuilles, autour d'une table improvisée avec le repas que Diogénis avait préparé en nous attendant, Marsélos se mit pour la première fois à parler dans une langue fluide mais incompréhensible, un mélange de mots grecs et albanais, entrecoupé d'hésitations, de halètements, de brusques silences. Quand il fut plus calme, je lui posai des questions auxquelles il répondit chaque fois par un seul mot, en utilisant seulement des mots grecs. Quelques jours plus tard, un soir dans la cabane, il nous décrivit, avec des détails que seul un enfant est capable d'enregistrer dans sa mémoire, son voyage en barque sur l'Adriatique le long des côtes albanaises, en nous demandant qui étaient ceux qui avaient tué les gens de son village près de Skodra, qui étaient les assassins de ses parents. Nous ne savions que lui répondre.

Le gamin resta avec Athos jusqu'à la fin octobre. J'allais les voir les samedis et dimanches. Athos, comme il l'avait fait autrefois avec Kurt, lui dessinait les arbres les plus bizarres qui poussent sur la terre, lui apprenait le nom grec des plantes, et ils étudiaient ensemble l'écriture et la lecture, bien qu'il ne fût pas encore question d'inscrire Marsélos à l'école. Son intégration paraissait difficile, son insertion dans une classe problématique. De mon côté, je m'occupais des démarches en vue de son adoption et de sa régularisation. En novembre, il s'installa chez moi, en ville, non loin de l'hôpital. Il était accommodant, gentil, peu bavard mais toujours affairé à quelque activité, il avait l'air de se faire à sa nouvelle vie. La peur et la méfiance semblaient avoir disparu de son regard, toutes les données de sa courte vie paraissaient dans une certaine mesure sous son contrôle, pour autant que cela ait un sens chez un enfant de dix ans. Telle était en tout cas mon ambition. Je faisais en sorte qu'il vive tous les changements comme s'ils découlaient de ses décisions et de ses désirs.

Au début du mois de décembre, Marsélos monta avec Diogénis à la cabane du Chelmos. Athos lui manquait, il recherchait sa compagnie. Par un matin glacial, ils partirent tous trois en randonnée pour le Mont-Forêt. La veille au soir, ils avaient parlé de la chênaie au gamin. Ils lui dirent que c'était sur ce versant de la montagne qu'avaient trouvé refuge les âmes d'environ cinq cents hommes, métamorphosées avec le temps en chênes et en cèdres. Diogénis lui décrivit les représailles allemandes de 1943, au cours desquelles son grand-père avait trouvé la mort, et Athos ne manqua pas de lui expliquer que les glands qu'il enterrait avaient un cœur humain qui battait dans le tronc de l'arbre quand celui-ci avait grandi, quand il avait atteint l'âge d'homme. Quand il aperçut les arbres-hommes, le gamin rayonna de joie comme s'il rendait visite à de lointains parents. Diogénis et Athos le laissèrent un moment seul à la lisière de la chênaie et s'éloignèrent en dévalant la pente pour aller libérer deux énormes chênes de leurs branches sèches qui se mouraient lentement au milieu d'un feuillage sain et vigoureux. Peu de temps après, dans la torpeur du petit matin, retentit un sinistre coup de feu. Athos leva les yeux vers le ciel pour voir si des oiseaux volaient. Rien. Il fut étonné. Quand ils remontèrent vers les hauteurs, à l'endroit où ils avaient laissé Marsélos, ils le trouvèrent en sang, étendu mort dans la neige.

Le 13 décembre, quelques jours plus tard, la ville s'apprêtait à « fêter », comme disaient ses habitants, le cinquante-cinquième anniversaire de l'« Holocauste » de Kalavryta. Le vieux forestier, qui n'avait jamais mis les pieds à la cérémonie en question, décida d'y assister. À mon corps défendant, parce que je n'avais aucune inclination pour cette commémoration annuelle, je l'accompagnai jusqu'en haut de la colline. Nous prîmes place avec embarras au milieu d'une nombreuse assistance. Autour de nous se dressaient les énormes plaques commémoratives en béton gravées des noms des suppliciés. Athos demanda à prendre exceptionnellement la parole après les officiels. Il lut un discours qu'il avait écrit :

Chers concitoyens,

Il y a dix jours, on a retrouvé un enfant mort au Mont-Forêt. Si un chasseur l'a atteint par erreur d'une balle perdue et s'il se trouve ici parmi nous, je le prie de se manifester et d'avouer son acte involontaire. Sinon, notre communauté demeurera à jamais stigmatisée par un crime abominable dont nous ne comprenons pas comment et pourquoi il a eu lieu dans notre ville.

Il s'arrêta quelques minutes et regarda la foule devant lui comme s'il attendait d'elle une réaction. Personne ne fit un geste, personne ne prit la parole. Il poursuivit :

Voilà des années que je n'ai pas ouvert la bouche. Mais vous connaissez désormais mes idées et mon travail de forestier auquel j'ai consacré toute une vie. Je ne suis pas venu vous parler des Turcs et des Allemands qui autrefois ont mis la Grèce à feu et à sang, mais d'une barque qui aujourd'hui conduit ses passagers à la mort. Je suis très vieux, très fatigué, attristé, et je n'ai pas le courage d'agir. Ces barques, c'est tout ce que j'ai à vous dire, vont être de plus en plus nombreuses. Oubliez les représailles allemandes. Souvenez-vous et souciez-vous du dernier crime, car si vous ne commémorez que l'ancien, surtout avec un tel zèle, vous n'aurez plus ni yeux ni oreilles pour vous inquiéter du nouveau, pour ranimer votre volonté d'empêcher qu'il ne se répète.

Cet autel en souvenir des victimes, s'il s'agit bien de cela, est un magnifique monument et les paroles que vous entendez dans les haut-parleurs évoquer l'exécution de 1943 sont un vibrant éloge à la mémoire des héros et des martyrs de la nation. Dieu, dois-je vous le rappeler, a demandé à son peuple un autel en terre, et non en pierres de taille, parce qu'il aurait considéré cela comme un sacrilège.

Les choses ont été plus simples, vous les avez vécues. Si vous n'aviez pas idéalisé la mort à ce point, vous auriez été en mesure de comprendre le crime des nazis et tout crime perpétré contre des innocents, de comprendre la guerre civile qui a divisé notre pays et d'œuvrer avec impartialité à sa reconstruction après le départ des Allemands, en dépit des terribles difficultés auxquelles vous aviez à faire face.

Jésus, lorsqu'il faisait des miracles, parce qu'il avait compris qu'on venait le chercher pour faire de lui un roi, est parti seul dans la montagne. Le refus du pouvoir est le premier souci si l'on veut gouverner avec efficacité et justice. L'encens que l'on brûle pour les sacrifices voile les actes criminels, et ce voile fait obstacle à la compréhension.

J'ai toujours admiré les femmes simples de notre pays qui ont alors réussi à survivre. Je sais gré, dans ma vieillesse, à ma femme Marianthi et à ma fille Margarita de m'avoir laissé agir à ma guise quand je les ai quittées pour vivre ma mort auprès de mes camarades exécutés. Et j'ai trouvé là plus de sincérité et d'humilité pour comprendre le crime que l'on commet contre son semblable.

J'invite à nouveau le meurtrier de l'enfant à se manifester. Je l'en supplie. Qu'il ait agi volontairement ou non, je le prie d'assumer sa responsabilité et celle de la communauté. L'indifférence au bien commun est la faute la plus grave.

Je l'ai soutenu, le voyant ployer sous son propre poids. Il était à deux doigts de s'écrouler. La foule se taisait. On entendit à peine un discret applaudissement venu de l'assemblée des femmes en noir. C'était Evdokia qui, jeune médecin à Planitéro, avait été la première à soigner les survivants Athos et Kurt. Très âgée et diminuée, elle était assise dans les premiers rangs devant le monument. Elle applaudissait seule et dodelinait sa tête chenue comme si elle avait voulu dire quelque chose. Mais elle ne pouvait parler.

IOKASTI L'INFIDÈLE

Vladimir recevait toujours ses patients vêtu de sa blouse blanche de médecin. Une cravate en velours couleur café, négligemment nouée, entourait le col de sa chemise, sous sa blouse. Dans la Clinique de la Douleur, où il avait accepté d'être chirurgien sans en tirer aucun profit personnel, quand il voyait en salle de réanimation un malade en phase terminale ou un opéré en salle de réveil, il refusait de considérer leur mort imminente comme quelque chose de naturel et d'inévitable, à la manière de la plupart des médecins de l'hôpital de Boston. Bien que, pour ces patients, la mort fût un dépassement extrême de la nature, une réalité inconcevable, plus spirituelle que physique, bien qu'ils eussent le sentiment indéniable que reposait sur leur lit une triste masse de chairs abîmées et d'organes inutiles, Vladimir tenait à garder dans sa main jusqu'à la fin celle d'un simple malade sous traitement qui, d'un moment à l'autre, allait se lever, marcher, remonter la pente, plutôt que celle d'un individu à l'article de la mort. « La mort n'est ni naturelle ni surnaturelle, disait-il. Tant qu'elle n'est pas survenue, elle n'existe tout simplement pas, et une fois qu'elle est arrivée et qu'elle a fait son œuvre, elle n'existe pas davantage. La souffrance humaine, il n'y a que cela qui doit occuper le médecin. La douleur des êtres vivants pose des problèmes éthiques qui n'intéressent pas la médecine. Mais, moi, ils m'intéressent. »

Vladimir était le fils de la sœur de Marianthi, Golfo, qui avait émigré en Amérique avec son mari bien avant que la Seconde Guerre mondiale n'éclate en Europe. Ce fils était né en Caroline du Sud et avait ensuite étudié et travaillé à Boston. Avec un médecin polonais, Vladimir avait soigné de manière exemplaire, à l'aide d'un traitement jusqu'alors inconnu, des soldats rescapés de la guerre du Vietnam revenus avec de graves séquelles et de lourdes infirmités dues surtout à des troubles psychiques.

Oliver a été le premier des pensionnaires de la Clinique de la Douleur avec lequel j'ai été en relation en tant qu'anesthésiste physiothérapeute stagiaire. Un hélicoptère l'avait recueilli dans un marécage où le jeune soldat avait passé soixante-douze heures près des cadavres de ses camarades de combat et de blessés graves qui, pendant tout ce temps, mouraient à petit feu. Lui-même n'était pas blessé, mais avait perdu tout contact avec la réalité. Une sorte de cataplexie avait ébranlé son équilibre nerveux et l'avait immobilisé sur place. Pendant des mois il n'a pu manger, ni parler, ni entendre, et il était souvent en proie à des crises muettes de démence. Il lui était impossible de plier la colonne vertébrale, alors qu'il ne présentait aucune pathologie du dos. Il était hospitalisé depuis cinq ans déjà. Dès que je l'ai connu à la Clinique, il a fait des progrès. Il m'a tout de suite raconté l'épisode de son sauvetage en hélicoptère. Il avait du mal à articuler, mais cela ne semblait pas le fatiguer. En tout cas, il trouvait que mon nom était facile à prononcer et sonnait bien. Il le disait en grec, l'avait en permanence à la bouche chaque fois qu'il avait besoin d'aide, mais, plus encore, il était amusé par sa signification : « Lefki, Blanche, disait-il, autrement dit, tu blanchis le noir, tu enlèves les taches, tous les stigmates. Est-ce que tu peux aussi blanchir les ténèbres ? »

Iokasti, qui avait alors cinq ans, le fuyait lorsqu'elle le rencontrait dans le jardin de l'hôpital. Elle prétendait qu'Oliver était mort, qu'il n'aurait pas dû se trouver avec nous, puisque tous les soldats meurent à la guerre et que personne n'en revient vivant. Elle s'était fourré cette idée dans la tête. Elle n'avait pas encore fait la connaissance de Marianthi. Mais Margarita nous avait rendu visite pour un long séjour et ma fille avait noué avec sa grand-mère une relation forte et intime. Ma mère ne parlait jamais de la guerre ni de Kalavryta. Pourtant, elle se penchait quelquefois sur l'enfant quand elle s'endormait dans ses bras et lui murmurait : « Les femmes viendront et trouveront le tombeau vide. » La petite, alors, ouvrait grands les yeux comme si elle cherchait une chose inaccessible au regard. D'autres fois, Iokasti lui réclamait l'histoire préférée d'Athos, celle du faucon blessé. Elle avait rattaché le nom d'Athos, son arrière-grand-père, au « coup de fusil qui est pour les êtres forts ». Margarita formulait ses idées fixes en les détachant de la réalité comme les fragments d'un conte, des images floues d'un monde plongé dans la pénombre. Elle ne les reliait pas dans son récit à des événements réels. Si ces faits avaient existé, elle les avait oubliés. Elle les refoulait au fond de son cerveau. Quand elle restait des heures sans rien dire, avec l'enfant dans ses bras, une image lui venait inopinément à l'esprit. Elle se repliait sur elle-même, fixait son regard sur un point, et alors quelqu'un d'autre, en elle-même, se mettait à parler avec sa propre voix, la faisant ressembler à une ventriloque : « Quand elles viendront, les femmes trouveront le tombeau vide. » Cette phrase excitait l'imagination de Iokasti, la perturbait presque. Pourtant, Margarita la prononçait avec calme, impassible et absente, comme un lointain nuage. C'était le souvenir que j'avais gardé de ma mère depuis ma tendre enfance. Comme si elle n'avait jamais rien vécu. Comme si tout n'était qu'élucubrations de son imagination.

C'est en 1970, après la mort de mon père, que l'apathie s'est installée chez ma mère, scellant du même coup son lien avec l'avenir, alors qu'elle avait à peine trente-huit ans. Jusqu'alors elle l'assombrissait seulement comme un écho du passé qui avait pris la place d'une mémoire en sommeil. Dans sa vie d'employée, elle était active, infatigable, créative, mais dans sa vie psychique et sentimentale elle était apathique, comme sa mémoire qui, blessée, s'atrophiait.

« Les êtres forts triomphent ou meurent, murmurait Margarita, telle une pythie. Ils ne passent pas de compromis. » Iokasti se retournait alors et me regardait, extatique, de ses yeux grands ouverts. C'était une enfant qui grandissait en ayant pour géniteurs trois générations de femmes sans hommes – Marianthi, Margarita et moi. Elle n'a jamais connu son père, qui n'a pas voulu la reconnaître. Son grand-père et son arrière-grand-père étaient morts, c'est du moins ce qu'on lui avait dit pour le second, ce qu'elle croyait, même si les femmes ne cessaient de trouver la tombe vide. Qui étaient alors les êtres forts ? Les hommes « morts » ou les femmes qui avaient vaincu la mort et préservé la vie ? Un enfant ne peut probablement pas avoir une telle pensée, mais il est capable de se représenter l'image de la pensée, deux choses souvent sans aucun rapport entre elles, qui planent dans le vide comme des nuages de passage.

Il n'y avait aucun doute que Léandros, mon père, était mort sur le coup, et sous mes yeux, d'un anévrisme. J'avais alors quinze ans. Il s'était couché sur le canapé, s'était senti suffoquer et ses yeux s'étaient révulsés. Je l'avais pris dans mes bras et, en quelques secondes, j'avais compris qu'il s'était éteint. Je tenais dans mes mains son gilet sans sa poitrine, la manche vide de sa chemise, ses lunettes tombées de son front sans ses yeux. Je regardais, transie, les lacets pendants de ses chaussures, qu'il avait eu le temps de défaire, quelques secondes plus tôt, pour soulager ses pieds fatigués. Je les fixais avec insistance, comme si j'attendais une explication de leur part. Margarita est entrée dans la pièce sans se douter de rien et, nous voyant dans une posture extravagante, a demandé, presque en riant : « Qu'est-ce que vous êtes en train de faire, tous les deux ? »

Léandros était mort et avait été enseveli comme tous les mortels, mais Athos vivait. J'étais sûre qu'il était vivant et m'étais promis d'en avoir la preuve en retournant un jour à Kalavryta, que je connaissais parfaitement depuis les vacances que j'y avais passées, et en le trouvant dans sa cabane à la Crête-des-Sapins. J'ignore sur quoi reposait cette conviction, mais je savais que la mort par balle et la mort par anévrisme n'atteignent pas de la même façon le corps humain, moralement et cliniquement. Marianthi et Margarita avaient appris à vivre dans le déni – c'est du moins ce que je ressentais –, et c'était pour moi un défi.

Un jour, Iokasti est revenue enthousiaste de l'école grecque où elle suivait des cours trois fois par semaine pour apprendre la langue, et s'est mise à me parler avec une emphase inhabituelle de la guerre d'Hitler contre la Grèce.

« Marianthi et Margarita sont mortes, s'est-elle écriée en état de stress. Les Allemands les ont brûlées dans le bâtiment de l'école, à Kalavryta.

– Et qui m'a donné la vie, alors ? » lui ai-je demandé, interloquée, déconcertée, abandonnant le compte rendu médical d'une malade du cancer de la Clinique de la Douleur que j'étais en train de rédiger. Iokasti m'a regardée avec incrédulité, avec cette obstination implacable des enfants, tandis qu'alternaient dans son regard l'ombre du désespoir et la lueur de la découverte d'un grand secret. Elle ne répondait pas à ma question et serrait le poing de sa main droite avec gravité :

« Et Athos ? » lui ai-je demandé en la provoquant.

Elle a ouvert la main d'un geste hésitant, non pas tant pour me donner une réponse, mais comme si elle comprenait que ce qui s'y cachait et qu'elle me montrait maintenant redoublait ma question. Au bout de chacun des doigts de sa main elle avait écrit au feutre noir les cinq lettres de l'alphabet qui formaient le mot grec signifiant « sacrifice ». Je lui ai répondu, comme si nous poursuivions une conversation déjà engagée, que ni ce mot ni ce qu'il voulait dire ne me plaisaient. Les sacrifices, les hommes en offraient aux dieux dans l'Antiquité, soit pour expier et les apaiser, quand ils commettaient une mauvaise action, soit pour réparer leurs fautes en implorant leur pardon, ou encore pour les remercier des bienfaits qu'ils avaient reçus. Mais les habitants de Kalavryta n'étaient pas des Grecs de l'Antiquité et les Allemands n'étaient pas des dieux. Je lui ai redit, bien qu'elle le sût déjà, qu'Athos, Marianthi et Margarita vivaient en Grèce et que nous irions bientôt y habiter nous aussi. Je lui ai aussi dit qu'à Kalavryta il y avait un hôpital qui avait besoin de médecins, qu'il était question que j'aille y travailler à l'avenir. Quant aux soldats allemands, ils n'étaient que des hommes ordinaires qui tuaient alors de simples civils, et cela s'appelait un crime. Je lui ai écrit le mot en grec sur une feuille et j'ai ajouté à côté le mot anglais, qu'elle connaissait déjà. Iokasti s'est éloignée, perplexe, en tenant la feuille entre les doigts noircis de sa main droite et je me suis dit, en la voyant disparaître au fond du couloir, que pour cette enfant la vie et la mort étaient des notions intriquées, un vécu, un mystère que l'absence de son père rendait encore plus impénétrable. Avec un peu de chance, elle pourrait le transformer en une captivante aventure, en apprenant très tôt à dompter la douleur et le vide que provoquait la vue de l'abîme béant au fond de ce mystère. J'éprouvais le désir de lui communiquer la force de se lancer dans cette aventure, dans laquelle je me trouvais embarquée moi aussi contre mon gré, mais la mélancolie me tenait souvent prisonnière de mes faiblesses. Je voyais alors mon enfant comme un symptôme de la tristesse qui me dominait et je compatissais à sa solitude plutôt que je l'imaginais conquérir le monde comme don Quichotte. Cela faisait partie de ma vision personnelle, mais plus son impulsion me poussait à atteindre mon but, plus l'usure que m'inspirait ce cheminement solitaire retranchait des années à ma vie. Iokasti grandissait seule, moi, je me dévouais corps et âme à mes malades. Ainsi, ce n'était pas moi qui accompagnais mon enfant mais mon altruisme, qui démultipliait mon amour maternel, le transformant en un amour universel. Mais je ne suis pas sûre que ce fût de cela que ma fille avait besoin.

Au fil des ans, le fantôme d'Athos finissait par me hanter. Un soir, je suis rentrée fourbue de l'hôpital. Pendant huit heures, au bloc, pour ma première grosse opération, j'avais partagé le sommeil du malade à qui on faisait une greffe du cœur. Mes yeux suivaient les aiguilles des machines, la vie battait au rythme des petites lumières qui clignotaient, des lignes noires qui apparaissaient sur l'écran en dessinant sans arrêt des formes irrégulières. Respiration, pouls, flux sanguin, constantes, sons d'organes à l'arrêt, poumons, viscères et tissus, tout cela consentait à ce que la vie continue à frémir dans le corps endormi, pendant que l'anesthésie tuait la douleur. Soudain, j'ai vu Athos respirer sous le drap stérile dans ce corps ouvert, inconnu, du patient qui, endormi, demeurait vivant et intact pendant toute la durée de cette intervention salvatrice. Dans la salle d'opération, l'air avait la froideur de la mort, je ne m'y étais pas encore habituée. Le temps s'était arrêté, le froid et la peur clouaient mon regard sur les aiguilles blanches de l'écran. La calotte verte du personnel chirurgical était devenue un feuillage d'érable qui avait recouvert le corps inanimé d'Athos. La pince métallique du médecin cherchait la balle dans une mare rouge de sang, le trou béait, je crus entendre un gémissement, puis des murmures. Les instruments changeaient de main au-dessus de la masse immobile des feuilles, les battements diminuaient, les machines se sont mises à soupirer, les médecins ont échangé des regards inquiets, pendant un moment tous les gestes se sont précipités. Le temps a repris son cours quand les écrans se sont éteints. Seule une ligne droite jaune courait encore à la surface de la vitre, et plus personne ne la contrôlait. Je me suis sentie défaillir. On m'a retenue. Le patient était mort. Plus tard, au cours de la réunion entre médecins, on m'a expliqué le processus de l'intervention et les complications. En tant qu'anesthésiste, je n'avais pas la moindre responsabilité. Ce n'était la faute de personne. L'opération en question n'avait que vingt pour cent de chances de réussir. Sans intervention, le patient serait mort de toute façon. Il fallait tenter le coup.

Bouleversée, je suis allée en toute hâte trouver Vladimir à la Clinique de la Douleur. Il terminait à cet instant une conférence sur le traitement palliatif, suivie par bon nombre de médecins de diverses spécialités. J'ai retenu avec étonnement sa dernière phrase : « La seule mort naturelle est celle qui survient sans bruit à la fin d'une longue vie, si bien que nous pouvons l'ignorer. Si elle se produit différemment, la mort d'un homme est imputable à la faute d'un autre homme. » Je l'ai conduit à l'écart dans le foyer et lui ai brièvement raconté l'échec de la longue intervention de la matinée. Je tremblais et j'avais froid, comme si je me trouvais encore dans la salle d'opération. Vladimir a défait sa cravate de velours et a ôté sa blouse blanche, ce qu'il avait oublié de faire au début de sa conférence. Il m'a regardée tranquillement et m'a dit :

« La mort d'un homme est l'affaire des médecins aussi longtemps qu'on utilise les médicaments et le bistouri. Mais elle existe en soi, indépendamment de leur domaine de compétence. Disons qu'elle est le mal, bien que je ne sois pas d'accord avec ce terme, s'agissant de notre condition mortelle. Si on innocente Dieu et qu'on lui ôte toute responsabilité dans le mal, il restera seul dans le ciel, à l'écart, aimable, et le mal demeurera ici-bas à martyriser la terre. Et toi, humble habitant de ce monde, avec ce Dieu innocenté, tu t'accuseras toi-même et vivras dans la peur et la culpabilité. Si, au contraire, tu accuses Dieu d'être la cause du mal, cela reviendra à empoisonner ce qu'il y a en toi de plus innocent et de plus porteur d'espoir, ton origine personnelle. Si enfin tu refuses ce problème posé par les cieux, autrement dit le bien et le mal, tu te débarrasses de Dieu et de toute sorte de sauveur, y compris les médecins. Pourtant, le mal continue à exister, il n'est pas éradiqué pour autant. En outre, dans ce monde clos, il n'y a plus de coupable. Sans Dieu et sans la faute, le mal est laissé dans le champ du hasard, là où agissent les phénomènes physiques qu'étudient les savants. »

Vladimir but une gorgée de son chocolat chaud et poursuivit en me regardant dans les yeux : « Heureusement, ce qui importe à notre civilisation, qui est au service de l'homme et de ses droits sans se soucier des cieux, c'est que les responsabilités soient attribuées ici-bas, sur notre terre. Elle ne considère pas le mal comme une fatalité. Derrière tout crime qui frappe des hommes se cache un autre homme qui doit payer pour cela. Mais lorsque la justice et la fraternité deviennent un devoir universel, elles perdent de leur force dans l'âme de chaque individu. Seule l'âme individuelle peut s'élever sans peur vers les cieux, mais à condition qu'elle les méprise. Toi, Lefki, tu prends tout pour argent comptant. Tu prends tout sur toi personnellement. La faute, l'innocence, la rédemption. La démarche collective de la société ne te suffit pas. Tu fais reposer tous tes espoirs sur un individu qui assume tout sans rechigner. Pour toi, la civilisation est d'abord une question morale, et ensuite seulement scientifique et technique. »

J'étais restée sans voix. Ce n'était pas le médecin qui parlait, mais un philosophe, un moraliste. Mais la salle d'opération était le cadet de ses soucis, tout comme le patient qui venait de mourir quelques heures plus tôt entre nos mains. Je me suis mise en colère et le lui ai dit. Il m'a répondu que cela nous intéressait, lui et moi, mais que ce n'était pas le cas de la plupart des gens. C'était justement ce qu'il essayait de m'expliquer. Les gens qui réfléchissent, m'a-t-il dit, seront toujours moins nombreux que ceux qui agissent. Ceux qui pensent à la mort, toujours moins nombreux que ceux qui l'oublient et qui vivent simplement en enchaînant les opérations.

Au cours de cette conversation, Vladimir m'a fait songer à l'embarras de Iokasti, maintenant âgée de dix ans, qui amplifiait mon incapacité à réagir devant l'évidence, devant ce que moi, je considérais comme évident. « Tu me demandes de croire qu'Athos est vivant, me disait-elle de son air de gamine rebelle, alors que je ne l'ai jamais rencontré, ni même entendu au téléphone et que ma grand-mère Margarita, sa fille, ne m'a jamais parlé de lui, laissant entendre qu'il était mort. C'est comme si tu me demandais de croire en quelque chose que j'ai imaginé et que je n'ai pas vu de mes propres yeux. » Comment pouvais-je la convaincre que c'est seulement quand on ne connaît pas autrui qu'on peut croire en son existence et qu'il est nécessaire de croire dans les choses et les hommes, morts ou vivants peu importe, pour avoir du courage ? Le fait de connaître purement et simplement ne suffit pas, n'offre pas toutes les possibilités. Et surtout ne procure ni surprise ni joie.

Ce soir-là, après l'opération fatale et la conversation avec Vladimir, je me suis endormie sur un matelas de neige. Boston étalait sa blancheur à mes pieds, comme le versant de la Crête-des-Sapins sur le Chelmos. J'ai vu Athos s'en aller seul, loin du lieu de l'exécution. Il s'en était tiré, me suis-je dit. Il montait maintenant sur la hauteur qui domine la fosse de Kapis. Il entra dans la forêt de sapins. Personne ne tira sur lui, alors qu'il était une cible facile. On aurait dit qu'il devait vivre. Il laissait derrière lui un filet de sang qui coulait de sa blessure. Sur la neige, les taches ressemblaient aux traces d'un animal blessé. Le train à crémaillère sortit alors des gorges du Vouraïkos et se mit à gravir le mont Néraïdorachi. Athos tendit une main énorme, saisit un wagon et lui arracha les roues. Il chaussa ces roues de fer à engrenage et se mit à escalader la pente rocheuse. Il passa sur les ponts, traversa les tunnels et parvint au sommet du Prophète Élie. Une cape de neige le recouvrait et il avait sur la tête des branches de sapin, avec des feuilles souples de figuier pour protéger ses oreilles. Il aperçut dans les broussailles et les buissons Vladimir en train d'opérer un hêtre. Il s'approcha de lui et lui demanda de nettoyer sa plaie avec de la sauge pour qu'elle cesse de saigner. On l'étendit sur un lit de la Clinique de la Douleur et tout le monde se pencha sur lui, moi y compris. Pourtant, je ne reconnaissais pas son visage, mais je voyais la face de Marianthi qui grimaçait de douleur parce que quelque chose l'écrasait. Les roues dentelées s'étaient enfoncées dans sa chair. « Mamie, me suis-je écriée, mamie », et je me suis réveillée.

Un an plus tard, je m'étais installée seule à Kalavryta. Vladimir avait vainement essayé de me persuader de ne pas quitter l'Amérique. Je ne l'avais pas écouté. Iokasti a voulu rester avec Margarita, même si c'était à Athènes, ça ne la gênait pas. Elle était plus attachée à elle qu'à moi. « Ma grand-mère m'inspire confiance, disait-elle. Pas toi. Toi, je t'aime, mais je ne me sens pas en sécurité dans cet amour. C'est comme si le sol se dérobait sous nos pieds. »

En décembre 1998, après la mort de Marsélos et le simulacre de commémoration de l'holocauste de Kalavryta, qui a provoqué une brusque aggravation de la santé d'Athos, j'ai ressenti le besoin d'avoir ma fille près de moi. Elle avait maintenant vingt-deux ans, était étudiante à la faculté de lettres, semblait mûre et posée pour son âge, du moins telle que me la dépeignait Margarita. Elle a accepté ma proposition, a emporté avec elle ses livres et tout ce dont elle avait besoin, et elle est venue passer un mois avec moi au printemps 1999. Elle était gentille, patiente, ne posait guère de questions, ne se montrait pas provocante, réfléchissait à deux fois avant d'exprimer son opinion, que le sujet fût important ou anodin. Moi, j'étais enfermée en moi-même, plus que jamais peut-être, toujours dévouée à mes malades, à mon travail à l'hôpital, à la création d'une bibliothèque municipale. Je sentais le regard de Iokasti constamment sur moi. Elle m'observait discrètement, mais avec une certaine inquiétude. Nous ne nous connaissions pas, nous n'avions pas vécu son adolescence ensemble et elle voyait pour la première fois mes cheveux blancs encadrer un visage plutôt fatigué et renfrogné. Il y avait treize ans que nous avions quitté Boston et notre vie commune. Iokasti était alors une enfant et moi une jeune femme qui venait tout juste d'avoir trente ans, même si je vivais déjà dans le monde clos de mes études et de ma profession.

Les deux premières semaines sont passées très vite. Le soir, nous dînions tôt, généralement en silence, ou en parlant de sujets qui concernaient des tiers : la guerre en Yougoslavie, mes patients, l'éducation en Grèce, la vie en province. Aucune de nous deux ne faisait l'effort d'évoquer quelque chose qui nous fût personnel, et cela ne nous venait pas spontanément. Nous n'avions pas de souvenirs en commun et nous ne nous projetions pas dans l'avenir ensemble. Quand nous rapportions une nouvelle de notre lieu de travail, nous ne lui donnions aucune signification personnelle. Nous ne disions pas « il m'est arrivé ceci » ou « je sens qu'il s'est passé quelque chose », mais « il est arrivé ceci », « il s'est passé cela ». Bien entendu, nous n'avions pas conclu d'accord pour dépersonnaliser nos relations, cela s'était fait tout naturellement, et c'était réciproque. Quand nous rencontrions dans la rue des connaissances ou simplement des curieux qui nous abordaient pour savoir qui j'hébergeais chez moi, nous étions étonnées de leur joie et de leur enthousiasme lorsque je leur disais : « Voici ma fille. » On aurait dit que notre relation, telle que nous la vivions alors d'une façon toute nouvelle mais tacite, était quelque chose de plus précieux que le lien banal entre une mère et une fille. Elle touchait et inspirait mes amis et les gens de ma ville. Certains ignoraient même que j'avais une fille qui vivait à Athènes. C'est à partir de cette époque que l'image qu'ils avaient de moi a changé.

Iokasti aimait se promener dans la nature, seule ou avec moi. Chaque jour lui apportait une découverte, lui faisait vivre une émotion différente. Enfant des grandes villes, elle n'avait pas connu la fréquentation immédiate de la campagne et l'influence qu'elle peut avoir sur l'esprit et le corps. Le contact quotidien avec la terre, l'herbe, les arbres, le ciel, qui souvent descendait jusque sur les toits des maisons ou pénétrait avec tous ses nuages dans les pièces, avait suscité en elle un étrange bouleversement, la proximité avec les êtres et les choses avait provoqué en elle, de son propre aveu, un trouble bénéfique. « Il y a des odeurs que je pense avoir senties pour la première fois, m'a-t-elle confié un soir à table. Jusqu'à présent je connaissais le nom de la chose, maintenant j'en connais l'apparence et l'odeur. Je peux aussi la toucher. Comme si jusqu'à présent je vivais une vie de papier au milieu des livres. »

Quand nous regardions la croix blanche qui se dresse au sommet de la colline de l'exécution, elle ne nous concernait ni l'une ni l'autre, ni notre famille, mais uniquement la communauté de cette ville et son histoire. Nous évitions d'en discuter, nous voulions conserver intact notre secret, en respectant l'une et l'autre la façon que chacune avait de l'envelopper, qui ne pouvait être que différente. Au début, cette relation avec ma fille, quand j'y réfléchissais seule à l'hôpital, à mes moments de pause, m'apparaissait comme un éloignement radical. Mais j'ai compris ensuite que cet éloignement nous rapprochait de plus en plus, dans un présent fort et souverain qui avait parfaitement assimilé ses origines et s'en était détaché sans heurts et sans douleur. Ce n'était pas cette proximité que des individus ont au sein d'une famille faite de relations de dépendance et de traumatismes, mais une proximité semblable à celle que Iokasti entretenait avec la nature. Nous étions comme deux existences totalement autonomes, nous ne nous rapprochions pas pour vivre l'une de l'autre ou pour nous servir l'une de l'autre, mais pour observer avec plaisir et accueillir avec soulagement l'intégrité et l'indépendance de l'autre. Cela présageait une relation passionnante, presque idéale, avec mon enfant. Pourtant, le fait que je semblais avoir plus besoin d'elle qu'elle de moi me détournait d'une telle idéalisation. Surtout, cela m'amenait souvent à me sentir vulnérable face à elle. Il ne faisait aucun doute qu'en dépit de son jeune âge Iokasti m'avait étudiée et savait parfaitement qui était sa mère et quel était son mode de vie. Elle préférait pourtant, peut-être pour se défendre, jouer celle qui ne se doutait de rien. J'ai donc préservé, pendant ces journées-là, cette idyllique apparence, ce tendre éloignement, cet amour non déclaré sans passé ni avenir. Sans paroles. Sans confidences.

Pourtant, quelques jours avant son départ pour Athènes, je lui ai proposé que nous montions à la cabane d'Athos, sur la Crête-des-Sapins. La peau de son visage s'est tendue, elle a écarquillé les yeux dans une crispation d'étonnement, est restée la lèvre pendante et la bouche ouverte, comme si elle avait là un troisième œil qui me regardait éberlué. Exactement l'expression que je prenais moi aussi dans mon enfance, m'avait raconté Margarita, quand je me sentais menacée par un effroi inconnu. Elle a aussitôt repris le contrôle d'elle-même, a retrouvé ses esprits et m'a simplement regardée d'un air surpris. Comme si j'avais brisé un pacte tacite entre nous. Elle ne m'a pas demandé si Athos se trouvait là-bas, s'il nous attendait, si je l'avais prévenu. Elle n'a rien dit. Elle a seulement donné son accord.

Nous nous sommes mises en route le lendemain, à l'aube. En voyant ma fille marcher devant moi avec son sac sur le dos et un long bâton à la main droite, je me suis dit que seul son nom était grec. Elle ressemblait beaucoup à son père, un Européen du Nord, blond, athlétique, très grand, dont le souvenir me remplissait de tendresse et de douceur. Les bourgeons s'ouvraient sur les arbres. La terre était encore détrempée par la neige qui avait fondu le mois précédent. La nature, peu après Pâques, ressuscitait. Nous foulions délicatement le sol à chaque pas, veillant à ne pas saccager les mousses, les broussailles et les arbustes qui poussaient sur les sentiers désertés. Le soleil commençait à peine à chauffer, les sapins dégouttaient de leur givre que la lumière faisait s'évaporer. À un tournant du chemin, la jeune fille blonde s'est arrêtée, s'est brusquement retournée et m'a surprise en venant déposer un baiser chaud sur mon front froid, avant de s'écarter aussitôt de moi. J'étais déconcertée. C'était une chose qu'elle ne faisait jamais.

« Tu as réussi ton coup ! s'est-elle écriée en s'éloignant.

– Qu'est-ce que j'ai réussi ? ai-je bredouillé, ébahie.

– À venir vivre à Kalavryta. C'est ce que tu souhaitais. Et tu es toujours jeune. Comme autrefois. »

J'ai poursuivi mon chemin, décontenancée. À présent, c'était moi qui marchais en tête. Nous sommes arrivées à la cabane alors que la lumière du soleil tombait à pic sur nous. Sur le versant de la Crête-des-Sapins, les fines tiges d'herbe ployaient doucement sous une brise fraîche.

Je me suis mise sans tarder à préparer et à disposer notre repas. Il était clair que quelqu'un habitait dans les pièces de ce chalet, ou à tout le moins que quelqu'un venait y séjourner souvent. Il y avait des objets personnels sur le bureau. Il régnait partout le même ordre que chez moi.

« Je vais explorer l'endroit. Je ne tarderai pas », a dit Iokasti en ressortant, probablement émue.

Un troupeau de moutons est passé sur le versant de la montagne, derrière l'habitation, en faisant tinter joyeusement ses sonnailles. Des avions nous ont survolées à basse altitude en sifflant. Des oiseaux sont venus se poser sur le chêne devant la fenêtre. Nous mangions sans dire un mot. Nous échangions seulement un regard de temps en temps. Nous souriions non pas l'une à l'autre, mais à une forme de vie supérieure que nous avions toutes deux à l'esprit et à laquelle nous voulions rendre hommage, certaines de son existence. Je ressentais de la gratitude. Peut-être Iokasti, dans ses débuts dans la vie, éprouvait-elle une forme d'impatience rare et contenue. Elle venait d'avoir la révélation de ce point de stabilité qui lui faisait défaut, où le monde imaginaire et le monde réel s'unissent sans s'abolir l'un l'autre. J'ai brisé le silence :

« On a annoncé de nouvelles victimes, quarante civils sur un marché de Sarajevo. Mais il n'y a pas de coupable. »

Le silence s'est à nouveau uni au vrombissement d'un avion qui a survolé le Chelmos en rase-mottes.

« Au cours d'une grande guerre, plusieurs autres guerres éclatent, plus petites, mais qui durent, a dit Iokasti, des guerres civiles, sociales, politiques, familiales, la guerre que l'homme solitaire se livre à lui-même. C'est donc toi qui es Athos ? a-t-elle demandé d'un air un peu affolé en me regardant dans les yeux.

– Je suis ta mère, ai-je répondu en riant. Et, dès que nous aurons fini notre repas, je te propose de t'amener voir le Mont-Forêt, une chênaie magique, pas très loin d'ici, où tu verras des arbres marcher comme des hommes. »

Iokasti a regardé par la fenêtre deux nuages blancs comme neige qui couraient seuls dans le bleu du ciel. J'ai suivi son regard. J'ai vu un sentiment d'extrême liberté l'inonder comme un soleil. Mais son visage s'est aussitôt rembruni. La solitude la terrorisait depuis l'enfance. Elle venait de comprendre que cette solitude était une seconde vie, une vie imaginaire. Un univers mental qui ne touchait pas terre.

« Oui, c'est ça ! Allons au Mont-Forêt », a timidement murmuré la jeune fille blonde.

LES OSSEMENTS DE MARIANTHI

Ces jours-là, tombèrent les dernières pluies du printemps. Plus les années passaient, plus je vivais seule. Ma fille me téléphonait souvent d'Athènes et, heureusement, elle avait toujours une voix enjouée qui m'annonçait d'ordinaire une nouvelle réjouissante : la réalisation d'une idée, une aubaine inespérée, la vitalité de sa grand-mère Margarita, qu'une riche vie sociale maintenait toujours jeune et active. Iokasti enseignait maintenant dans une école privée, et elle montait avec son compagnon des représentations théâtrales avec des élèves ou d'anciens élèves de cours d'art dramatique. Même si nous ne nous voyions pas, sa voix légère comme un duvet arrivait en flottant et en dansant à Kalavryta, dans ma chambre ou mon cabinet de médecin, comme un appel venu d'un futur qui était mien mais que je ne connaissais pas. Depuis que j'avais atteint la cinquantaine, je me sentais déjà dans ce futur, pourtant, même si c'était le mien, je ne reconnaissais rien, comme si j'étais arrivée quelque part où l'on m'aurait conduite à mon insu. Sur l'orbite de mon avenir, de cette cloche de verre d'un autre monde, tournoyait l'avenir festif de Iokasti, lumineux astéroïde accompagné de rires sonores et de notes joyeuses. Je regardais stoïquement la rotation de ce corps céleste de la jeunesse autour de mon cocon solitaire, tantôt comme une tranche de mon temps réel, tantôt comme la force impétueuse d'un monde dont je m'étais depuis longtemps retirée, mais qui continuait à m'accompagner et à me donner de l'énergie.

Je vivais seule au sein d'une foule de gens dont je me souciais comme s'ils avaient tous été une part de moi-même. Chaque jour, des malades attendaient que je vienne auprès d'eux pour leur tenir la main. Quand je m'approchais d'eux, ils se mettaient à parler sans arrêt. Leur souffrance incoercible, communicative, bavardait, moi, je les écoutais en silence. Quand je sortais de chez moi ou des chambres de l'hôpital, d'innombrables mains se tendaient pour serrer la mienne, des mains qui sortaient et s'inclinaient comme de jeunes pousses sur les flancs du Chelmos, dans la forêt de Zarouchla, sur le mont du Faucon, sur la Crête-des-Sapins. Ce printemps-là, de fortes pluies apportèrent tempêtes et inondations, les rivières grossirent, des torrents, dévalant avec force les flancs des montagnes, ouvrirent dans la terre de profondes ornières, de lourds rochers furent arrachés, des troncs d'arbre se coupèrent de leurs racines et s'effondrèrent, des citernes débordèrent. Ma solitude s'accrut. Il n'y avait plus de mains amicales. Une nuit, les éclairs strièrent les vitres dans les ténèbres en m'aveuglant et fendirent le Chelmos en deux. J'étais si fatiguée que je m'endormis paisiblement dans la solitude de ce cataclysme, persuadée que la nature n'avait pas besoin de moi pour que j'atténue sa douleur, puisque seule la souffrance humaine réclame baume et consolation pour devenir supportable. M'apparurent alors des millions d'hommes microscopiques, suspendus à moitié nus sur des échelles de corde accrochées à un rocher au sommet duquel se dressait un château en construction. Ils portaient sur leur dos les uns des pierres, d'autres de la boue, d'autres encore de l'eau. Ils travaillaient continûment à cette énorme construction en équilibre au bord de l'abîme. Ils se ressemblaient tous entre eux. Aucun d'eux ne se distinguait des autres. Ils bâtissaient le château attachés par des cordes, montaient et descendaient le long des échelles, telle était leur vocation. Plusieurs mouraient d'épuisement. Ils tombaient dans le gouffre comme des mouches mortes, mais cela n'avait aucune importance, ils étaient si minuscules qu'ils ne laissaient aucune trace derrière eux. Du reste, ils étaient des millions et leur vocation était si humble que personne ne regrettait leur disparition. J'ai vu alors les malades de la Clinique de la Douleur se ratatiner sur leur couche blanche, tels des embryons. Des soldats allemands avaient envahi l'hôpital. Ils tiraient indistinctement sur des vitres, des portes fermées, des lits, des silhouettes qui couraient se cacher. Des poches de sang se vidaient sur les murs. Debout, la moitié de la tête enveloppée dans un pansement, Athos s'efforçait, en tendant ses mains en avant, d'arrêter la trajectoire des balles crachées par les canons des mitrailleuses. Son corps était percé de toutes parts.

Je m'éveillai et vis le Chelmos coupé en deux par l'éclat orangé du soleil du matin. L'eau s'écoulait sur les tôles à un rythme régulier. Puis elle s'arrêtait. Il y avait un silence épais, profond, comme si la ville entière avait sombré au fond d'un lac. Nous étions recouverts par des eaux tranquilles. J'entendis alors la voix d'Inge Brahms dire à Athos : « Vous êtes seuls. Je vous aiderai, puis je m'en irai. Vous resterez seuls. Acceptez l'aide que je vous apporte, ensuite vous pourrez tenir sur vos jambes. Et m'oublier. Je ne vous demanderai rien en échange et vous, vous ne me devrez rien. » Inge Brahms, la représentante de l'Association des Femmes allemandes, qui a aidé les veuves de Kalavryta et leurs orphelins pendant deux décennies, les années 1950 et 1960, visitait des hameaux, des villages et des villes de Grèce où l'armée hitlérienne avait commis des dévastations et exécuté des civils. Kurt m'avait parlé d'elle pour la première fois en 1975, avant que je quitte la Grèce. L'ami allemand d'Athos m'avait dit alors : « Vous n'êtes pas seuls. Vous êtes devenus un champ de bataille de la guerre froide avant même qu'elle n'ait vraiment commencé. Comme cela est arrivé en Yougoslavie, en Italie, en Albanie, en Pologne, en Tchécoslovaquie… Les grandes puissances, une fois la victoire acquise, se disputent le butin. Vous avez des protecteurs qui vous divisent. Ils ne vous laissent pas seuls. Raison de plus pour que vous restiez unis. »

Comment peut-on, au fond du lac, concilier ces deux voix ? « Vous êtes seuls », « vous n'êtes pas seuls ». Malathyro, Damasta, Skinès, Kandanos, Ano Méros,

Koustogérako en Crète, Aspranghéli près de Ioannina, Komméno près d'Arta, Moussiotitsa, Lynghiades en Épire, Mélissopétra, Aïdonochori, Aétopétra près de Konitsa, Klissoura en Macédoine... Inge se rendait dans tous ces lieux et y trouvait des gens seuls, sans aucun secours. Ils lui demandaient des tracteurs, des ambulances, des machines à coudre, des canalisations pour l'adduction d'eau, des groupes électrogènes, de l'équipement pour les écoles, des véhicules, des camions pour les sites industriels... Elle remuait ciel et terre pour satisfaire leurs besoins vitaux. « Prenez. Vous êtes seuls », disait-elle. Kurt, au contraire, avait une pensée politique : « Vous êtes dépendants. Vous n'êtes pas seuls. Vous ne serez jamais vous-mêmes. »

Le Chelmos regarde ses deux morceaux se refléter jusqu'au fond du lac. D'un côté le sacrifice, de l'autre le crime. Ici, les partisans, qui sont entrés dans la forêt de sapins. Là, les civils, qui sont restés chez eux. Au cœur de la forêt, le sacrifice des partisans. En lisière de la forêt, le crime contre les civils, des gens qui sont restés sur leur lit d'hôpital, dans leur chambre, qui sont montés sur des échelles de corde pour bâtir des murailles avec de la boue et des pierres, des primitifs, des impotents, des esclaves. À l'orée de la forêt, le crime est perpétré sous les yeux de tous pour terroriser. Son auteur est sûr de son bon droit, puisqu'il anéantit une race inférieure – n'était-ce pas Inge qui disait aider ces pauvres Grecs « qui ressemblent à des hommes du temps d'Homère » ? –, il les extermine comme des mouches, puisque la vie de ces sous-hommes est sans importance, comme ces millions de Juifs qui, en secret et non sous les yeux de tous comme un crime terroriste, ont été offerts en « sacrifice » à la divinité aryenne allemande. Cela, Iokasti le comprend à présent, quand je le lui explique, mais elle ne le ressent pas. Pour elle, la guerre en Europe, c'est de l'histoire ancienne.

Il fait de plus en plus jour. Le Chelmos, entier maintenant, avec ses deux morceaux réunis – des rochers, des versants, des forêts, des hauteurs, des torrents, des sommets – me tend doucement la main pour m'inviter à sortir de chez moi. Les eaux du lac se sont retirées. Les malades, à la Clinique, ont déjà pris leur petit déjeuner et repensent à leur douleur endormie. Moi, je veille à ce que son sommeil se prolonge. Aussi longtemps que la douleur dort, le malade peut partager la vie des gens sains, regarder le printemps par la fenêtre, écouter pendant la nuit le murmure de la pluie sur le toit, voir son monde intérieur avec calme. Il rêve en regardant au-dehors, se réveille en regardant en lui. De toute façon, le sommeil de la douleur ne fabrique pas de rêves.

« Vous êtes seuls », avait dit Inge, « Vous n'êtes pas seuls », disait Kurt aux gens sains comme aux malades, aux Grecs qui avaient survécu à la guerre comme à ceux qui étaient nés et allaient vivre plus tard. Mais ni Kurt ni Inge n'ont pu pleurer dans leur patrie les victimes de la guerre d'Hitler, et c'est pour cette raison qu'ils avaient besoin de se trouver en Grèce. « Le deuil, disait Athos, est un moyen de comprendre les choses et les hommes. J'ai voulu rester seul. J'ai survécu. Je ne vis pas. Je suis un survivant. La société, autour de moi, avait besoin, pour que l'holocauste acquière un sens, du rêve collectif de sa réparation et de sa conjuration. Je ne voulais pas que mon exécution constitue la donnée extérieure de mon identité, celle d'un survivant. Je voulais que ma mort et mon salut deviennent une vie intérieure, comme la sève qui coule dans le tronc d'un arbre. En tant que solitaire, je serais plus solidaire de mes compatriotes. Je ne crois pas à la ruine du monde ou d'un pays à cause de la guerre. Mais la guerre peut être le point de départ de la ruine d'une ou de plusieurs vies individuelles, et de leurs descendants. Qui peut parler de la ruine du monde ? Qui est en mesure de témoigner d'un tel désastre ? À qui le dernier survivant sur terre adressera-t-il son message, quand tout sera devenu poussière ? Je redoute les rêves qui parviennent à conforter toute une société, à soutenir la volonté de la plupart de vivre unis, dans l'harmonie et l'égalité. Le rêve ne peut être que personnel. » Est-ce pour cela que Marianthi, instruite par Athos, m'apprenait, dans mon enfance, à ne pas prier Dieu pour lui demander quelque chose, mais pour le consoler ? « Puisque l'enfer et le paradis sont des créations humaines, Dieu ne peut qu'avoir de la peine pour nous. Est-ce que nous ne devons pas, à ce compte, apaiser son chagrin, lui donner du courage ? En consolant Dieu, nous nous donnons aussi du courage à nous-mêmes. »

Le temps passait. Mes voix intérieures ne cessaient de prendre la parole, ressassant leurs idées fixes. En dépit du soleil réconfortant du Chelmos, je n'arrivais pas encore à quitter la maison et le coin mal éclairé où se trouvait mon bureau. Je me rappelai l'odeur de la terre après l'averse, l'herbe détrempée, immobile sous le poids des gouttes de pluie, les lilas en fleur. Pour comprendre combien je suis seule, il faudrait que je partage cette solitude avec quelqu'un, mais elle cesserait alors d'être de la solitude. Voilà des années que je la partage avec Athos. Mais Marianthi s'interposait toujours entre nous, elle me rattrapait et me faisait descendre de la montagne de l'ermite. Nerveuse et hyperactive comme elle était, prête à venir en aide aux autres, elle m'envoyait chez les gens pour partager ce que j'avais avec eux, me cultiver, travailler, fonder une famille. Le sentiment de solitude est quelque chose qu'on ne peut communiquer. On préfère le cacher, même à soi-même, mais il est transmis très tôt à l'enfant lorsqu'une mère en a souffert à peu près de la même manière. La solitude de Margarita, après la mort prématurée de mon père, a réveillé en elle la petite fille qui avait précocement mûri au milieu des flammes de Kalavryta. C'était une mère joviale, bien que constamment distraite et songeuse. Comme si elle roulait toujours de sombres pensées. Elle ne cachait pas sa mélancolie, simplement elle n'en avait pas conscience. On m'a donné comme nom de baptême Lefki, un prénom apotropaïque. Je chasserais, disait-on, la noirceur de la mort que mes deux parents avaient connue très tôt dans leur vie, l'un à cause de sa situation de réfugié, l'autre dans la guerre. Je grandissais loin de tous, et surtout de moi-même. Ma relation à moi était un immense paysage blanc, une steppe enneigée, une perpétuelle absence. J'ai appris à ne pas importuner mon entourage, parce que je m'efforçais de ne pas être importunée moi-même. J'ai été seule ma vie durant, seule aussi quand je tenais Iokasti dans mes bras. J'ai appris à me respecter, et à respecter autrui du même coup. Je me trouvais toujours aux côtés de qui avait besoin de moi, mais quand c'était moi qui avais besoin d'une main secourable, il n'y avait personne. J'ai aimé la solitude, parce que finalement je ne me sentais pas seule. Je l'avais bâtie comme une forteresse hors de moi, elle n'avait rien de subjectif, c'était une entité objective. Chacun pouvait refléter son image sur cette surface polie. Quand je déambulais sur les remparts de cette citadelle, sous le soleil ou sous la lune, je rencontrais bien des existences, solitaires ou en couple. J'éprouvais à l'égard de tous des sentiments amicaux.

Dans la cour, des oiseaux agitèrent le feuillage en poussant de petits cris, comme pour prévenir de la fin de l'orage. Mon regard se posa sur le calendrier mural, au-dessus de mon bureau. J'y lus la note écrite près de la date du 6 mai 2008 : « Les ossements de Marianthi. Mairie. Église. Pope. » Je me levai brusquement. Je regardai ma montre. Je n'avais le temps de rien faire. Dans une heure, le train à crémaillère arriverait de Diakofto. Margarita et Iokasti allaient en descendre, apportant avec elles les ossements de Marianthi pour les ensevelir dans la tombe d'Athos. Je réfléchis en tâchant de conserver mon sang-froid. Il fallait que j'aie obtenu l'autorisation de la mairie et de l'archevêché, que je me sois entendue avec l'église et le pope, que j'aie réglé tous les détails avec les employés du cimetière. Et je n'avais rien fait de tout ça. Je me tournai et regardai le sommet verdoyant du Chelmos. En tout cas, me dis-je, après une pluie pareille, la terre sera souple. Je sortis en toute hâte dans la rue, après avoir prévenu l'hôpital de ne pas m'attendre. Il était déjà midi. La clameur de la ville suivait mes pas, me poussant à marcher encore plus vite. À la mairie, les bureaux avaient fermé. Il n'y avait personne pour m'y accueillir. Mais je ne suis pas sûre que les employés de l'accueil auraient compris ce que je venais chercher. Désespérée, je me dirigeai vers l'église. Si jamais elle était fermée, le domicile du pope se trouvait une rue plus haut. J'arrivai presque en courant sur la place centrale, hors d'haleine. Les regards que je sentis se poser sur moi ne firent qu'accroître mon énervement, mais les premières feuilles nouvelles que j'aperçus me refrénèrent dans mon élan : je ralentis le pas, mon cœur cessa de battre la chamade. Je m'arrêtai brusquement, comme sous l'effet de quelque chose qui me concernait directement. Le maire était assis sous l'acacia avec ses filles et lisait un journal. Je m'approchai de lui et me mis à lui exposer, d'une voix haletante, le projet de transfert des ossements de ma grand-mère. Les lunettes à monture d'acier du maire lui tombèrent sur le bout du nez. Il restait la bouche entrouverte, ses yeux allaient d'un objet à l'autre dans toutes les directions.

« Et pourquoi ne vous en êtes-vous pas occupée ? » demanda-t-il non sans raison.

Je prétextai, en mangeant mes mots, une surcharge de travail, des opérations en série.

« Écoutez, dit-il calmement, en essayant de me rassurer, pour ouvrir la tombe d'une victime de 1943, et cela d'autant plus que votre grand-père est enterré avec d'autres, il faut non seulement l'accord de l'archevêché de Patras, mais aussi celui des ministères des Affaires étrangères, de la Défense et de la Justice, en particulier en cette période où la question des dommages de guerre a été relancée. C'est une procédure qui demande du temps et, comme, par-dessus le marché, il ne s'agit pas d'une tombe individuelle, il est fort probable qu'on ne vous donne pas l'autorisation de l'ouvrir, à plus forte raison pour déposer les ossements de l'épouse de l'un des défunts. C'est ce qui me paraît le plus plausible. Vous avez eu tort de programmer ça sans vous renseigner. »

Je sortis de mes gonds et lui dis que, d'abord, je ne voulais pas entendre parler de dommages de guerre. Je lui rappelai ensuite que nous avions déposé une demande dix ans auparavant pour qu'une tombe individuelle soit concédée à chaque fusillé, mais que cela n'avait pas été possible faute de place. Il me répondit que cette requête était bien compréhensible, mais qu'il n'était pas maire à cette époque et qu'il n'en savait pas plus. Et il me répéta que j'aurais dû, de toute façon, m'occuper du transfert des ossements et de l'ouverture de la tombe à l'avance, en suivant la procédure prévue. Ce n'étaient pas des choses qu'on improvisait le jour même, insista-t-il. Je le regardais hébétée, comme si je ne comprenais pas.

« Chère amie, ajouta-t-il avec un sourire qui me surprit, nous vous demandons d'endormir les malades dans la salle d'opération, et non pas de vous endormir vous-même en plein midi », et il regarda ses filles qui, d'abord terrifiées par ce qu'elles avaient entendu, se détendirent un peu à ce trait d'esprit et rirent aux éclats. C'est d'ailleurs pour cela qu'il avait fait cette plaisanterie.

Je feignis de partager l'euphorie suscitée par son bon mot et m'apprêtai à courir chez le pope. Mais l'horloge de l'église sonna deux heures et je vis avec épouvante Margarita et Iokasti descendre du train et me chercher sur le quai de la gare. Je laissai derrière moi le maire et ses deux filles éberluées, quittai la place et me mis à courir hors d'haleine vers la voie ferrée. Le quai était vide. Ma mère et ma fille se tenaient debout à l'entrée de la gare. Elles regardaient dans la direction opposée. Un bras en l'air, Margarita montrait quelque chose à Iokasti, tandis qu'elle s'appuyait de son autre bras sur un chariot à roulettes où étaient posées deux petites valises surmontées d'un sac de toile bleu à poignée de cuir.

Au premier coup d'œil que me lança ma mère, je compris qu'elle avait aussitôt remarqué mon retard, et je l'entendais déjà marmonner entre ses dents qu'on ne pouvait compter sur moi pour certaines tâches. Elle poussa un soupir en entendant mes justifications confuses, confia le chariot à Iokasti et nous précéda en prenant la direction de la place. Elle prétendait avoir besoin d'un rafraîchissement et d'un moment de détente. Elle avait eu mal au dos pendant tout le voyage. D'un geste tendre, Iokasti se pencha timidement sur mon épaule. Je saisis dans son regard un mélange de compréhension et de compassion.

Sur la place, dans un café un peu à l'écart, Margarita écouta avec attention mon compte rendu détaillé de ce que je venais d'apprendre du maire. Elle ne disait rien. Elle promenait autour d'elle un regard scrutateur, examinait le paysage de son passé comme si elle le voyait pour la première fois. Elle se perdit vite dans ses pensées, observant en silence l'ancienne horloge de l'église, arrêtée à l'heure de l'exécution du 13 décembre 1943. Iokasti me racontait ses dernières péripéties avec ses élèves. Elle venait d'avoir trente ans et bataillait pour concilier la spontanéité d'une enfance prolongée avec la maturité précoce qu'elle avait acquise à peu de frais, sans trop se fatiguer. Un alliage rare qui lui conférait un caractère à la fois tendre et intransigeant, et une féminité mal dégrossie mais sensuelle, qui étouffait dans les conventions et ne rencontrait guère de compréhension, que ce fût dans son entourage ou dans les exigences de son époque. Le temps s'écoulait et les ossements de Marianthi, dans le coffret que cachait le sac de toile, semblaient oubliés. Mais Margarita avait préparé son plan. Elle se leva tranquillement de son siège et dit, en nous tournant le dos et en portant son regard au loin sur les champs, comme si elle s'adressait à des chaises vides :

« Attendez-moi, je ne serai pas longue. Après ça, nous monterons chez toi, Lefki, pour que je me repose et que nous déjeunions. Nous ressortirons dans la soirée. »

Nous la regardions s'éloigner, interloquées. Elle avait pris le sac de toile avec elle, serrant dans sa main la poignée de cuir. Elle penchait légèrement du côté où elle le portait. Elle quitta la place et s'engagea dans la montée vers le cimetière. Elle revint au bout d'une heure. Les mains libres, pendantes, elle ne tenait plus rien.

« On y va », dit-elle.

Nous la suivîmes sur le chemin de la maison sans poser la moindre question, sans un mot, comme hypnotisées.

La nuit n'était pas encore tombée que les trois femmes marchaient hors de la ville, dans la campagne, sur la route qui conduisait au champ de Kapis. Le Chelmos avait tendu ses bras couleur de violette sous le ciel gris-bleu du soir pour atteindre ces trois générations de femmes, Margarita de la génération de la guerre, Lefki de celle de la paix, Iokasti de celle de l'avenir, comme pour voir si elles étaient réelles ou si elles allaient tomber en poussière dès qu'il les toucherait, avant de disparaître dans le rouge et le mauve d'un indolent crépuscule. La faucille de la lune s'était déjà accrochée au firmament et les femmes avançaient, silencieuses et résolues, plus réelles que la croix blanche qui trônait au-dessus de leurs têtes, énorme et effrayante, au sommet de la colline du supplice. Kurt, Inge Brahms, Evdokia, Aspa et Krystalis, Argyro, Vladimir, Fénéos, Michos et Kassandras, Giannos, Marsélos avaient pointé leur tête derrière les ronces et regardaient du côté de la Crête-des-Sapins, attendant que s'ouvre la porte de la cabane d'Athos. Puis ils suivirent les trois femmes du regard jusqu'au moment où elles disparurent derrière le mur de pierres du cimetière. Il n'y avait plus d'hommes nulle part. On les avait tous tués dans le champ de Kapis. Des treize survivants très peu vivaient encore, et ils avaient depuis longtemps quitté la ville.

Margarita s'était avant tout assurée qu'il n'y avait pas d'office ce soir-là dans la chapelle du cimetière. L'endroit était désert. La rouge pénombre du couchant venait de s'enfoncer derrière les cyprès qui montaient la garde le long du mur du cimetière, apportant la faible lumière complice dont elles avaient précisément besoin. Quelques veilleuses se consumaient lentement dans leur récipient rempli d'huile sur les tombes de marbre ou sur les tumulus de terre surmontés de croix de bois grises. Elle avait caché le sac de toile qui contenait le coffret entre deux chênes. D'un appentis adossé à la chapelle elle tira des outils de fossoyeur qu'elle donna à sa fille et à sa petite-fille. Elle les conduisit sur la tombe d'Athos. Il y avait là une croix de bois vermoulu enfoncée dans le sol avec les noms de son père et de deux de ses concitoyens. La terre était vraiment fraîche, souple et humide, facile à creuser après la pluie de la nuit précédente. Margarita enfonça la première la pelle dans la terre, en poussant de toutes ses forces. Puis elles se mirent toutes trois au travail sans parler, absorbées par leur tâche, les sens saturés par les odeurs de l'humus, des roses et du jasmin qui grimpait sur le mur de la chapelle. Elles avaient déjà ouvert dans la terre un trou plus profond que nécessaire. Lefki vit avec effroi le regard de sa mère briller à la lueur de la lune. Elle n'avait plus ses cheveux gris, c'était à présent une jeune femme brune de trente ans, en nage, les manches retroussées, qui creusait en murmurant à sa fille : « Les femmes vont venir et trouveront le tombeau vide. » Elle se sentit envahie par un étrange sentiment de gratitude à l'égard de sa mère, qu'elle s'efforça vainement de transmettre du regard à sa propre fille. Iokasti faisait son travail sans rechigner, mais elle était déjà très loin de tout cela.

Elles creusèrent sans que leurs outils ne rencontrent d'obstacle. Il n'y avait rien sous la terre. Seulement de l'humus noir. Elles posèrent dans le trou qu'elles venaient d'ouvrir le coffret contenant les ossements de Marianthi. Elles recouvrirent la tombe. Margarita enfonça dans le sol, à côté de la croix de bois vermoulu, un écriteau portant le nom et les dates de sa mère. « Il faudra que tu t'en occupes plus tard », dit-elle à Lefki. Elles restèrent un long moment les bras croisés à regarder la fosse. Elles rangèrent les outils dans l'appentis et quittèrent l'enceinte du cimetière.

La lune leur montra un large rocher où elles purent s'asseoir et se reposer. Le froid avait recouvert les champs d'une gaze de givre. Les trois femmes se donnèrent la main. « Voilà, c'est fait, dit Margarita. Mon frère Giannos, dans la tombe voisine des enfants, sera sûrement content. »

La lueur de la nuit les enveloppa sans bruit. Iokasti aperçut alors, dans le disque argenté de la lune, un verre coloré qui éclairait d'un reflet vert un point situé à la lisière de la pinède, au sommet de la colline de l'exécution.

« Les voilà, s'écria-t-elle.

– Qui ça ?

– Les deux vieillards, Philémon et Baucis.

– Qui ça ? Où ça ?

– Là-haut. Un tilleul et un chêne. Marianthi et Athos. Ils ont été métamorphosés en un arbre avec deux troncs jumeaux. Ils revivront unis. Regardez. Là-haut ! »

Trois paires d'yeux scrutaient dans les ténèbres la terre qui s'ouvrait béante et profonde devant eux.

« La tombe était vide, murmura Lefki. J'ai été la seule à le croire. »

Quatrième partie
(tirée des cahiers de Iokasti)

Personne
ne témoigne
pour le témoin.
Paul Celan, « Gloire de cendres »

LEFKI
OU L'OMBRE DANS LES FORÊTS

La mère est un puits profond. La fille se penche au-dessus de l'ouverture et son visage se réfléchit à la surface de l'eau stagnante. L'eau n'est jamais troublée, elle est toujours calme et silencieuse. Son niveau baisse quelquefois, mais avec la pluie et les larmes il remonte. Alors l'image de la fille, quand elle se penche et regarde par l'ouverture du puits, se rapproche de plus en plus de son visage réel.

Lefki n'a pas été seulement ma mère. Elle a été aussi mon amie et ma sœur. Mon père m'a donné la vie sans le vouloir avant de disparaître, et ma mère a donné son consentement à ma naissance sans l'avoir désirée. Elle n'avait pas de désir, mais elle avait de l'amour, aussi étrange que cela puisse paraître, non seulement pour moi mais pour toutes les choses de cette terre.

Je suis une existence fortuite. Je me retrouve en vie par erreur, je ne suis rien, je n'ai ni destination ni but, puisque mon origine a été le fruit du hasard. Mais, au contraire de ma mère, j'ai un désir, celui qui faisait défaut à mes parents. Racheter l'erreur de ma naissance. Justifier mon existence dans ce monde. Vivre est tragique, mais à la place de ce malheur je veux éprouver la beauté de la vie. Ce n'est peut-être pas le but de mon existence, mais c'est un noble expédient.

Quand j'étais petite, ma mère se penchait sur moi en arrangeant mon lit avant que je m'endorme. Sa peau était diaphane, rose et lustrée, son souffle léger et parfumé. Elle était toujours seule, impénétrable, inaccessible. Elle vivait avec elle-même. Elle avait le luxe de l'absence, l'amour de la perte, elle ne savait pas ce qu'étaient la satiété, la propriété, l'abondance, le gaspillage. Elle était blanche comme la neige, blanche comme l'absence et la privation, blanche parce qu'il ne se trouvait jamais rien ni personne qui pût la satisfaire. Elle vivait toujours en attendant dans l'ombre. Elle n'aimait pas être exposée à la lumière. Quand elle venait me chercher au jardin d'enfants, à Boston, je distinguais au fond du couloir une silhouette embrumée qui venait vers moi avec une extrême lenteur, enveloppée des chauds reflets de couleurs terrestres effacées, sans contours. Tout, autour de moi, faisait du bruit, gesticulait, se mouvait avec la rapidité de l'éclair, des corps humains traversaient brusquement mon champ de vision, le fractionnaient en illuminations aveuglantes, en conversations haletantes, en grincements et en fracas d'objets qui se brisaient et chamboulaient le paysage. Mais cette silhouette qui s'approchait de moi en sortant de l'ombre marchait en restant immobile, silencieuse, attachée à mon regard jusqu'au moment où l'ombre blanche au sourire rose, muet, se penchait calmement sur moi et où deux mains douces touchaient imperceptiblement mon corps. Plus tard, dans notre petit appartement, je voyais Lefki qui lisait, sa tête blonde inclinée sous la lumière couleur de miel de son bureau, et j'attendais que ce temps silencieux, arrêté, se perde dans les ténèbres accrochées au toit. Moi aussi, je m'étais exercée à attendre dans l'ombre. La clarté de la nuit enveloppait la pièce et l'ombre de ma mère dansait sur les murs, toujours seule et silencieuse, pendant qu'elle préparait le repas du soir. Il y avait partout autour de moi des objets récupérés çà et là, disposés dans des recoins obscurs, où elle reposait son regard, quand elle ne scrutait pas le mien. J'ai appris depuis lors à faire partie du monde de l'ombre, un sentiment de participation mystique qui rendait le phénomène de l'existence rare et respectable à mes yeux. La vie de tous les jours, protégée de la lumière et des bruits, était comme la précieuse peau blanche et rose de ma mère et tout ce que nous vivions avait de la valeur et du sens. Rien de superflu ne venait rompre la douceur et l'harmonie de notre vie commune.

Quand j'avais huit ans, j'ai demandé à Lefki pourquoi elle m'avait baptisée Iokasti. C'était un nom étrange et rare qui me créait des difficultés à l'école grecque – du reste, nous n'y apprenions pas le grec ancien – ainsi qu'à l'école américaine, bien que dans cette dernière la situation s'arrangeât d'elle-même, puisque tout le monde m'y appelait Kast. Elle m'a répondu que Iokasti était une reine tragique qui avait été piégée par le destin, mais qui avait un sentiment très développé de la justice. Elle a ajouté qu'elle m'avait donné le nom d'une mère de la mythologie alors qu'elle-même adorait la fille, tout aussi mythologique, de cette mère, Antigone. Au fur et à mesure qu'au fil des ans, nous prendrions toutes deux de l'âge, elle deviendrait, en vieillissant, une petite Antigone (quelle prophétie !) et moi, en mûrissant, je prendrais la place de cette mère sage et briserais l'anneau du destin. Je lui ai demandé, sans comprendre tout ça, pourquoi elle aimait tant la fille de l'antique Iokasti. « Elle a compris ce qu'était la liberté, m'a-t-elle dit, cette fille a trouvé le courage de se battre au prix de sa vie contre la toute-puissance du destin. » Elle a alors dessiné un cercle, auquel elle a donné le nom de Destinée, et a ajouté : « Ce cercle ne peut pas devenir un carré. On ne te l'apprendra jamais à l'école, parce qu'il est impossible que ça se produise. Mais il est possible pour quelqu'un qui s'y trouve enfermé d'en sortir très simplement et de s'engager dans une nouvelle ligne droite. » Elle a ri et a dessiné un petit bonhomme à l'intérieur du cercle et, plus loin, un autre à l'extérieur. Même lorsqu'elle riait, Lefki ne se dépouillait pas de l'ombre de mélancolie qui obscurcissait son visage. Sur elle, la lumière et l'obscurité étaient indissociables. À certains moments, cela lui donnait un air ancien, antique, qui n'avait rien à voir avec les femmes d'apparence moderne de son temps. Pourtant, sa physionomie indéfinissable, nébuleuse, lui conférait une dynamique inattendue. Elle n'était pas éphémère, passagère. Comme elle semblait venir des profondeurs du temps, je me disais du même coup qu'elle vivrait éternellement, qu'elle survivrait à la vie et aux passions des hommes.

Dans cette conversation, ma mère a ajouté quelque chose à propos des survivants – c'est à ce moment-là que j'ai enregistré pour la première fois ce mot de survivant –, à propos de ces survivantes qu'étaient sa grand-mère Marianthi et sa mère Margarita, dont la guerre avait détruit le cercle, obligeant ces deux femmes à en sortir tout en traînant avec elles son contenu, intact et plus lourd à porter. J'avais rattaché les objets recueillis dans notre appartement, par ailleurs si dépouillé, à la pensée des survivants. Non seulement des gens simplement en vie, mais aussi de ceux qui avaient survécu à une catastrophe, à la guerre d'Hitler en l'occurrence, de ceux qui avaient échappé à la mort et continuaient à vivre, comme s'ils étaient des morts-vivants. Appartenaient aussi au monde de l'ombre des hommes qui n'enfermaient pas en eux des images de cités densément peuplées, avec des autoroutes, des ponts, des bâtiments de plusieurs étages, des places et des passages pour piétons, mais des images de paysages primitifs, de nature et de campagne, où la lumière et l'obscurité s'unissent, des paysages de ruines silencieuses d'avant la construction des villes.

Lefki était hantée par le droit de l'ombre. Mais je suis sûre qu'elle s'était exercée à y discerner la beauté, telle que nous la rencontrions dans les tableaux quand nous visitions les musées le dimanche, ou quand nous feuilletions ensemble les livres d'art empruntés à la bibliothèque municipale qu'elle apportait à la maison. Le reste du temps, qui était l'essentiel de son temps, pendant la première décennie de ma vie à Boston, elle le passait dans des cliniques ou des hôpitaux universitaires. Au monde de l'ombre s'étaient agrégés la douleur et le traitement des anonymes. Mais pour Lefki, la vie, le maintien des gens en vie étaient indissociables de la mortalité, de la certitude de la mort. Et cela la renforçait dans son combat pour le soin des malades, pour le soulagement de la douleur. Elle semblait ne pas connaître la vanité. « Est-ce que la vanité existe dans la nature ? demandait-elle. Chez les arbres qui grandissent dans le silence et la solitude de la forêt, alors qu'il n'y a personne pour jouir de leur beauté et qu'à tout moment une tornade peut les déraciner tous en quelques secondes ? »

L'Antigone de la mythologie, ce personnage cher à ma mère, a parlé du monde des morts, a invoqué ceux qui n'existent plus en les ramenant à la vie grâce à l'éthique de l'amour fraternel. En se révoltant contre l'interdiction d'inhumer son frère, elle a montré par sa transgression que la mort de l'homme est un absolu moral, au-delà du bien et du mal, qu'aucun État, aucune idéologie, aucun vainqueur ne doit mépriser. Le châtiment de la fille de Jocaste, enterrée vivante, a nourri l'inconscient de Lefki qui, au nom de la justice, considérait qu'il n'y a pas de sacrifice impossible pourvu que le crime impie soit dénoncé. Le sacrifice d'Antigone restaure la symétrie parfaite dans l'existence des mortels : vie/non-vie.

Mais je vois que le deuil existentiel, permanent de ma mère reflète aussi la triste lamentation d'Électre, qui arrêtait le temps pour vivre avec ses morts et les absents. Mais, l'identification de cette héroïne au droit des défunts a le caractère d'une vengeance et plonge les passions humaines dans des eaux noires qui cachent de plus sombres mobiles. Les malheurs sont sans fin pour la fille d'Agamemnon. Dites-moi, demandait-elle dans son désespoir, est-il bon d'effacer les morts de sa mémoire comme s'ils n'avaient jamais existé ? Si dans son malheur le défunt se retrouve sous terre sans que la justice ne prononce jamais le nom de ceux qui l'ont tué, alors toute pudeur et toute piété humaines s'effondrent à tout jamais.

Enfermée dans sa solitude d'animal, dans la vie érémitique de l'arbre, Lefki ruminait en elle le spectre de la guerre contre les nazis et de toute guerre qui, depuis lors, éclatait sur la terre et sur laquelle elle rassemblait avec fanatisme des données et des informations, comme si cela allait apporter plus de lumière sur le crime hitlérien. L'exécution de son grand-père Athos en 1943, au cours des représailles allemandes de Kalavryta, était son mythe originel, sa réalité, qui avait occupé la place du trauma psychique primordial. Bien que née douze ans plus tard, elle sentait qu'il était de son devoir de justifier le mort, de le ramener à la vie.

Tout cela, je l'ai compris peu à peu, quand nous sommes venues vivre en Grèce. Je le déchiffrais avec étonnement, sans doute, mais sans trop en souffrir, à travers des allusions à mots couverts, des dissimulations, des sous-entendus de Margarita, des insinuations plus directes, parfois drôles, de Marianthi. Ma mère, qui avait fait le choix de s'établir et de travailler à

Kalavryta, tenait son secret bien gardé. Mais quel était ce secret qui faisait se demander avec perplexité si un homme était mort ou s'il se trouvait encore en vie ?

Dans le monde de l'ombre, qu'avec tant de délicatesse et de sensibilité Lefki s'était construit jusqu'à ses trente-cinq ans, en m'y adaptant moi aussi, au milieu des objets qu'elle avait accumulés et de ses extraordinaires ressources d'amour et de générosité, j'ai vu venir s'installer, consciemment désormais, Athos, le forestier de Kalavryta. Une métaphore commençait maintenant à prendre chair. L'ombre, qui accompagnait Lefki dans sa relation aussi énigmatique que rédemptrice avec la lumière et l'obscurité, était devenue désormais l'ombre réelle des forêts, là où s'était formé et développé le monde mystérieux d'Athos. Elle n'avait rien à voir avec le temps du calendrier ni avec la rotation de la Terre autour du Soleil. L'ombre de la forêt est une lumière immuable. Comme le mystère du temps. Un homme éprouve le besoin de se cacher, puis il se rend compte qu'il est prisonnier de lui-même, en raison de son habitude de se cacher ou de cacher quelque chose aux autres. Il existe trois voies pour conjurer le viol de sa conscience et gagner sa liberté personnelle : devenir martyr en participant à un juste combat ; feindre de se soumettre en dissimulant son credo ; s'exiler de son propre chef. Fidèle aux lois de la nature, le forestier a tracé un quatrième chemin. Athos (ou Lefki ?) n'a pas reconnu son image à la surface de l'eau du puits, qu'il n'avait jamais consultée, mais dans l'ombre de la forêt. Il lui était impossible de vivre, lui, un survivant, sans son aura. Il avait perdu son ombre propre, son corps était mort, criblé de balles. Il ne s'est jamais séparé de ses compagnons tués dans l'exécution de masse, c'étaient ses arbres, des troncs bien droits, géniteurs de l'ombre, des ombres à tout jamais inconsolables. L'ombre n'est pas la mort ni le refus de la vie. C'est une humble protection contre le mal.

« Athos, c'est moi, me répétait ma mère le soir du transport des ossements de Maranthi. C'est seulement si j'existe en tant qu'Athos que je serai délivrée », avait-elle ajouté, avec cet air mélancolique que je lui connaissais bien, qu'elle vous adressait en évitant votre regard et en fixant le sien sur un objet proche, qu'elle effleurait d'ordinaire du bout des doigts, comme si vous vous trouviez très loin alors que vous étiez exactement face à elle en train de lui parler. Je ne sais si elle a entendu ma question : « Délivrée de quoi ? », que j'avais tout juste réussi à articuler. En tout cas, elle s'est retournée et m'a regardée avec une expression moqueuse et pleine d'assurance – son autodérision tranchante me donnait toujours du courage – en disant sur un ton sentencieux, comme si elle parlait à des tiers ou comme si tout lui paraissait soudain indifférent, anodin, presque amusant : « Nous ne savons jamais ce qui au juste nous tourmente. Quand nous avons la santé physique et que quelque chose pourtant nous fait mal, nous ronge, nous fait souffrir, nous ne savons jamais à quoi cette douleur est due, et il est très difficile de le découvrir. »

Je savais par ses énigmatiques confidences qu'elle voulait écrire, ou qu'elle avait commencé à écrire, un récit dont son grand-père serait le héros, et qu'elle l'avait peut-être déjà achevé. Jamais cependant, pour autant que je le sache, elle n'avait éprouvé, bien qu'elle lût beaucoup, un intérêt un peu soutenu pour la littérature ou l'écriture. Son engagement dans ce récit précis était peut-être de type clinique – j'ose ici une formulation dont je sais qu'elle-même avait horreur, tout médecin qu'elle était –, tout comme l'était, par la force des choses, sa relation avec la mort et la souffrance humaine. Les morts la mettaient à la torture. Elle avait perdu son père prématurément, à l'âge de quinze ans. Je ne l'ai jamais vue en compagnie d'un homme, bien qu'il ne fasse aucun doute qu'elle ait été aimée et qu'elle ait partagé des amours féconds. Mais Marianthi et Margarita, elles aussi, après avoir perdu leur époux, également dans leur jeunesse, ne s'étaient pas remariées. Quand je l'interrogeais à propos de mon père, c'était toujours sur le ton de la plaisanterie que j'essayais de lui arracher une confidence qui trahirait ses sentiments profonds : « Mais avec qui tu m'as faite ? lui disais-je. Avec un esprit de la mer ? De la montagne ? » Elle riait de bon cœur mais gardait le silence. Dans sa jeunesse, je l'imagine – cela s'est sans doute gravé dans ma mémoire – sensuelle, libre, amicale dans ses rapports amoureux, jamais provocante. Dans le secret de son monde sentimental, plutôt intellectuel, a dû exister aussi le pur amour fraternel, bien qu'elle ne l'ait pas connu dans la famille, si l'on excepte la brève relation entre Margarita et Giannos, que la guerre avait séparés. Il y avait dans son petit bureau une photo en noir et blanc où deux beaux enfants endimanchés se tiennent côte à côte en regardant l'objectif avec confiance, Giannos avait la main posée sur l'épaule de Margarita, peu avant l'entrée des Allemands à Kalavryta en 1943. Le garçon vêtu de blanc et la fille en robe sombre, avec un nœud blanc dans les cheveux, au-dessus de la frange très noire qui lui couvre le front, semblent se soutenir l'un l'autre, affichant en silence condescendance et respect face à la terreur, comme s'ils pressentaient la catastrophe. Cette image d'humble solidarité s'était peut-être inscrite dans le psychisme de Lefki encore très jeune comme un symbole de suprême humanisme dans la relation entre les deux sexes. En ces temps d'exaltation du féminisme américain, au sein duquel la jeunesse de ma mère avait mûri, ces pudiques silhouettes enfantines d'un frère et d'une sœur venaient démentir tous les slogans tonitruants sur l'éternel conflit entre le masculin et le féminin, les revendications pour l'égalité des sexes. Bien que je sache peu de choses et que j'en aie vu encore moins de mes yeux, j'ai toujours eu le sentiment que pour ma mère les hommes étaient de toute façon des égaux, des amis et des alliés, des compagnons de route et des âmes sœurs, même lorsqu'il s'agissait de figures paternelles, jamais des concurrents, ni de faibles fils qu'elle aurait eu besoin de prendre sous son aile.

Ce même soir où nous nous sommes retrouvées chez elle après notre petite cérémonie clandestine au cimetière, et après avoir fait nos adieux aux ossements de Marianthi à la clarté de la lune, je l'ai remerciée pour le prénom qu'elle m'avait donné. Je l'aimais vraiment, tout comme je l'aimais elle aussi, je ne nourrissais plus la moindre réserve à son égard. La peur que provoquait chez moi l'étrange comportement qui était autrefois celui de ma mère dans sa jeunesse avait disparu. Je lui ai dit que les paroles que Jocaste adresse à Étéocle dans les *Phéniciennes* sont parmi les plus belles de la tragédie grecque pour ce qui est du sentiment de justice. Elle lui demande de montrer du respect pour l'égalité qui lie pour toujours entre eux l'ami avec l'ami, les cités avec les cités, les alliés avec les alliés, et qui est stable par nature, même si celui qui a peu enviera et haïra toujours celui qui a beaucoup. Et pourtant, dit cette reine désenchantée, l'Égalité promet aux hommes les mesures, partage les poids, sépare les nombres. La lumière du soleil et l'obscurité de la nuit parcourent un même cycle dans le temps, et quand l'un chasse l'autre, ils ne se jalousent pas. Par ces paroles, elle exhorte son fils à partager justement le pouvoir avec son frère. Lefki s'est montrée étonnée par ce que je lui disais. Elle m'a regardée un long moment comme perdue dans ses pensées, comme si elle s'efforçait de comprendre la cause de mes déclarations d'amour ou cherchait quelque part dans sa mémoire le passage de la tragédie antique. Et elle a murmuré : « La lumière et l'obscurité sont sœurs. »

Elle est morte quelques mois plus tard, dans son sommeil, d'un infarctus. C'était au début de l'automne. Ce matin d'octobre, elle ne s'est pas réveillée.

On a cherché à la joindre au téléphone depuis l'hôpital jusqu'à midi. On a ouvert son domicile tard dans l'après-midi et on l'a trouvée qui dormait tranquillement, comme si elle ne se doutait de rien. Elle avait cinquante-trois ans. Margarita et moi l'avons enterrée à Athènes, dans le tombeau de son père. Après les obsèques, je suis retournée à Kalavryta et suis restée chez elle jusqu'au printemps suivant, à rassembler ses affaires, à régler les formalités. J'ai trouvé le manuscrit du « Forestier » lors d'une visite que j'ai faite à la cabane de la Crête-des-Sapins. C'était une chance. Il aurait pu être volé, jeté ou détruit. Très rarement, passaient par là des bergers, des hommes du Service des forêts, des inconnus qui y trouvaient un gîte provisoire. Il semble que Lefki montait souvent sur le Chelmos et restait quelques jours dans la montagne. La cabane n'était jamais fermée à clé, elle y laissait pourtant des affaires, certaine que personne n'y toucherait. Elle préférait peut-être passer des heures à écrire sur les lieux où Athos avait vécu. Elle avait peut-être oublié son manuscrit lors de son dernier séjour à la Crête-des-Sapins, à moins qu'elle ne l'ait délibérément abandonné à son sort.

Pendant les mois où j'ai habité à Kalavryta, j'ai tenu un journal, consignant des observations et prenant des notes sur la vie de ma mère. J'ai décidé de rechercher un éditeur pour son « Forestier ». Mais il fallait d'abord que je révise le manuscrit et que je m'attache à le mettre au propre. J'ai pu me mettre aussitôt au travail, puisque je ne m'étais pas souciée de rechercher un poste de professeur remplaçant pour la nouvelle année scolaire et avais décidé d'attendre ma nomination comme titulaire. J'ai trouvé, en outre, à donner deux cours particuliers. Du reste, Lefki avait laissé un petit magot. Pour la première fois, j'avais à ma disposition son étrange bibliothèque et, par ce biais, j'avais acquis un accès à son monde le plus intime, tant intellectuel que psychologique. L'hiver s'est passé à tourner lentement les pages des livres, à les lire et les feuilleter le soir, à saisir le matin le manuscrit de ma mère.

Un mystère me tourmentait : le nom d'Athos. Je trouvais de curieuses pensées à son sujet dans les notes laissées par Lefki, à côté d'autres qui m'impressionnaient moins. Mais nulle part une explication sur le sens du prénom. Sur un bout de papier, parmi d'autres billets épars que ma mère conservait dans un coffret de bois, j'ai lu trois mots isolés : « athos », « lathos », « pathos »*. Margarita m'a dit un jour au téléphone, quand je l'interrogeais, qu'Athos avait lui-même inventé son prénom, qui était une abréviation de son nom de famille. Il ne s'agissait pas de son nom de baptême. Lefki l'aura sans doute entendu dire de Marianthi. La vérité est que dans le récit de ma mère se mêlent des éléments réels et fictifs, des noms d'individus qui ont existé et des personnages inventés, des toponymes connus et d'autres que Lefki imaginait. Dans certains passages, on a l'impression que l'auteur veut conserver le secret d'Athos, à savoir qu'en réalité

**Les trois mots signifient « cendre » (en grec dialectal), « erreur », « passion ».*

il n'a pas survécu aux représailles, ce qui saperait la fiction. Dans d'autres, au contraire, la vraisemblance gagne du terrain et on est alors certain de suivre la vie de l'un des treize survivants de l'exécution de masse de 1943. Les monologues intérieurs, qu'il s'agisse de personnages réels ou fictifs, ne visent pas à restituer la voix de leurs héros et héroïnes, mais leur conscience. Tous les personnages sont Lefki, non en tant qu'auteur, mais en tant qu'être humain. La vie et la mort fusionnent, deviennent un agrégat de vivants et de morts. Les différences et les similitudes entre l'imaginaire et le réel sont le jeu posthume de Lefki, qui ne s'accommode de la vie que lorsqu'elle se prolonge après la vie. Il ne s'agit pas d'un jeu métaphysique, il n'y a là rien d'absurde. Il est sûr que la mort soudaine de son auteur a fait obstacle à une retouche ultérieure de ce récit inachevé, fragmentaire, dont on ne peut conjecturer le dénouement. J'ose avancer l'hypothèse que ce décès est un élément prémédité du récit, qu'il fait partie intégrante de son action, cela étant sous-entendu dans le dernier chapitre de la troisième partie, « Les ossements de Marianthi ».

Un jour, la Clinique de la Douleur m'a prévenue qu'une patiente que ma mère avait suivie cherchait à me voir. Je me suis rendue à l'hôpital plutôt à contrecœur. Même si j'avais envie, et surtout besoin, de parler de ma mère avec des gens qui l'avaient connue, je ne me suis pas sentie le cœur particulièrement léger quand je me suis retrouvée dans les couloirs aseptisés de la clinique. Cela m'a rappelé le jour où j'étais venue récupérer ses affaires personnelles dans son bureau. Sa blouse blanche de médecin était suspendue à un perroquet à côté de la porte. Je l'ai décrochée, boutonnée et posée sur le dossier de la chaise, donnant au vêtement la posture d'un être humain. J'avais en face de moi Lefki, tranquillement et patiemment assise, prête pour une conversation. Nous sommes restées ainsi l'une en face de l'autre un long moment, dans un silence funèbre. J'ai senti une porte s'ouvrir dans mon dos et se refermer presque aussitôt. Je me suis levée et me suis mise à fureter dans les tiroirs de son bureau. J'ai plié la blouse à la va-vite et l'ai fourrée dans une petite valise. J'avais trouvé un livre illustré de petit format avec des descriptions détaillées des arbres et des plantes de Grèce. Il y avait dans les marges des notes de la main de Lefki.

Je me suis présentée à la chef de clinique. Je lui ai dit que je me trouvais là parce que, par l'intermédiaire d'un parent à elle, Mme Rozalia avait demandé à me voir. Elle m'a tout de suite conduite au chevet de la malade, qui était sous une couverture bleue. On ne voyait que sa tête, étonnamment microscopique, unique témoin d'une existence sans corps déjà entrée dans la trajectoire de son voyage planétaire. La lumière du jour, filtrée par les rideaux blancs, enveloppait dans une gaze la vieille femme atteinte du cancer, créant une invisible coquille protectrice au milieu de laquelle le visage de Rozalia, l'imperceptible ondoiement de la couverture et les froids barreaux du lit dessinaient une créature nébuleuse, onirique, une illusion d'immortalité. Même si je ne voyais pas ses yeux, j'étais sûre que la vieille femme me regardait. Je lui ai dit qui j'étais. La gaze de lumière blafarde s'est légèrement balancée. La voix de Rozalia a retenti comme un oracle :

« Votre mère disait qu'il faut rester dans l'ombre. L'ombre soigne. La lumière donne la vie mais, quand la vie tombe malade, la lumière doit retrouver sa sœur, l'ombre. Alors tout s'apaise. »

Je la regardais en silence. Tout était immobile, même les bruits hors de la chambre étaient étouffés. La gaze a ondoyé à nouveau.

« Ouvrez le tiroir de la table de chevet. Vous trouverez une carte blanche où quelque chose est écrit au crayon. »

Je l'ai ouvert. J'ai vu sur le dessus une fiche blanche cartonnée, semblable à celles que ma mère rangeait par ordre alphabétique dans une petite boîte sur son bureau à la maison. J'ai tout de suite reconnu son écriture, la courbe et la taille des lettres.

« Il y a longtemps que je voulais vous prévenir, murmura la malade. Elle doit appartenir à votre mère. Je l'ai trouvée dans mes draps après sa dernière visite. Elle a peut-être un sens pour vous. »

Je l'ai remerciée avec embarras. Elle n'a rien dit de plus. La gaze s'est alors figée. Un court moment s'est écoulé comme si nous n'existions pas. Une infirmière est entrée et m'a fait signe de venir auprès d'elle.

Je suis sortie du bâtiment et me suis assise sur le banc de la cour, près de la pelouse. J'ai lu attentivement les deux distiques écrits sur la carte blanche, l'un au-dessus de l'autre, à distance l'un de l'autre :

Et je ressemble à cet oiseau qui ressuscite quand il flambe,

Qui se consume et devient cendre et qui rajeunit de nouveau.*

Le premier distique était tiré de l'*Érotocritos***, ce que j'ai vérifié à la maison, le second semblait provenir d'une mantinade*** :

Comme les branches sèches fondent jusqu'à devenir cendre,

Ainsi, quand passent les années, passe et s'éteint la passion.

J'ai mis la fiche cartonnée dans ma poche et j'ai commencé à descendre la route en suivant sans m'en rendre compte la trace lumineuse laissée par les rayons du soleil de midi.

Elle a peut-être un sens pour vous, avait dit Mme Rozalia. C'était une découverte inattendue. *Athos* signifie cendre. *Athô* signifie je détruis, je fais disparaître. Le sens se trouve-t-il dans la destruction, dans le fait que tout ce qui est destiné à vivre disparaît, ou dans les traces qui demeurent après la disparition ? Existe-t-il

* *« Athos » dans le texte grec.*

** *Long poème narratif écrit au début du XVIIe siècle par le poète crétois Vitsentzos Kornaros, très populaire en Grèce aujourd'hui encore.*

*** *Surtout présentes dans la culture crétoise, les mantinades sont des distiques en vers de quinze syllabes, le plus souvent accompagnés de musique (la lyre et le luth, les deux instruments de la musique populaire en Crète), soit improvisés, soit transmis oralement et appris par cœur, qui se répondent dans un échange entre deux ou plusieurs chanteurs. Les mantinades sont rimées : ici « athos » (cendre) rime avec « pathos » (passion).*

des traces dans la cendre qui se dépose sur les ruines ? Lefki a façonné dans de la cendre un forestier avec qui elle explorait les chemins dessinés par les ombres dans les forêts du Chelmos. Conduisent-ils quelque part, ces sentiers forestiers ? Ma mère a bâti sa brève vie sur les traces invisibles, faites de cendre, d'un survivant imaginaire de la guerre. Pour moi, ce n'est plus une énigme, mais le personnage d'un drame, dans toute la grandeur de sa solitude. « Je ne vis pas, disait-elle. Mais j'ai le sentiment d'avoir survécu. C'est déjà un petit exploit. Un sens plus profond, plus durable, que le sens d'une vie qui va de soi. »

La petite route inondée de soleil que je suivais à l'aveuglette le long des champs me conduisit jusqu'au carrefour devant le cimetière. Un vieillard se trouvait là et regardait, tout en haut de la colline, le monument commémoratif de l'exécution, dans le champ de Kapis. Il ne semblait pas être du pays, il n'avait pas l'air d'un Grec. Très grand, le teint rosé, il portait d'élégants vêtements de randonnée. Quand je suis arrivée près de lui, il m'a fait signe de me rapprocher de lui, comme s'il demandait de l'aide. Il s'appuyait sur une canne. Ses mains tremblaient.

« S'il vous plaît, auriez-vous un peu de temps pour m'accompagner là-haut ? » me demanda-t-il en me montrant du bout de sa canne la croix blanche du monument. Il parlait grec avec un fort accent étranger. J'ai hésité à refuser et j'ai accepté de mauvaise grâce, sur la défensive, presque avec crainte. Comme si je ne pouvais pas faire autrement. Le vieillard a posé une main sur mon épaule, il tenait de l'autre son bâton, sa troisième jambe, comme les aveugles au côté de leur guide. Nous avons commencé à cheminer à pas lents. Je l'ai entendu parler de l'herbe, des pierres. Il y avait de la surprise et de la joie dans le ton de sa voix. Je lui ai demandé d'où il était originaire. Il m'a répondu qu'il était allemand.

« Seriez-vous Kurt ? me suis-je exclamée, effarée, étonnée par moi-même.

– Oui, je m'appelle Kurt », m'a-t-il répondu, et il s'est arrêté pour me regarder avec perplexité.

J'ai senti mes jambes se dérober et mon cœur s'est mis à battre à tout rompre. Je n'ai osé lui poser aucune autre question. Nous avons continué à marcher à petits pas. Nous ne cessions de nous arrêter pour qu'il reprenne son souffle. Il parlait. Il parlait même en marchant, alors que cela le gênait. Il avait pris l'air de quelqu'un qui raconte une vieille histoire, fermant à moitié les yeux sous son chapeau de paille, comme s'il s'efforçait de se souvenir, ou comme s'il voyait devant lui des images mal éclairées. Je ne voulais pas écouter ce qu'il disait. Était-ce vraiment Kurt ? Était-ce un autre Kurt ? Était-il réel ? Était-il de papier ? J'ai voulu l'interrompre et lui parler du monde de l'ombre que Lefki avait bâti et défendu avec tant de soin. Il était donc lui aussi un survivant de la guerre ? S'était-il trouvé dans le peloton d'exécution qui avait tiré sur les hommes de Kalavryta ? À quelle exécution avait-il survécu ?

Mes jambes ont commencé à fléchir sous le poids du monument humain que je pensais porter sur mes épaules. J'avais soif. J'ai ressenti désespérément le besoin de me retrouver auprès de Lefki. J'ai recherché le puits et je me suis penchée sur son ouverture au-dessus de l'eau. Mon image se trouvait si loin au fond du puits que j'arrivais à peine à distinguer mes traits, troubles et assombris. Mais j'avais le vieux vétéran allemand à mon côté. Je me suis tournée vers lui et j'ai saisi brusquement ses bras osseux, remplie de désespoir.

« Qui es-tu ? lui ai-je crié en le secouant. Es-tu Kurt, l'ami d'Athos ? Moi, je suis Iokasti, la fille de Lefki. Je suis réelle. Mais toi, qui es-tu ? »

Il fixait sur moi son regard bleu, glacé, immobile. Il n'opposait aucune résistance. Ne réagissait pas. Il n'était même pas étonné. Soumise, je lui ai offert à nouveau le soutien de mon corps. Il s'est appuyé doucement sur mon épaule. Nous avons monté, monté toujours plus haut. J'étais certaine que nous ne parviendrions jamais sur le lieu de l'exécution. J'étais son guide et je me trouvais sur un de ces sentiers de la forêt qui ne mènent à rien. Nous marchions, marchions, et nous enfoncions toujours plus avant dans l'ombre, au milieu des sapins.

« Courage, Athos, ai-je murmuré. Voici que s'ouvre le cercle du puits. Moi, de toute façon, je suis née hors de ses limites. Mais je n'ai pu en tirer ma mère. Elle a succombé à la tentation du sacrifice. Toi, je réussirai peut-être à te sortir de là. Les femmes ont trouvé ta tombe vide. Mieux vaut que tu retournes à la terre. Les morts doivent laisser leurs traces, c'est la loi la plus consolatrice de la mortalité. Les ossements sont pour les survivants. La cendre, pour les pages de l'histoire. »

NOTE DE L'AUTRICE

Sur les représailles à Kalavryta, j'ai tiré d'importantes informations du livre du chercheur allemand Hermann Frank Meyer, *Von Wien nach Kalavryta : Die blutige Spur der 117. Jäger-Division durch Serbien und Griechenland*, traduit en grec en 2003. Ces évènements historiques ont été décrits dans des ouvrages d'autres écrivains, chaque fois de manière différente, parfois même contradictoire. J'ai lu en grec les récits d'Antonis Kakoyannis, *Le Massacre des nazis en Grèce. L'holocauste de Kalavryta* (Athènes, 2000) ; d'Elias Papasteriopoulos, *Tragédie à Kalavryta, 13-12-1943*, (Athènes, 1976) ; de Périclès Rodakis, *Kalavryta 1941-1944. La Résistance dans la province. Le Massacre* (Athènes, 1999). Sur l'après-guerre dans la région, j'ai eu la chance de lire, en grec toujours, le récit rigoureux de Dimitris Paleologopoulos *La Guerre civile dans la province de Kalavryta, 1946-1949* (Athènes, 2001), d'où la référence au monastère de Poretsò et aux deux professeurs combattants de l'armée démocratique, personnages réels.

Le chapitre « Margarita ou le faucon blessé » s'inspire du beau conte de l'écrivain d'Eurytania Zacharias Papantoniou (mort en 1940), intitulé *Le Faucon fusillé* (1954).

Le chapitre « L'oubli ou la bonne Samaritaine » se fonde sur le témoignage de l'Allemande Ehrengard Schramm, un récit de ses rencontres avec des survivants de l'occupation après la guerre, traduit en grec en 2004 : *Ein Hilfswerk fur Griechenland. Begegnungen und Erfahrungen mit Hinterbliebenen deutscher Gewalttaten der Jahre 1941-1944*, éd. Gottfried Schramm et Irene Vasos, Göttingen, 2003.

M. S.

λογοτεχνία

Les Enfants du Pirée, Kostas Moursélas
L'Île d'Ouranitsa, Alexandre Papadiamantis
La Caisse, Aris Alexandrou
Le Peintre et le Pirate, Còstas Hadziaryìris
Rêverie du Quinze-Août, Alexandre Papadiamantis
Alexis Zorba, Nikos Kazantzaki
L'Honneur et l'Argent, Constantin Théotokis
Rapport au Greco, Nikos Kazantzaki
Li suivi de *De la guerre* et *À mon cheval*,
Nikos Kavvadias
La Liberté et la Mort, Nikos Kazantzaki
Pedro Cazas, Fotis Kontoglou
La Dernière Tentation, Nikos Kazantzaki
Le Lys et le Serpent, Nikos Kazantzaki

Le Christ recrucifié, Nikos Kazantzaki

Les Choix de Madame Freeman, Pètros Abatzoglou

L'Ultime Humiliation, Rhéa Galanaki

Toda-Raba, Nikos Kazantzaki

Terres de sang, Dido Sotiriou

Le Jardin des rochers, Nikos Kazantzaki

La Septième Dépouille, Eugénia Fakinou

Éléni ou personne, Rhéa Galanaki

Au fond de la poche droite, Yannis Makridakis

République Bastille, Melpo Axioti

Toi au moins, tu es mort avant, Chrònis Mìssios

Mon île, Melpo Axioti

La Vie d'Ismail Férik Pacha, Rhéa Galanaki

Sillages, Kallia Papadaki,

letteratura

Le Mauvais Sort, Beppe Fenoglio
Le Printemps du guerrier, Beppe Fenoglio
La Peur, Federico De Roberto
La Ragazza, Carlo Cassola
Le Pays des grenouilles, Pina Rota Fo
La Lune rousse, Piero Chiara
Camarade Lune, Barbara Balzerani
Le Pays sous le vent, Grazia Deledda
Braises, Grazia Deledda
J'ai volé la pluie, Elisa Ruotolo

littérature

Folk, Philippe Fenwick
Les oiseaux, peut-être, Manuel Daull
Agatha de Beyrouth, Jacques Jouet & Zeina Abirached
La Jeunesse de Mek-Ouyes, Ian Monk
Les Ales, Céline Minard & scomparo
Un homme si simple ; Chalet 1, André Baillon
En sabots ; Histoire d'une Marie ; Zonzon Pépette, André Baillon
Knut, Olivier Saison
Sade à Acapulco, Olivier Saison
Picciola, X.-B. Saintine
Ewyt ou la nuit de ma disparition, Olivier Saison
L'Agenda de l'écrit, Benoît Casas
Revoir Marceau, Romain Meynier
Le Tas de pierres, Aurélie William Levaux et Christophe Levaux
Un faux air de Germain Sarde, Franck Manuel
Kazenchis se tait le dimanche, Vincent Defait

ATHOS, LE FORESTIER
de Maria Stefanopoulou
a été achevé d'imprimer en décembre 2020
sur les presses de l'imprimerie Pulsio.

Éditions Cambourakis
62, rue du Faubourg-Saint-Antoine
75012 Paris
www.cambourakis.com

Dépôt légal : février 2021.
ISBN : 978-2-36624-541-7
Imprimé en Bulgarie.